Vinícius Portella

A Grande Porção de Lixo do Pacífico

e outros contos

© 2024 Vinícius Portella
© 2024 DBA Editora

1ª edição

PREPARAÇÃO
Laura Folgueira

REVISÃO
Carolina Kuhn Facchin
Paula Queiroz

ASSISTENTE EDITORIAL
Nataly Callai

DIAGRAMAÇÃO
Letícia Pestana

CAPA
Beatriz Dórea (Anna's)

Todos os direitos reservados à DBA Editora.
Alameda Franca, 1185, cj 31
01422-005 — São Paulo — SP
www.dbaeditora.com.br

Dados Internacionais de Catalogação na Publicação (cip)
(Câmara Brasileira do Livro, sp, Brasil)

Portella, Vinícius
A Grande Porção de Lixo do Pacífico e outros contos /
Vinícius Portella. -- 1. ed. --
São Paulo : DBA Editora, 2024.
ISBN 978-65-5826-098-1
1. Contos brasileiros I. Título.
CDD-B869.3   24-232959

Índices para catálogo sistemático:
1. Contos : Literatura brasileira B869.3
Eliete Marques da Silva - Bibliotecária - CRB-8/9380

Para o Érico.

A sociedade burguesa moderna, que conjurou gigantescos meios de produção e de troca, assemelha-se ao feiticeiro que já não pode controlar as potências infernais que pôs em movimento com suas palavras mágicas.
Marx & Engels

Coloque o seu grisol sob a luz polarizada.
Jorge Ben Jor

SUMÁRIO

ACELERAÇÃO	11
A GRANDE PORÇÃO DE LIXO DO PACÍFICO	15
LIVRO DE ROSTO	44
DUAS BRUXAS	61
O ÓDIO	77
O SACERDÓCIO DA TELA	118
NOITE FUNDA	153
ESTILHAÇO DE EXPLOSÃO FUTURA	183
PESADELO DUPLO DE INVERNO	250

ACELERAÇÃO

Estou dentro de um tubo. Uma cápsula, talvez seja mais preciso? Não é pequena, também não é enorme. Pra um claustrofóbico não seria bacana, imagino. Cabe só uma pessoa dentro, e sei que tem várias unidades iguais pra trás e pra frente, só não sei quantas. Todas estão cheias de pessoas solitárias, como eu, cada uma na sua poltrona reclinável com tela e mesinha retrátil na frente. Eu deveria saber pra onde a gente tá indo, mas esqueci.

*

A cápsula está acelerando faz muito tempo. Sabe aquele barulho de aceleração que sobe de tom, sobe de tom... até estabilizar? Pois então. A sensação, pra mim, é de que estamos nesta subida faz horas, dias — talvez semanas? — sem jamais estabilizar. Só esse zumbido crescente de antecipação que não para de crescer. E o sentimento de que estamos indo mais e mais rápido em direção à nossa meta (qualquer que seja). O que em si deve ser bom. Agora vai.

*

Pelo que me contaram uma vez, não lembro se aqui mesmo na tela, o próprio universo é uma expansão acelerada. Quer dizer, uma expansão cuja taxa de expansão, em si, está acelerando. Isso não quer dizer exatamente que a borda dele está avançando diante de um branco vazio (que era a única maneira como eu conseguia imaginar, pra ser sincero, quando ouvi esse disparate pela primeira vez). Depois me explicaram que é mais que a distância entre tudo vai crescendo, tudo está sempre se afastando de todo o resto, mas de um jeito que as distâncias relativas permanecem iguais, então tudo bem (ufa). A Hiperalça tem a ver com isso. Eu acho. Melhor dizendo, tem alguma coisa nela que tem a ver com isso. Não tem? Esqueci o que é. Lembro só o nome, mas sem informações adicionais.

Mas só aí você já vê.

*

A Hiperalça, no caso, é a coisa em que estou metido. Sei que o caminho da Hiperalça é circular, como que de uma repetição eterna. Mas posso já estar confundindo isso com um sonho que tive ainda agora. O que parece certo é que existem cápsulas em toda a extensão da alça, cuja real extensão pode ser de toda a Terra. Ou, será, ainda intergaláctica? Como não tem janela nas cápsulas, não fica claro. Quer dizer, tem "janelas" por onde passam imagens realistas de cenários diferentes. Pasto queimado, cidades destruídas, buracos onde antes havia morros. Desertos sem fim. São todos falsos, naturalmente. Qualquer idiota percebe isso rapidinho.

*

O principal idealizador da Hiperalça, se não me engano, foi um grande visionário da tecnologia morto há vários anos, cujo nome esqueci. Já soube, tenho quase certeza. É um nome muito famoso pros meus pais, mas só vagamente familiar pra minha geração. Ouvi sobre ele numa vinheta de vídeo, com uma foto dele novo, bem forte, e uma foto dele velho, logo antes de morrer, com uma aparência um pouco assustadora. A vinheta mostrava que ele achava este modelo muito preferível aos anteriores e aos de trem e de subterrâneos metropolitanos — isto é, com vagões públicos, coletivos. A ideia era que as cápsulas individualizadas seriam muito mais agradáveis e seguras, evitando contato desnecessário com outras pessoas. As vantagens sanitárias também eram evidentes. Disso, de fato, não tem muito como discordar. Dada a opção, todo mundo sempre prefere ficar sozinho.

*

Não sei se os outros passageiros das cápsulas atrás e diante de mim sabem pra onde estamos indo. Porque, se *ninguém* souber, acho que dá pra dizer que a gente tem um problema aqui. Um problemão, na verdade. Porque de minha parte eu sinto que a gente deveria saber, que teria esse direito. Ou não?

E o pior é que eu sinto que sei, na real. Já sei perfeitamente pra onde estamos indo, mas não me permito olhar a coisa que está bem ali fora do quadro. O pior é isso. A coisa que está bem do meu lado, do *nosso* lado, mas sempre fora de alcance. Sinto que nosso destino, o percurso derradeiro da Hiperalça, deve estar logo ali fora de onde chega a minha visão. Como o canto do nosso campo visual, que chega dói se a gente força demais o olho pra tentar ver além. Já tentaram? Dói mesmo, não sei se o nervo em si, se o cérebro por trás dele. É como se estivesse atrás de mim, na minha nuca. No proverbial cangote. Algo que, no fundo, já sei o que é, mas não posso jamais encarar de frente. Algo de que todas as cápsulas atrás e diante de mim, tudo e todos nós nesta cadeia comprida, todos os braços soltos de carne e de aço, seríamos só engrenagem, roda dentada, mera falange. Algo além da própria morte.

A GRANDE PORÇÃO DE LIXO DO PACÍFICO

I

A Grande Porção de Lixo do Pacífico, ou A Grande Sopa de Lixo do Pacífico, ou A Grande Ilha de Lixo do Pacífico (este último nome sendo um tanto impreciso) é um vórtice de resíduos plásticos com alguns milhões de quilômetros quadrados de extensão que fica boiando ali mais ou menos entre a Califórnia e o Havaí há algumas décadas. É observada desde 1988, catalogada desde 1997, mas ficou famosa mesmo só em 2008, depois de ser noticiada pela mídia inglesa. A massa de pedaços de plástico menores e maiores corre com as correntes, tendo se formado no circuito do Giro Pacífico Norte, um dos cinco grandes giros oceânicos. Joga-se tanto lixo no mar que todos os grandes giros oceânicos têm o seu próprio vórtice de plástico, mas o do Pacífico é o maior e por isso também o mais famoso. Segundo a estimativa mais recente, deve ter hoje mais ou menos três vezes o tamanho do território da França.

*

Meu nome é Teresa, sou uma oceanógrafa baiana e mineira, mas principalmente baiana. Morei minha infância em Governador

Valadares e o resto da minha vida em Salvador (pra mim, a única cidade que existe de verdade). Meu sotaque, já chamado de "foneticamente improvável" por uma amiga linguista, é uma mistura das duas regiões. Tenho um metro e oitenta e tantos, minhas pernas não cabem em nada e ainda tenho tendência a falar alto e muito, o que às vezes tento moderar, geralmente sem sucesso. Nunca passei desapercebida em lugar nenhum, que dirá no ambiente acadêmico e científico, em que notei rapidinho o tanto que destoava da maioria das pessoas nos congressos em que apresentava só por ser mulher e não ser branca. Já se notava na graduação, mas ficou realmente escancarado na pós. E se já era assim na UFBA, pior ainda quando fui fazer doutorado em Florianópolis ou quando vou a conferências em Buenos Aires. Isso tem mudado um pouco, mas sigo parecendo exótica em muitos cantos, mais do que gostaria.

No fim de 2018, fui convidada pra uma expedição que tentaria circum-navegar parte da Grande Porção de Lixo do Pacífico, parceria de uma fundação com algumas universidades públicas. Era só meu segundo ano como professora adjunta do departamento. Não fui convidada, portanto, porque era a mais qualificada, mas porque ninguém mais queria ir. Todo mundo tinha filhos, no mínimo animais domésticos, e se tacar pra um lugar frio pra depois ficar dias num barco indo atrás de lixo não parecia a melhor coisa do mundo. Pra mim, na época, pareceu. Eu estava saindo de um término de relacionamento que me deixou meio bamba e aquele breve isolamento me soava como uma boa ideia.

O chefe do departamento, Milton, um homem enorme pra todos os lados, de riso solto e falso, manipulador que só ele, ficou falando que eu poderia fazer contatos importantes, que poderia ser bom pra internacionalizar minha carreira. Além do mais, a fundação que estava financiando a expedição pagaria os custos da viagem, e o sentimento geral era de que seria um crime o departamento desperdiçar aquela oportunidade, considerando que o novo governo já tinha deixado claro que secaria ao máximo o orçamento das universidades federais (indo ainda além da austeridade a que já estavam submetidas, isto é).

Cheguei na Califórnia via Atlanta em maio de 2019. Achei Oakland um lugar incrível, cheio de vida e diversidade — também, foi a primeira cidade do hemisfério Norte que conheci na vida, talvez qualquer coisa fosse parecer superinteressante. Mas só tive uma noite e parte de uma manhã livres pra zanzar pela cidade, a Expedição Malaspina já sairia na tarde seguinte. O barco era enorme, o maior em que estive na vida, o que era bom, porque algumas vezes já tinha me sentido nauseada em barcos menores. Gosto demais do mar, mas gosto mais de ficar deitada ao lado dele, no máximo de nadar no rasinho, não de passear em cima. Respeito demais a sua violência e imensidão pra ficar brincando de testá-las. Mas me disseram que enjoar "praticamente não acontecia" em barcos grandes — eu não sabia se acreditava nisso ou não.

*

A Universidade da Califórnia era a principal organizadora da expedição, com assistência financeira e de equipamentos da Universidade de Nagoya, no Japão. Mesmo o Brasil não tendo muito a ver com a Grande Porção de Lixo do Pacífico, existiam parcerias antigas entre os departamentos e alguns dos professores envolvidos (em particular, entre uma professora mandachuva da Califórnia e um professor recentemente falecido do nosso departamento). Além disso, havia um desejo nosso de aprender mais sobre novos métodos de rastreamento por GPS que poderiam ser úteis pra rastrear lixo e outras coisas por nossas bandas. Uma amiga minha da engenharia química, mais nova e bem mais brilhante do que eu, ainda doutoranda, estava começando a desenvolver um algoritmo pra modelar a distribuição de óleo no mar, e fiquei de fazer umas perguntas que ela tinha e mostrar pra ela o que descobrisse depois.

Eu era de longe a oceanógrafa mais inexperiente da equipe nesse tipo de expedição, o que era péssimo. Sabia que acabaria sobrando pra mim fazer as tarefas mais chatas e bestas, até porque eu esperava um batalhão de pós-graduandos pra esse tipo de coisa, mas encontrei ali apenas dois deles, um rapaz magricelo que estava sempre de fones de ouvido e uma sul-coreana quieta e pequena como um ratinho, que nunca saía da cabine e estava sempre processando dados das pesquisas dos outros. Jamais compreendi seu nome. A pessoa mais experiente e fodona ali era uma senhora californiana que eu achava o máximo, Elaine. Eu e meio mundo, no caso. Ela e a sua equipe tinham criado anos antes um programa pioneiro que ajudava a rastrear com alguma precisão o lixo de uma área pra saber por onde ele circulava. O projeto produziu resultados inesperados e chegou a rodar muito na imprensa, e ela conseguiu financiamento pra uma versão bem maior e mais ambiciosa. Era principalmente a força do seu nome que havia trazido todo mundo àquela expedição. Agora ela vivia pulando de canto em canto, quase sempre gerenciando orçamentos razoáveis e ajudando diversos lugares do mundo a fazer esse tipo de coisa. Estava lá, portanto, pra nos ensinar a melhor maneira de botar os rastreadores no lixo e de configurar os programas depois.

*

Além da equipe toda do barco, que devia ter sido instruída a não interagir muito com a gente e ficava mais no seu canto, meu único parceiro de pesquisa durante a viagem toda, além da doutoranda misteriosa, era Eric, um canadense cuja extrema impaciência e irritabilidade eram mal soterradas e mal contidas por camadas de polidez puritana extrema. Um ano mais novo que eu, ele estava no segundo pós-doutorado e era especialista em ciclos de reprodução de seres aquáticos diversos. Ficou um pouco chocado ao descobrir que eu já tinha um posto estável no Brasil, tendo só doutorado e poucas publicações. Tentei explicar que passamos por um momento de expansão do sistema, mas que isso havia parado. Ele já não parecia muito interessado, nem sei se escutou. Parecia achar todo mundo muito, muito estúpido, não apenas eu, mas com certeza eu inclusive. Talvez Elaine escapasse ou talvez ele soubesse respeitar a hierarquia. Inicialmente, achei que era só misoginia mesmo, mas depois percebi que seu desprezo se espalhava por todo lado sem muita distinção (não que ele não parecesse ser, também, meio misógino, ao menos daquele jeito inercial).

Depois de uns dois dias no mar sem muito o que fazer exceto encarar a linha do horizonte e tentar não pensar na minha leve náusea, começamos enfim a chegar perto da Porção de Lixo. Ela circulava junto com a corrente, claro, mas o GPS e os nossos cálculos estavam certos. De binóculos, a gente já conseguia avistar de longe uma fina barra de sujeira espumenta que ia crescendo e crescendo até nos circundar aos poucos e logo nos envolver por completo.

Enquanto a gente se aproximava, eu conseguia constatar aquilo que já sabia por leituras. A coisa era um sopão diluído, muito mais do que um bando de pedaço grande de plástico junto. E isso só a tornava mais nojenta. Não era tão diferente do mar em volta, mas era um pouco, o bastante pra se notar quando se olhava de perto. Num relance veio à minha cabeça a quantidade de embalagem e de besteira que eu acumulava em casa durante a semana pra jogar fora tudo de uma vez. Mesmo tentando consumir pouco e ser sustentável e tal e coisa. Um pequeno armário de lixo se enchendo todo mês. Em breve íamos produzir quase dois bilhões de garrafas de plástico por dia. E boa parte disso acabava no mar.

*

Eu me lembrei de artigos que li meses antes explicando que as moléculas de plástico se formam em cadeias longas e repetitivas. Melhor dizendo, os vários tipos de polímeros que conhecemos genericamente como plásticos (poliestireno, polietileno, polipropileno) são formados assim, por cadeias longas e repetitivas. É por isso que ele é tão facilmente moldável em tudo que é forma, e em grande escala, e por isso também que é tão difícil de ser destruído — pela resiliência e versatilidade maravilhosa dos seus polímeros teimosos e tenebrosos (penso sempre num saco enorme se esticando e esgarçando, esbranquiçando até se romper, e no quanto eu gostava de fazer isso quando era criança, sem entender o custo real de cada um deles).

*

Em uns vinte minutos, o barco já estava todo cercado daquela imundície desgarrada por todos os lados, mais dispersa em algumas partes, mais acumulada em outras. Aquilo me deixou primeiro triste e depois nauseada. Um sentimento foi se misturando com o outro, de modo que demorei um pouco pra entender que era isso mesmo. Era aquela coisa feia e desagradável que a gente tinha ido ver. A gente estava lá por querer. Pensei em tirar umas fotos pra mostrar serviço. Estava lá também pra isso, afinal. Mas foi só tentar me levantar que percebi que me encontrava totalmente zonza. E olha que o barco não mexia demais pra um lado nem pro outro (que era o que geralmente me deixava enjoada). Ele *jogava*, claro (como meu pai falava) — um barco nunca fica totalmente parado —, mas nada tão forte. Nos momentos mais calmos, dava até pra esquecer que estávamos dentro de um. Naquela hora não deu.

Fui rápido pro banheiro mais próximo e me coloquei diante do vaso esperando vomitar, o que não aconteceu. Comecei a me tranquilizar e percebi que tinha sido o lixo, e não o movimento do mar, que havia me deixado daquele jeito. Mas foi só me lembrar disso, de toda a nojeira que nos cercava naquele momento, que a ânsia voltou de uma vez. Em meio segundo eu já estava jorrando no vaso uma papa semilíquida com restos bem coloridos de cenoura, grão-de-bico e beterraba (pedaços ainda não digeridos do sanduíche que eu tinha montado e ingerido poucas horas antes).

Assim que vomitei, me senti um pouco melhor. Mas tudo ainda girava. E uma parte de mim começava a ficar nervosa de pensar que ia passar a viagem toda assim.

*

O mar é um negócio fundo demais, vasto demais. Como diz lá a poeta (num dos poucos poemas de que eu realmente gostei na vida, mostrado por uma ex-namorada): não dá pra ficar em pé no meio disso. Não à toa é a coisa que eu mais gosto de estudar. Justamente a desmesura, essa coisa desconhecida e tão maior do que a gente, isso sempre foi o que me fascinou nessa desgrama. Essa fundura escura, até hoje misteriosa, cheia de bicho doido, essa coisa tão primeva que é ou foi nossa mãe, mãe de tudo que é bicho. Janaína. Como me disse uma vez um biólogo amigo meu, sem o peso da gravidade, a evolução ganha uma liberdade excessiva, vira uma artista caprichosa, experimental. Comete todo tipo de loucura. No escuro, então? Perde qualquer vergonha, cria as coisas mais escabrosas, gelatinosas e peludas. Isso das que *conhecemos*.

E isso, saber tudo isso, saber dessa vastidão toda, é o que me deixa nauseada e ansiosa quando me encontro, de repente, em cima dela e longe da terra. Sinto que é mais isso do que o movimento em si que me deixa tão mal, tão sem lastro. O movimento não ajuda, mas o que realmente me deixa tonta é isso. Todo mundo gosta de fazer piada da pessoa que mora em Salvador, é filha de Iemanjá, ama Dorival, estuda a porra dos oceanos... e ainda assim não gosta de pisar num barco. Mas enfim.

*

Tentei fazer a coisa toda parar, mas quem disse que parava? Eu só me sentia indo mais fundo. Além da náusea, minha cabeça estava doendo também, latejando. Pensando no tanto de microplástico que eu devia ter dentro de mim, no tanto que eu não estava longe daquela massaroca de sujeira lá fora. Me lembrei dos poluentes persistentes que corriam no nosso sangue e que não iriam mais embora nunca, eternos, correndo em tudo que é forma de vida igual carbono e hidrogênio, assim como os mínimos pedacinhozitos de plástico que viajavam por toda a cadeia trófica. Não tinha mais dentro e fora do lixo. Claro que ele estava um tanto mais concentrado aqui, um tanto menos ali, mas estava no mar todo, por todo lado, no meio de nós, mundo sem fim (amém).

*

Fui lembrando os papos que tive com meus amigos que estudavam química. Um deles estava me falando dia desses na praia, todo mundo viajando pra caramba enquanto a gente mandava um soltinho, porque pouquíssima gente é de ferro, que o plástico é a forma sem forma do próprio capitalismo, hidrocarbonetos de carvão e petróleo isolados e misturados com um catalisador que forma ligações que a natureza desconhecia antes de a gente forçá-las. E que por isso mesmo ela não sabe como quebrar sozinha.

É isso que nossa espécie aprendeu a fazer a partir da deixa ou dica de *certas* regiões. É basicamente isso que a gente faz, esse é o principal diagrama energético da nossa vida em conjunto. A gente pega a memória profunda da terra — depositada em carvão e óleo betuminosos — e bota pra queimar, pra acelerar a fornalha. Isso quando não pegamos esses sucos de memória concentrada pra virar saco plástico, embalagem de isopor, lubrificantes dessa mesma ciranda infernal. Plasticidade amaldiçoada de um caralho, que toma a forma do nosso desejo até passar a formá-lo.

Nesse mesmo dia que a gente ficou nesses papos, encontrei enfiado na areia um pequeno Braquiossauro de plástico, um pouco carcomido, mas com o formato geral intacto. Estava chapada e foi difícil não me emocionar com a cadeia comprida de metamorfoses que levou a vida a ser sedimentada por tanto tempo só pra retornar daquele jeito, como paródia de uma forma de vida já extinta.

Pensei em bactérias novas comendo esse lixo no fundo do oceano, pensei que essas bactérias talvez um dia tomariam o lugar das que dominam hoje. Daqui a milhares de anos, claro. Milhões. As pessoas tendem a pensar nas formas complexas, como animais, sendo superiores, mas quem realmente domina o mundo são as unicelulares. Não tem conversa. Simplicidade te dá muito mais resiliência evolutiva, muito mais flexibilidade. Sem contar que você é a base de tudo que vem depois, assim como as mitocôndrias das primeiras células nucleadas nasceram com um bicho comendo outro, um bicho incorporando outro. Pensei em formas novas pulsando lá debaixo de tudo e cheguei a pensar por um instante particularmente delirante que a minha dor de cabeça era, na verdade, um bicho estranho e novo tentando conversar comigo por ondas de vibração profunda. Igual tantos faziam lá debaixo. E que parte da minha tensão, no momento, viria dele tentando me comunicar algo *tenso*. Quando eu chego aí é que minha própria cabeça fala: *Aí não, né, Teresa? Já deu.*

*

Me vi de repente fazendo algo que aprendi com uma amiga que já teve muita ansiedade. Ela me ensinou ainda na graduação, e eu nunca tentei usar de verdade. Ela pegava alguma coisa que conhecia bem, de cor mesmo — fosse letra de música, fosse alguma reza, seja até um comercial, tanto fazia — e ficava repetindo aquilo pra se acalmar. E comecei a me lembrar, do nada, dos slides das minhas primeiras aulas na UFBA, assim como do meu caderno onde eu tentava transcrever absolutamente tudo e que usei tanto pra estudar que já estava todo maltratado e gasto. E que, anos depois, passei a usar, ligeiramente modificado, pra montar minhas próprias aulas pros calouros da graduação.

*

"A Oceanografia é uma ciência que precisa integrar a compreensão física, química, biológica e geológica dos oceanos para fazer sentido e para então poder produzir um mapa do mundo que faça sentido." Consegui me lembrar da voz de um professor que tive no primeiro semestre da graduação, com quem aprendi tantas dessas coisas, que pareciam tão distantes e assustadoras, mas também atraentes. Um professor mais velho e paciente por quem desenvolvi uma pequena paixão, mesmo ele sendo um saco exíguo de ossos que cheirava a cigarro o tempo todo e chamava todas as mulheres de "princesa". Se eu subisse em cima, ele quebraria, imagino. Nunca admiti pra ninguém que sentia atração por ele, faleceu antes de eu terminar o mestrado. Me lembrei da voz dele, e não só dos slides. E da minha voz também, repetindo algo parecido com aquilo na aula que dei no concurso, anos depois da graduação. O primeiro que fiz na vida, e o único.

"Para começar a entender os desafios da Oceanografia física, vocês precisam entender o papel dos oceanos como componentes do sistema terrestre e dos seus sistemas geofísicos de retroalimentação. Para caracterizar, entender, modelar e prever a dispersão da poluição marinha (não só micro e macroplástico, metais, óleo e outros poluentes), vocês precisam lidar com a variabilidade da circulação do oceano em diversas escalas. E vocês vão aprender a fazer tudo isso. Com dificuldade, porque é difícil, mas vão. Se vocês quiserem, vocês vão."

Comecei a repetir aquele parágrafo comprido várias vezes, como outras pessoas fariam com uma reza. Muito baixinho, com medo de alguém ouvir. Falando na voz de um morto. E cheguei a enunciar que era isto que estava fazendo.

"O modelo de circulação dos oceanos tem sete variáveis e sete incógnitas. Dá para resolver. Não dá para chegar num resultado perfeito, né, gente, óbvio, mas para chegar sim a parametrizações úteis. O que que um modelo te dá? Ele te dá a média. A média você captura bem com ele, mas não o detalhe. Dá para fazer um mapa que funciona. Não dá para medir mais do que isso, mas isso já é muito."

Quando lembrava dessa parte, sempre lembrava da frasezinha que terminava o slide do professor. "Podemos resolvê-lo!" Tinha um otimismo ali que eu achava — ainda acho — tocante. E eu de fato estava usando tudo aquilo pra entender a explicação que a Elaine fazia do programa, todas aquelas velhas equações. Percorrer essas etapas todas me fazia lembrar que dava pra aprender coisas no mundo, coisas concretas, e que dava pra usar essas coisas pra fazer coisas úteis (rastrear óleo derramado, rastrear lixo). Tudo isso me tranquilizava um pouco. Um pouco. O mundo ainda era merda desgarrada em cima de merda desgarrada.

*

Fiquei de olhos fechados com a cabeça apoiada nos braços e nas coxas um bom tempo. Respirando fundo e devagar, tentava me desacelerar. Cheguei a confundir os limites do meu corpo com o movimento do barco por um instante e a fazer algo próximo de uma meditação. Por um instante era só um bicho que resfolega e atenta ao seu próprio movimento no espaço. E mais nada.

O alívio é maravilhoso, mas claro que não dura muito.

2

Depois de me recompor e escovar os dentes, voltei pra parte lateral do convés onde estavam Eric, Elaine e Boris.

— Tudo bem?

— Sim, só fiquei enjoada, mas já passou. Acho que foi mais o lixo que o movimento.

Boris estava apanhando pedaços com uma espécie de cesto de haste comprida e os depositando numa grande rede aberta no convés. Usando luvas grandes e amarelas, Elaine revirava os restos até achar um pedacinho que parecesse consistente o suficiente pra resistir algum tempo, largo o bastante pra se acoplar ao sinalizador, mas não largo demais que se desprendesse dos trajetos da maior parte da massa. Que era o que importava, no final, pro resultado ser estatisticamente relevante.

De longe, não dava muito pra distinguir nada. Tudo estava disforme e desgarrado demais. Mas, revirando os pedaços com as mãos, dava pra reconhecer pedaços de embalagem, sacos rasgados, partes de brinquedos, um pequeno adesivo redondo declarando que uma fruta era orgânica (ainda legível por pouco). Só assim pra lembrar que cada elemento ali teve seu uso, seu breve momento de utilidade, antes de se juntar aos seus irmãos no vórtice, onde provavelmente ficariam por centenas e centenas de anos.

Depois de uma tarde inteira de trabalho, Eric e eu sentimos que tínhamos apanhado o básico. Boris e Elaine entraram pra tomar banho quando começou a anoitecer e a visibilidade já não estava tão boa. Ficamos só eu e Eric ali sentados diante daquela nojeira toda. Eu estava feliz com o silêncio, sentia que tinha falado minha cota de inglês do dia. Mas ele decidiu rompê-lo.

— Não é bem uma ilha, né. Não dá pra dizer que é uma ilha. Aqueles relatos iniciais falavam que era uma ilha. Em algumas fotos que eu tinha visto, chegava a parecer uma ilha mesmo.

Demorei pra entender o tom com que ele falou isso. Olhei pra ele e depois olhei em volta do barco de novo. E aí que eu entendi direito.

— É, não é exatamente uma ilha. Mas é porque de longe parece que está mais junto. Por isso chamaram assim. Mas acho que já tem muitas matérias falando que a coisa era mais diluída e espalhada, mesmo.

— Claro, eu já tinha lido uma coisa assim. Já tinha ouvido falarem que era um sopão. Mas ainda assim achei que teria uns acúmulos mais vistosos, não sei. Achei que seria mais fotogênica. No sentido dramático.

Ele estava desapontado, era isso mesmo? Queria que fosse uma ilha mesmo, que desse pra andar em cima e tudo? Era como se ele quisesse que fosse ainda pior do que já era. Ele não percebeu meu estranhamento e continuou num tom mais exasperado:

— Se não rende uma foto boa, não adianta nada. Não vai gerar a atenção que o meu departamento achava que ia gerar. Eu trouxe uma câmera super boa, achei que ia poder fazer umas fotos melhores do que as que já existiam. Achei que a gente ia conseguir fazer umas imagens realmente impactantes. Que grande *bosta*.

Não consegui evitar um risinho sarcástico (que inclusive acabou saindo todo pelo meu nariz, uma espécie fungada sarcástica). Ele olhou pra mim alarmado, como se até então jamais tivesse lhe ocorrido que eu pudesse ser uma fonte possível de zombaria, e a possibilidade o deixasse morrendo de medo. E pareceu querer se explicar.

— Não, não, você não entendeu. Não pra *mim*. Eu não tenho nenhuma vontade de ficar famoso, não quis dizer esse tipo de atenção. Eu digo pra causa. A gente precisa convencer as pessoas. Fazer elas entenderem a importância da vida nos oceanos. E eu pensava que uma ilha de plástico que se formou sozinha com nosso lixo fosse algo que fosse ajudar. Sabe? Sei que já teve muitas matérias, mas achei que talvez ninguém tivesse tirado ainda as fotos do jeito mais expressivo. E estou vendo que não é isso, que não tem muito o que fotografar. Eu estava imaginando que a gente sairia daqui com uma imagem daquelas que todo mundo passa a conhecer. Dessas que rodam o mundo mesmo. E que aí o mundo ia parar por um segundo e pensar: "Caramba, tem tanto lixo no mar que virou uma ilha". Sabe? Tipo, porra...

Talvez ele fosse bom na sua especialidade, tudo é possível, mas devia ser uma pessoa muito ingênua. Eu mal conseguia acreditar no que estava ouvindo.

— ...

Não falei nada, mas acho que estava fazendo cara de quem achava graça dele. Porque eu estava, sim, achando graça na decepção quase infantil daquele homem arrogante. E parte de mim queria apontar e rir mesmo. Ha-ha. Igual criança, também, e uma cruel. Ele continuou:

— É, sei lá. Em retrospecto foi meio idiota, eu sei. Achar que a gente seria os primeiros a saber fotografar a coisa direito. Depois de várias expedições já terem vindo. Claro que, no fundo, nem faria diferença, mesmo se fosse uma ilha. O mundo não vai mudar por causa de uma merda assim. Claro que eu sabia disso. Eu só achei que poderia ter algum impacto, sei lá. Fazer uma pequena diferença.

Tento evitar, mas acabo dando uma pequena risadinha quase inaudível.

— Você deve achar que eu sou bobo.

— Não, não acho. Quer dizer... Até acho um pouquinho, talvez. Mas eu entendo. Super entendo. Eu não estava com essa expectativa específica, mas eu também adoraria fazer parte de algo que impactasse as pessoas. Claro. Queria acreditar nisso também. Mas...

A real é que eu o achava bem tolo mesmo. Mas não era das piores maneiras disponíveis de ser tolo, então, beleza, era uma forma ingênua. De todas, talvez fosse a qualidade menos lamentável que ele havia demonstrado até ali. Então não tinha tanto por que cair em cima disso. Achei que o assunto morreria aí. Mas ele decidiu cutucar.

— Mas o quê?

— Não sei.

Mas eu sabia, sim.

— Acho que é porque eu sou do Brasil, mas tenho um pouco de dificuldade de acreditar em qualquer coisa impactando as pessoas desse jeito, mudando radicalmente o comportamento delas. Acho que tem que mirar totalmente nas crianças e nos adolescentes e torcer pra geração mais velha morrer logo. Porque não tem jeito. Não vai mais mudar. A gente mesmo, a nossa geração, eu não sei se é capaz de mudar. Todo mundo quer dirigir seu jipe, quer voar de avião pra todo lado, se tiver grana pra isso. Todo mundo sente que tem direito de fazer todas essas coisas. E quem vai dizer que não tem? Quem decide a hora de parar? Nada disso vai mudar a tempo. Só vai piorar e piorar, e o medo que vai crescer quando piorar mesmo só vai... acelerar a velocidade com que tudo piora.

Ele não falou nada por um bom tempo. Nós dois ficamos encarando a barra suja do horizonte. E, do nada, ele perguntou:

— Você disse que talvez pense assim porque é do Brasil. Por que você diz isso?

Suspirei fundo antes de responder.

— O Brasil é tiro em criança e esgoto a céu aberto pra todo lado, e a galera finge que está tudo bem. A gente tem uma quantidade de homicídio digna de guerra civil, boa parte disso é o Estado que faz, e ainda assim tem um Carnaval incrível, parece ter várias das pessoas mais felizes do mundo. O pessoal é engraçado até não poder mais. O Brasil mostra que é perfeitamente possível as pessoas aprenderem a conviver e a tomar o inferno por normal. Por bacana, até. Então se a gente está assim tem quinhentos anos, se estava só começando a melhorar e já voltou a piorar com força... Sei lá, acho que o resto do mundo é totalmente capaz de agir do mesmo jeito pelas próximas décadas. Assistir a tudo explodir e derreter e continuar comprando seu salmão defumado no supermercado e subindo o vidro pra não ver a miséria amontoada na rua. Igual os ricos brasileiros são super acostumados a ignorar o que está bem na fuça deles, o mundo vai aprender a assistir a dezenas de milhões de refugiados climáticos morrendo nas fronteiras dos países ricos e temperados como quem assiste a um seriado. Exatamente como assiste a um seriado. É o que a gente faz com tudo, não é? Se piorar sempre é mais fácil que melhorar, em qualquer sistema físico, o que esperar de uma situação em que a sociedade inteira teria que ser radicalmente transformada desde a base até a ponta? Não tem a menor chance de isso acontecer. Não com a velocidade que seria necessária.

Eu não queria entrar nesse modo. Nos últimos anos, tinha ficado bastante pessimista quanto mais lia sobre o assunto. Mas, fora em conversas com alguns amigos e amigas que compartilhavam plenamente dessa impressão — melhor dizendo, dessa constatação fria, racional e objetiva —, evitava trazer isso à tona. Em parte, acho que eu devia trazer mesmo e foda-se, devia incomodar todo mundo com isso, sim, mas não queria ser a chata, não queria hostilizar todo mundo do meu convívio. Então sinto que não devia ter chegado assim de voadora com meu pessimismo no talo já no primeiro dia (teríamos mais dois ali, juntos).

E ainda sentia que estava falando tudo meio desajeitado, por estar falando em inglês. O Eric parecia impressionado. Ou, pelo menos, não sabia o que responder. Fazia uma cara de abismado que aos poucos foi parecendo vazia como a de um boneco. Ficamos mais uns minutos observando aquela massa de plástico que boiava na nossa frente sem falar muita coisa. Até que adormeci e, quando acordei, ele tinha se recolhido.

3

Passamos um dia inteiro sem tarefas explícitas marcadas. De manhã, ajudei Boris a limpar o equipamento dele meticulosamente, aprendendo um pouco sobre o funcionamento de um bando de bugigangas incríveis. Depois, Elaine veio nos chamar porque encontrou uns exemplares bizarrinhos de vida neustônica que nos deixaram fascinados, várias criaturas que nenhum de nós tinha visto antes ao vivo. Uma parceira de pesquisa da Elaine tinha pedido pra ela procurar por aquilo. Ela havia colocado uma pequena rede por algumas horas na lateral do barco e o resultado a deixou embasbacada, foi bem além do esperado. Tinha muita vida ali enfiada na nojeira, mais do que a gente imaginaria possível. Ficamos observando esses bichinhos a tarde inteira, no microscópio e a olho nu, ajudando a separá-los da massa de lixo.

Fiquei fascinada com uma lesma azulzinha linda que parecia um Pokémon, ou um dragãozinho (*Glaucus marginatus*), e que encontramos num grupo de três, todas devorando lentamente, mas com gosto, um mesmo miniexemplar primo da água-viva (*Porpita porpita*).

*

Tem muita vida na superfície do oceano, pequenas lesmas, cnidários, insetos mínimos, uma variedade gigantesca que a gente mal começou a catalogar. A impressão que dava olhando aquela quantidade de vida misturada à sopona de rejeito era que a vida marinha de superfície já estava evoluindo a partir do lixo, partindo do plástico como uma condição básica da vida. Parecia depositar seus ovos em cima do lixo, usar o lixo como chão pra viver em cima. Tinha algo de quase bonito nisso, ainda que de um jeito horroroso, nessa teimosia da vida de usar absolutamente qualquer coisa como plataforma, mas também dificultaria ainda mais a realização de alguns projetos megalomaníacos de varredura e limpeza da área que estavam sendo aventados por fundações privadas.

De noite, não tinha nada pra fazer. Eric e o capitão jogavam carta com dois dos marinheiros, rapazes novinhos e bombados que me olhavam com olhos enormes, mas mal conseguiam conversar comigo (estou acostumada). Por duas horas e meia, fiquei assistindo a vários episódios de um anime interminável que havia baixado no computador ainda no Brasil, até que cansei e decidi que precisava de alguma interação humana, qualquer que fosse.

Quando os marinheiros foram dormir, ficamos só eu e Eric ali. Ele me ofereceu uma das cervejas que estava tomando e que havia negociado com os marinheiros, não sei se por grana ou se por alguma outra coisa (ele fez uma piadinha esquisita que não cheguei a entender).

Fui sentindo no tom dele uma ligeira mudança de registro que talvez fosse uma tentativa extremamente malsucedida de flerte. Eu não sentia nenhuma atração por ele, nem de longe. Não ficava com homens tinha uns bons anos, mas nunca deixei de me considerar bissexual, ainda que mais por causa de fósseis de atrações passadas cuja realidade ainda se impunha na minha memória afetiva (e até corporal) do que por qualquer realidade libidinal recente. De todo jeito, com certeza não seria com aquele galeguinho lamentável que eu quebraria a série, voltaria pra aquela gincana, ou sei lá como dizer. Ele não só não me era atraente como me causava até certa repulsa, pela arrogância primeiro-mundista. Na minha experiência passada, havia muitos homens neutros ou até feios que, pelas circunstâncias e álcool, tornavam-se não só transáveis mas efetivamente atraentes. Quase tudo é possível pro tesão, quando bem encaminhado e tudo mais. Se o contexto pede, se alguém convence, coisas estranhíssimas podem vir a acontecer. Mas algumas coisas não eram tão possíveis, não. Tem pessoas que te deixam seca como terra rachada já de cara, já de antemão.

— Você se recuperou da sua decepção? Já está melhor?

— É, sei lá. Eu não sei o que esperava. Não sei se achei que ia mesmo caminhar sobre a coisa, mas acho que sim. Acho que uma parte minha meio que achou que seria assim.

Eu ri, dessa vez alto mesmo, e ele me acompanhou, ainda que de maneira mais tímida.

— Admito que li pouco sobre a massa antes de vir, não tive tempo. Me botaram de última hora na viagem.

Não respondi a justificativa dele, continuei sorrindo e tentei mudar de assunto.

— Foda, né. Muita gente pensando que vai salvar o mundo. É complicado porque acho que a escala do problema parece atrair tanto as pessoas mais sensatas e razoáveis do mundo como as mais megalomaníacas.

— E você acha que eu sou de qual grupo?

Só sorri em resposta. E ele riu, riu alto e de um jeito que fazia parecer suas risadas anteriores todas falsas. Uma risada nada atraente e muito infantil, mas que pela primeira vez me trouxe um mínimo de simpatia, pelo menos.

— E no quê que você pensa quando não está rastreando lixo? Além de na crise climática e na fatalidade do fim dos tempos?

Isso me fez rir.

— Deixa eu colocar assim: você pensa em alguma coisa que te deixa alegre? — ele perguntou com um risinho nervoso.

— Em muita coisa. Recentemente venho pensando muito no plastifério e na possibilidade de seres evoluírem nas profundezas abissais com polímeros hoje absurdos. Daqui a milhares de anos, claro. Não tenho nenhuma esperança pra nós, mas sempre me dá consolo pensar numa escala geológica maior e lembrar que, quem sabe, pra vida na Terra, a gente tenha sido só uma anomalia destrutiva mas passageira, um câncer violento mas não fatal, uma catástrofe entre as várias mas não uma condição terminal da sua complexidade, de sua diversidade maravilhosa. Gosto de pensar no que a vida vai fazer na Terra com nossos destroços depois que a gente for embora. Nas formas impensáveis que virão depois.

— ...

— Só espero que elas sejam menos idiotas do que a gente. Quem sabe inventem jogos melhores.

Eu estava falando totalmente a sério, mas decidi rir pra quebrar a tensão. Ele me acompanhou com seu riso claramente forçado.

— Você só pensa em coisas terríveis, então? Tenebrosas, pelo menos.

— Não sempre, né. Claro que eu também penso em mundos alternativos com outras pegadas ecológicas e tal. Leio ficções científicas utópicas das mais doidas. Penso no quanto seria improvável mas maravilhosa uma revolução ecossocialista que impusesse o fim do uso pessoal do carro e do avião. Sonho com uma revolta violenta dos oprimidos de todo o Sul global contra os países e indivíduos que mais causaram essa merda. Mas não consigo acreditar de verdade em nenhuma dessas coisas. Sou realista demais, o mundo é inercial e entrópico demais. Então a maioria das alternativas que acho interessantes de verdade são fantasias com diferentes graus de delírio envolvidos.

Ele olhava pra mim admirado, como se esperasse uma profecia, uma boa nova, mas estivesse ainda assim meio fascinado com as coisas deprimentes que estava ouvindo. Fui estranhando, mas parte de mim gostou de poder entrar no modo palestrinha. Segundo um grande amigo meu — e não sei se tenho direito de discordar —, eu já gosto de palestrar com qualquer um, mas, quando se trata de homem branco, então, fica a dois pulinhos de virar sermão.

— Acredito na realidade da destruição em todas as escalas, no fato de que o crescimento a todo custo continua sendo a regra do mundo todo, mesmo com geral sabendo o que está ali no horizonte. Não acho que seja pessimista admitir isso, acho que é só realista. A não ser que coisas muito novas e muito estranhas aconteçam, e claro que eu torço por elas, não tem nada que desligue esse piloto automático maldito.

— Também não é assim. De fato, muita coisa vai se perder e já se perdeu. Mas a tecnologia também pode nos ajudar. A gente vai arranjar jeito de consertar algumas coisas. Tem propostas de geoengenharia que podem dar certo no futuro. Tem toda essa economia de crédito de carbono que acho muito animadora. É um problemão, mas nós já fizemos coisas incríveis antes, como humanidade. Já fomos pra Lua, poxa! Acho que tem muita coisa pra acontecer ainda. Falta virar a chave pra algumas pessoas, mas...

Fiz uma cara que eu mesma não saberia descrever. De que ia rir da coisa já, já. Mas sem rir ainda. Os olhos meio arregalados e a boca parecendo antecipar algo.

— O que foi? Diz logo.

— Isso aí é muito coisa de... Desculpa, eu não queria invocar isso. A gente nem se conhece direito, nada a ver eu ficar também... Sei lá.

— Diga, diga lá.

— É que pra mim isso é muito coisa de norte-americano. De europeu. De país rico, enfim. Vocês vivem dentro dessa bolha que parece tão melhor que o resto, que funciona tão melhor que o resto, de fato, pra muita coisa, e aí ficam querendo cagar regra pra todo mundo, como se a riqueza de vocês não viesse diretamente da pobreza alheia. Como se toda solução de vocês não fosse parte integral do problema. Como se essa maravilha toda tivesse vindo do nada, do ar. E como vocês vivem dentro dessa bolha, que precisa da destruição do resto do mundo pra existir, vocês não conseguem sentir o drama. Não de verdade. Um ou outro aí dentro, talvez, mas a maioria não. Os imigrantes sabem, claro, os refugiados sabem. Mas os nascidos e criados aí, e em especial os privilegiados, não têm ideia. Vocês ficam achando que vai dar, que o capitalismo, que a ONU, que alguém vai chegar pra resolver. Que vai chegar o Papai do Clima e vai cobrar impostos de carbono e geral vai pagar numa boa. Beleza. Vai nessa. Com a coerção de quem?

Sob que exército? O que vai rolar é ecofascismo, geoengenharia alucinada de última hora e um mundo muito pior pra quase todo mundo. Muito, muito pior. E isso não quer dizer que não tem nada o que fazer. Pelo contrário. Quer dizer que existem infinitas coisas a fazer, só não serão essas que você mencionou.

De repente me vi despejando um ressentimento de vida inteira naquele moleque. O Eric era um babaca, mesmo, e podia até merecer alguma cota de agressividade da minha parte, no limite, por ter sido arrogante o tempo quase todo, mas ele não tinha pessoalmente invadido a América nem comprado escravizados na África, pelo que eu sabia. Ele deve ter se beneficiado desses processos, em algum nível, claro, mesmo que de forma indireta, mas na prática tanto quanto eu, que sou neta de portugueses (não só, mas principalmente). Eu podia não ser exatamente branca, mas sabia de onde tinha vindo, nenhum antepassado imediato meu havia tomado porrada na rua ou lavado cueca alheia. Tinha menos privilégios que esse cara, por evidente, mas tinha lá os meus. Não achava que era tão melhor ou menos culpada que ninguém e, no entanto, estava lá querendo fazer aquele cara se sentir mal. Mesmo tendo uma puta tendência à introversão, sempre tive também uma facilidade enorme de falar, havendo contexto. Se deixar, saio falando pra sempre. Decidi maneirar o tom, mudar um pouco a direção.

— Quando criança, vivia lamentando o fato de que a gente morreria antes de ver o futuro. A coisa que eu mais queria era ver o mundo em dois mil duzentos e cinquenta, e ficava inconformada, com oito ou dez anos de idade, que eu não pudesse chegar até lá. Não conseguia aceitar que teria gente no futuro que veria as coisas incríveis que iam inventar, e que eu não seria uma delas. Hoje eu penso que, além de não ter filhos, é melhor me estragar o mais rápido possível. Honestamente não sei se quero estar aqui pra ver a segunda metade deste século. A coisa vai ficar feia demais, demais.

Ele concordou com a cabeça.

— Eu nunca tinha pensado no negócio assim, desse jeito. Converso sobre isso direto com amigos e tal, mas acho que a gente não se permite colocar as coisas dessa forma. A gente fica ansioso e meio desesperado, faz algumas piadas e pronto. Alguns chegam a fazer protestos e coisas do tipo, mas eu não consigo achar que isso muda nada. O fato é que... talvez você esteja certa. Talvez a gente esteja subdimensionando as dificuldades, a radicalidade da coisa. Mas é que é algo meio sinistro e sombrio de se considerar por muito tempo. Ninguém aguenta. Ninguém aguenta de verdade.

Concordei, mas não sabia mais o que falar. Já estava anoitecendo. Ele achou que talvez fosse transar esta noite, e no lugar estava ouvindo que a humanidade ia se autodestruir e que não tinha muito como sonhar com solução sem ser um gringo ingênuo (pra não dizer trouxa).

Tentei manter meus olhos no mar, longe da gente, enquanto terminava minha terceira cerveja. Eric já estava bêbado, eu começava a sentir uma brisinha. Conseguia achar agradável o leve movimento do barco naquele momento. Comecei a formular pra mim mesma como seria essa frase em inglês, mas no processo fui lembrada da música do Jards Macalé. E acabei cantarolando a sua melodia em vez de falar qualquer coisa. A gente ficou calado por mais um bom tempo.

4

Deve ter sido quase uns dez minutos depois, difícil dizer, mas de repente comecei a ter a impressão de que algo se levantava da água. Não sabia o que estava vendo, mas tinha claramente um volume se erguendo ali no meio do plástico todo. Fiquei duvidando de mim mesma, piscando. Não sabia se apontava pro Eric ou não. Mas ele notou o meu rebuliço, que estava me esforçando pra ver algo melhor.

O volume se levantou lentamente. Imaginei que devia ser um bicho se erguendo e com isso levando o plástico na cabeça. Pensei em enguias, na tensão de superfície da água e nos índices de refração ótica; pensei em ilustrações antigas de hidras, mas o formato não se parecia com nada que eu já tivesse visto. Era apenas um amontoado de lixo que se erguia como se tivesse intenção conjunta. Maior do que uma orca. Olhando com mais atenção, parecia aglutinado por uma pasta gelatinosa e alaranjada em partes. Pensei na possibilidade de ser uma forma desconhecida de vida, e meu coração de repente estava quase saltando pela boca. Os pelos dos meus braços e pernas estavam todos eriçados.

E aí a coisa falou. Ou tentou falar. Ela fez barulho, enfim.

— @&#^^@&@#*#((!

— Oi?

— #%$!&^@*#*!

Eu não conseguia entender. Olhei pro Eric, que estava com a boca escancarada de uma caricatura.

O barulho parecia de algo molhado e esponjoso se amassando, de entranhas gosmentas se remexendo com o passar de uma corrente elétrica. Tinha certa tensão atritosa junto, um zumbido repleto de eletricidade, mas nada que se recortasse ou distinguisse a ponto de parecer sílaba ou fonema. A criatura não tinha boca, mas, quando emitia som, a gelatina parecia vazar e tremer numa faixa que ficava bem na metade da sua extensão vertical. O trem, o bicho, parecia exasperado. Como se precisasse transmitir algo urgente. A parte gelatinosa começou a se agitar no seu lado direito, e de lá começou a sair uma protuberância menor. Como um braço, ou nadadeira. Tremeu e tremeu, parecia querer se estender e se aproximar com muita dificuldade, talvez com dor.

De repente, os holofotes do barco foram ligados e virados em sua direção. A criatura paralisou, primeiro, duas cavidades se formaram rapidamente onde a gente esperaria encontrar olhos. E a forma toda no instante seguinte se desfez, a gelatina se dissipando e os pedaços de plástico todos se desgarrando, voltando pra massa indistinta.

Nenhuma das câmeras que estavam montadas conseguiu pegá-la. Elaine e Boris fizeram uma cara gentil e compreensiva, mas não pareceram acreditar no nosso relato, olhando sem muita sutileza pras garrafas vazias de cerveja que estavam acumuladas debaixo do banco. Pareciam achar que éramos jovens bêbados e impressionáveis (o fato de eu ter vomitado mais cedo talvez tenha contribuído pra que me achassem boba e frágil). Os dois rapazes do barco que manejavam o holofote responderam, timidamente, que não conseguiram ver nada direito. A mim parecia que estavam constrangidos e mentindo, mas eu não seria doida de dizer isso.

Fiquei totalmente transtornada, sentindo que aquela tinha sido a experiência mais importante da minha vida, que aquele momento havia constituído uma espécie de chamado. Um chamado demente, insólito, de difícil compreensão, mas um chamado. A impressão bizarra que tive na hora era que a criatura queria falar *comigo,* especificamente, e negar isso parecia quase uma desfeita. Uma traição.

Diante do tom já aquiescente de Eric, que não queria parecer maluco e alienar seus superiores na carreira, acabei cedendo. Acabei concordando — sem concordar — que a gente devia ter imaginado coisas. E não assistido a um evento singular e bizarro. Claro que sim. Diante dos cientistas mais velhos e respeitados, falei o que parecia ser a coisa mais razoável, a hipótese melhor navalhada por Ockhan, mesmo que me gastando de agonia nos pés e nas mãos enquanto falava. Na noite seguinte, a última, eu e Eric nos encontramos de novo no mesmo banco e concordamos em nunca mais falar sobre o assunto. Como não tinha nenhuma vontade de voltar a ter contato com aquele frouxo, ainda mais diante de sua covardia, não tive nenhuma vontade de insistir.

Quando enfim nos afastamos, no dia seguinte, a Porção de Lixo não sumiu de uma vez, foi desaparecendo aos poucos num gradiente sutil e desgraçado.

5

Desde que voltei, passei quase todo fim de tarde perto da praia da Barra, os pés enfiados na água (mas não mais do que isso), os ouvidos abertos. Esperando sentir aquela vibração de novo.

LIVRO DE ROSTO

I

Alexandre nasceu em Cascavel, no Paraná, e perdeu pai e mãe num acidente de carro quando tinha seis anos. Não tinha nenhuma memória dos dois, encarava as poucas fotos deles como quem encara fotos de celebridades, de figuras históricas. Não ajudava que fosse tão diferente de rosto, que não compartilhasse quase nenhum traço diretamente reconhecível nem com eles, nem com o resto da família. Quando os primos mais velhos zoavam que era adotado, achado no lixão, sempre pareceu muito fácil de acreditar.

Passou a morar com a avó Célia, mãe de sua mãe, uma viúva muito religiosa e austera que vivia sozinha havia um bom tempo e jamais gostou de criança. Acabou dando num menino assustado, com medo ao mesmo tempo dos santos (cujas imagens ocupavam a mesa inteira do apertado corredor da casa) e da legião de demônios que eles estavam sempre combatendo no pano de fundo do universo.

A avó transmitia com exaspero e sofreguidão o mesmo senso vago de vergonha e dever constantes que haviam lhe passado desde novinha. Alexandre absorveu tudo como uma esponja, ficando lá até os quinze, quando se mudou para Londrina, onde morou com a tia mais velha, Susana (irmã do pai), até a pós-graduação.

Com a tia, teve mais liberdade, mas não desfrutou tanto dela. Vivia em casa assistindo a novelas e tendo pesadelos vívidos, compridos e elaborados com demônios tarados (que terminavam numa noite e recomeçavam na noite seguinte, como um seriado). Alexandre viveu desse jeito por muito tempo, mesmo com Susana falando para ele sair mais, para ele beber. Ele sorria e seguia conversando apenas com os gatos da tia, sem fazer amigo nenhum.

Afastou-se rápido das crenças da casa da avó, mas não do temperamento que as acompanhava. Seguia angustiado pela culpa de uma fé que não era dele e desde cedo já tinha perfeita consciência desse impasse. Sempre foi estudioso e, interessado em cinema e em livros a partir da adolescência, fez o possível para transformar seu interesse em profissão, dando aulas de reforço para os filhos dos vizinhos já no ensino médio e, mais tarde, em cursinho pré-vestibular.

*

Susana era uma veterinária razoavelmente bem-sucedida, pessoa séria e quieta que só sabia trabalhar. Falava baixo e estava sempre pensando no bem-estar dos seus três gatos e dos outros animais que cuidava. Nunca quis ter filhos, até por isso pôde ajudar Alexandre a viver com algum conforto enquanto ele fazia mestrado em Londrina. E continuou ajudando depois que ele saiu da sua casa para fazer o doutorado em Curitiba.

Quando Alexandre dava aulas particulares de português e inglês, era só para poder jantar fora, comprar livros e DVDs importados. Sentia-se chiquérrimo. Estudava como um condenado para todo concurso que aparecia desde o final do doutorado. Foi mal nos quatro primeiros que fez — uma pilha de nervos nos dias anteriores, as mãos suando durante as provas, gaguejando nas entrevistas —, mas passou no quinto, em Goiânia, o primeiro que prestou numa capital em que não tinha vontade particular de morar. Transformou-se em professor adjunto de Letras (Inglês) na Universidade Federal de Goiás em 2011, onde está desde então. Mandou fotos da posse e de sua primeira aula para a avó e a tia, que morriam de orgulho.

*

Alexandre sabia desde o meio da adolescência que gostava de homens, mas só se permitiu considerar tocar em alguém com desejo depois que estava a alguns bons quilômetros de distância da família imediata. Teve alguns encontros fortuitos aqui e ali, geralmente em bares especializados, mas apenas um relacionamento amoroso mais sério e longo com um homem um tanto mais velho. O relacionamento terminou pouco antes de Alexandre conseguir sua estabilidade profissional e, consequentemente, financeira. Esse homem, Edivaldo, foi a primeira e única paixão da sua vida. Conheceram-se em Londrina, numa festa em que Alexandre havia ido com companheiros do mestrado. A segunda festa "adulta" a que Alexandre foi na vida (já com vinte e três anos), a primeira em que havia uma profusão de homens gays.

Edivaldo deu em cima dele de um jeito insistente e teimoso. Ficou seguindo-o durante a noite, na verdade. Nunca tinham dado em cima dele de maneira tão direta na vida, a sua vontade foi de ceder imediatamente, só não o fez por constrangimento. Mas cedeu no final da noite, já bêbado. Nos meses seguintes, Edivaldo o arrancou do armário, ainda que de um jeito pouco socializado. Ficavam muito no apartamento dele, saíam apenas para tomar cerveja ali por perto e em geral não se tocavam em público (os dois preferiam assim).

Tiveram alguns meses de um convívio caloroso e carinhoso, os melhores meses da vida de Alexandre. Ele sentia que estava mais feliz do que qualquer pessoa havia estado na face da Terra (nem Rimbaud no seu auge, nem Whitman no seu, teriam conhecido êxtase igual). Mas Edivaldo logo se mostrou, por debaixo dessa primeira camada, uma pessoa agressiva e possessiva. Tentava controlar Alexandre em tudo, impedi-lo de ter uma vida social. Ficaram indo e voltando — com muito drama e algumas brigas físicas, sempre iniciadas por Edivaldo, às vezes retrucadas de volta na mesma moeda — durante seis anos. Moraram juntos durante a maior parte desse período, os dois infelizes e ressabiados. Os dias bons eram poucos e sempre bêbados.

Alexandre achou durante muito tempo que nunca conseguiria sair daquilo. Acabaria matando Edivaldo ou sendo morto por ele (com a segunda opção parecendo cada vez mais provável). Nunca contou para ninguém das vezes que apanhou, e quase perdeu uma matéria por falta no final do doutorado porque não queria que a turma visse o roxo nos seus ombros, no seu rosto.

Ao estudar para os concursos, sabia que estudava também para fugir. E foi só depois de passar no concurso para Goiânia que teve coragem de terminar. Juntou suas coisas com a casa já vazia e só mandou mensagem explicando mais tarde, sem informar para onde ia (tinha medo de Edivaldo segui-lo, mesmo sabendo que o trabalho dele ficava ali). Nunca respondeu às perguntas enfurecidas que recebeu e trocou de número assim que chegou a Goiás.

2

Depois disso, Alexandre teve apenas relacionamentos muito breves, geralmente com garotos bem mais novos, alguns deles seus alunos e ex-alunos, quase todos graduandos ou pós-graduandos. Nada muito sério. Nunca havia sido um jovem muito sociável. Agora que era professor e se considerava velho, o máximo que fazia era ir a barzinho e festas de aniversário de colegas, e ainda assim costumava ser dos primeiros a voltar para casa. Por isso tudo, a explosão das redes sociais acabou disparando uma reviravolta considerável no círculo de relações possíveis da sua vida.

Nunca teve paciência para essas coisas, demorou um pouco para começar, comparado com seus conhecidos e colegas, que o chamavam há anos. Foi entrar no Facebook no início de 2013 depois de ver uma palestra sobre a Primavera Árabe. Nos primeiros anos, não chegou a usar muito. Mas, depois de um tempo, foi virando hábito abrir ao menos uma vez ao dia, antes de dormir, e às vezes postar uma coisinha. Quase sempre escrevia sobre seu cotidiano ou sobre algo que havia visto ou lido no dia. Os poucos *likes* que recebia lhe pareciam muitos, e cada um deles lhe alegrava em sua especificidade (sua tia Suzana, seu brilhante aluno Ricardo).

A partir de 2016, sendo já professor e tendo, por isso, uma rede de "amigos" cada vez mais extensa, a maioria bastante jovem, Alexandre passou a postar quase todo dia. Sempre depois de jantar, quando já estava na segunda ou terceira taça de vinho. Assim que um hábito se encaixou nesse outro (o de beber durante e depois do jantar), aí que virou compulsão. Postava às vezes trechos de seus poetas e ficcionistas favoritos, às vezes pedaços de biografias que ele achava que poderiam causar alguma reação bacana. Não raro, os posts tinham alvo certo, ou um pequeno punhado de alvos certos. Um garoto em quem Alexandre estava interessado e que teria demonstrado curiosidade ou gosto por algum de seus escritores favoritos (Shelley, Wilde, alguma das Brontë).

Por um tempo, Alexandre sentiu que aquele era seu principal canal de autoexpressão e contato afetivo com o mundo. Tinha lá suas aulas e seus alunos, claro, seu trabalho, mas nunca se permitia realmente se soltar na academia. Gostava do que fazia, mas os artigos e as aulas eram performances contritas, esforços deliberados e visíveis de reproduzir um padrão fantasmático de excelência estrangeira que ele tinha na cabeça (e que vinha mais de livros e filmes do que de qualquer exemplo em carne e osso). Ele tinha escrito seus dois ou três artigos com insights que tinha por preciosos, pelo menos. Pensava neles e se agarrava a isso todos os dias, enquanto se fustigava mentalmente por alguma de suas muitas culpas.

O Facebook foi o primeiro espaço onde Alexandre começou a se colocar diante dos outros, a se expressar. No início de 2017, já postava algumas vezes por dia, mesmo quando não obtinha muita reação. De maneira ansiosa, mais do que prazerosa, na maior parte do tempo. Muitas vezes fazia comentários autodepreciativos sobre seu próprio hábito e seu excesso, anunciando em seguida que aquelas mensagens se autodestruiriam (o que às vezes acontecia, mas muito raramente; o mais normal era que se esquecesse da ameaça ao dormir).

Começou inclusive a falar do seu desejo e da melancolia que geralmente o acompanhava, de um jeito que jamais falou em lugar algum (nem com os poucos amigos, nem com o analista, nos poucos anos em que tentou isso, com bastante constrangimento e pouco resultado). Ele próprio não entendia como é que as coisas acabavam saindo tanto naquele canal, e com tanta franqueza, como que a vergonha monumental que ele sentia ao vivo acabava sumindo quando ele estava ali, atrás do teclado, diante de literais centenas de pessoas que ele conhecia e desconhecia. Como é que tanta coisa que ele reprimiu com sucesso durante tanto tempo, de repente, acabava extravasando, entornando o balde justamente naquele lugar? Ele não tinha ideia de como, mas a verdade era que elas acabavam arranjando o seu jeito de sair.

Tem dias que são bons, que a gente consegue se concentrar pra trabalhar, que a gente sente que os alunos absorveram alguma coisa. Dias que a gente encontra uma obra nova que ensina à gente um jeito novo de sentir... Mas aí tem esses momentos em que a gente só sente a angústia dentro do peito crescer e crescer e crescer, até não caber mais nada. Até não existir mais nada. Nem nós mesmos. Muito menos nós mesmos.

O que fazer nessas horas?

A única resposta veio no dia seguinte. Sua tia Susana falando: "Muitas saudades suas!!! Um beijo pro meu professor querido!".

3

Foi em 2017 que esse comportamento já meio viciado no Facebook foi injetado de todo um outro patamar de intensidade. E tudo por causa de uma presença virtual que começou a se sobrepor a todas as outras da plataforma: a de Juliano. Um garoto que rapidamente se tornou a maior obsessão erótica de toda a vida de Alexandre, sem nenhum segundo lugar remotamente próximo (nem mesmo os famosos; nem Basquiat, nem River Phoenix).

Não era porque ele era lindo e gostoso (e ele era as duas coisas), mas porque Alexandre sentia que nunca tinha visto alguém cuja sensibilidade lhe parecesse mais atraente, afiada e acertada. Juliano não tinha nem vinte e quatro anos e parecia ter lido de tudo, parecia conhecer tudo. Gostava de Ashbery e de O'Hara, de New York Dolls e de Antônio Variações. Seu livro favorito era Là-Bas, de Huysmans, já nessa idade (Alexandre só foi ouvir falar desse livro depois dos trinta, que dirá lê-lo). Seus diretores favoritos eram Fassbinder e Todd Haynes, que Alexandre também mal conhecia nessa idade.

Ainda por cima, Juliano se vestia muito bem, de um jeito próximo ao que Alexandre sempre quis para si, mas jamais teve coragem de assumir (autodefinido "dândi de baixo orçamento", "diva ambígua da periferia"). Ao contrário de tantos garotos que Alexandre conheceu na universidade, depois de virar professor, no Juliano aquela pose segura e tranquila de descolado — de quem só gosta das coisas certas e sabe disso — não decorria de um berço abastado, bem situado e permissivo, mas de alguém com muita personalidade e inteligência, mesmo, alguém que conseguiu arrancar toda aquela distinção singular do mundo sem que nada lhe tivesse sido entregue de graça. Bom gosto e coragem autênticos, espontâneos, não criados em estufa, emergidos na pura marra e na cara de pau, na cara dura. Exatamente como tantos dos artistas que Alexandre admirava.

Alexandre não sabia antes que dava para sentir tanto tesão por alguém. Chegava a doer a glande, além de ele ficar, ao mesmo tempo, com uma latência ardendo no cu que jamais sentira antes. Como se de desespero. Com o tempo, foi sentindo que a existência toda dele girava em torno de Juliano. Estava sempre conversando com ele na sua cabeça, ao preparar as aulas, ao lavar a louça, ao lidar com o trânsito. Não passava um minuto sem que o rosto dele se imprimisse na sua vista.

*

Alexandre sentia orgulho de ter entrado na academia sem ter família de acadêmicos, sentia orgulho de ter assumido sua sexualidade, ainda que com muita dificuldade, depois de sair da casa da tia (e, principalmente, depois de passar no concurso e mudar para Goiânia). Mas ainda se sentia um menino roceiro e ignorante muitas vezes, ainda se sentia indefeso e inseguro quando andava sozinho à noite, quando tentava malhar na academia (nas semanas do início do ano em que conseguia se forçar a ir, antes de voltar a cancelar a matrícula). E isso também acontecia quando ele sentia que estava desejando alguém fora de sua alçada.

Acontecia com frequência de Alexandre se sentir envergonhado da maneira que andava, que falava, e achar que devia corrigi-la, que precisava corrigi-la urgentemente. Mesmo quando ninguém demonstrava estranhá-lo, às vezes mesmo quando estava sozinho. Sentia inveja dos meninos mais novos e mais soltos do que ele, que podiam viver uma liberdade que mal conseguia imaginar para si mesmo, que dirá exercer. Tinha alunos que pareciam ter nascido em outro mundo, inteiramente, em outra dimensão (e não só vinte, trinta anos depois dele).

Mas nenhum deles jamais havia transmitido esse sentimento com a mesma força que Juliano. Ele parecia que já vivia num mundo pós-gênero, pós-preconceito, sem essa coreografia rígida e sufocante que Alexandre ainda sentia que o regia de longe, desde o passado (Jesus te segurando pela garganta, Maria te olhando feio, os santos te pisando as costas). Vivia nas plataformas interagindo com seus amigos gays, trans e não binários, como se aquelas comunidades sempre tivessem existido numa boa, ao ar livre.

Olhando pela *timeline* de Juliano, o mundo já parecia se encontrar numa espécie de paraíso. Alexandre não conseguia nem acreditar que aquilo tudo que chegava nele pela internet estava acontecendo no presente, na mesma era cósmica que se desenrolava para ele em Goiânia, nas interações tronchas que ele tinha por aí com todo mundo e que via os outros terem. Enquanto isso, ele não se sentia à vontade nem para usar aplicativo de pegação por causa da vergonha que sentia dos alunos. Mais de uma vez, criou perfis sem foto e sem nome que nunca atraíam parceiro algum, funcionando apenas como mais uma janela anônima e solitária para aquele outro mundo (um lugar, aparentemente, em que todos estavam transando menos ele).

Já estava quase acostumado a desejar o que não podia ter, passou a vida fazendo isso, mas realmente desgostava de ter tanta inveja como tinha desses meninos mais novos.

*

Juliano era da Paraíba, mas mudou-se para São Paulo com a família ainda menino. Seu sotaque era meio paraibano, meio paulista. Era tatuador, mas, ao contrário da maioria dos tatuadores, não era só ligado em cultura visual, também gostava muito de ler. Foi assim que Alexandre acabou chegando no seu perfil. Por uma tradução de um poema da Adrienne Rich que alguém compartilhou na linha do tempo de Alexandre e que o fez seguir Juliano e já se emburacar por meia hora no perfil dele. Naquele mesmo dia, Alexandre comentou um par de vezes em traduções que Juliano havia feito. Ele respondeu de maneira simpática e o adicionou em seguida. Alexandre se masturbou com as fotos de Juliano já nessa primeira noite. A primeira de centenas.

Desde então, absolutamente tudo que Alexandre postava no Facebook era, de uma forma ou de outra, uma tentativa de fazer Juliano notá-lo (e, quem sabe?, com sorte, atraí-lo). Tudo. E se isso antes queria dizer duas ou três postagens por dia, naquele momento passou a querer dizer cinco ou seis. Quando não sete ou nove.

Quase comprou passagem para São Paulo de maneira impulsiva, dizendo para si que era por causa de uma mostra de cinema. Mas, quando Juliano demorou quase dois dias para responder uma mensagem privada sua (bastante casual, perguntando onde teria baixado tal filme), Alexandre achou melhor segurar um pouco a onda. Nunca teve coragem de continuar com a conversa, embora pensasse nisso todo santo dia. Em todas suas possíveis modulações.

4

Foi no final de 2018 que Alexandre chegou no seu auge enquanto postador do Facebook. Nessa época, seu afã já começava a virar assunto em alguns círculos acadêmicos de literatura (o professor paranaense da UFG que não parava de postar, às vezes genial, às vezes claramente bêbado; quase sempre triste).

Algumas das postagens eram extensas. A ordem de cada vírgula e palavra pensando diretamente em Juliano. Desde a tradução improvisada de um poema do Frank O'Hara que ele arriscou (a primeira tentativa da vida), passando por trechos divertidos comentados das biografias de Wilde e Emily Brontë e, claro, pelo miniensaio sobre o filme *My Private Idaho*, de Gus Van Sant, que gerou comentários em grupos de WhatsApp por todo o Brasil, tanto elogiando quanto zoando (e que ele escreveu de madrugada, quase num transe, depois de ver que o filme havia sido recomendado por um post de Juliano três anos antes).

Juliano curtia alguns desses posts, mas não todos. Todas as suas curtidas deixavam Alexandre feliz por horas, seu corpo relaxado de um leve gozo e, ainda assim, retesado de propósito. Todas as faltas de curtida eram motivo para frustração, autoderisão. Às vezes ódio, mesmo. Passou a cumprir uma espécie de ritual involuntário sempre que postava algo, desligando o celular e o jogando debaixo da cama. Em seguida, desligava o roteador na sala para poder se concentrar em alguma coisa que não a expectativa da resposta. Dificilmente durava muito mais que vinte minutos, meia hora. Duas, quando botava um filme. Mas ajudava. Conseguia se concentrar em outra coisa por um instante, pelo menos. Ler parte de um artigo ou um punhado de poemas.

*

Com os anos e o crescimento de outras plataformas, o Facebook foi se esvaziando. A maior parte dos perfis continuava ali, mas as pessoas não entravam mais. Era quase um cemitério virtual, uma plataforma fantasma. Alexandre seguia entrando várias vezes por dia, ainda postava quase diariamente. Sentia que ninguém mais lia o que ele escrevia, mas isso foi fazendo com que se soltasse ainda mais, se permitisse escrever de um jeito mais estranho, mais livre.

Alexandre Araújo Borges, 1 de maio de 2021:

As pessoas não percebem, mas quase todo desejo é indesejável. Quase toda arte é isso, no fundo o único consolo que a gente tem. Consolo paradoxal e melancólico que consiste em produzir mais desejo, mas desejo vicário. Entupir o mundo de desejo vicário. Se empanturrar de desejo de mentira pra que suportemos o peso sempre inassimilável do desejo de verdade. E o incrível é que isso não só faz a dor passar, porque a arte é uma forma de criar dor, também. É uma forma de fazer a dor passar, mas é também uma forma de fazer a dor aumentar. E isso só alguns poucos entenderam de verdade (a Maya Deren sabia, Jean Genet, Hopkins, Emily Dickinson. Kafka, claro).

A REDE SOCIAL também é uma máquina de dor. De criar e espalhar dor. E de botar o desejo pra rodar, pra correr. De maneira totalmente irresponsável, irreversível.

Alexandre supunha que ninguém visse suas postagens porque quase todas tinham pouquíssimas curtidas naqueles tempos (duas, três, quando isso). O que Alexandre não imaginava era que muita gente via sem curtir, inclusive gente fora do Facebook. Colegas de trabalho capturavam a tela e mandavam em grupos de WhatsApp de acadêmicos. Alguns se mostravam preocupados, outros zoavam sem constrangimento algum. Amizades já haviam sido formadas e desfeitas, grupos de mensagens formados e cindidos, em torno daqueles compartilhamentos. O fato era que seu comportamento era assunto em mesas de bar pelo Brasil, semana sim, semana não. Muito mais do que ele podia supor.

Juliano sumiu do Facebook durante essa época. Alexandre logo descobriu que havia migrado anos antes para o Instagram, onde postava diariamente seus trabalhos e o de parceiros. Demorou, mas acabou indo atrás e criando sua própria conta (depois de constatar que seria impossível acompanhar a vida de Juliano sem fazer isso).

Não tinha fotos para postar, odiava as que tirava de si mesmo. Deve ter tentado tirar umas duzentas selfies com toda iluminação possível, com todo tipo de roupa e ambiência, sem jamais ter postado nenhuma. Então seu perfil no Instagram consistia em capturas de tela dos textos de seus posts no Facebook (que continuou a usar normalmente).

    Sabia que aquela era uma maneira um pouco inadequada de usar a plataforma, meio tiozão, talvez, mas não se importava. Se nos primeiros meses queria ser visto na plataforma, queria ser desejado naquele lugar e nos seus termos, agora ele sabia que essa vontade era inútil. O fato de o Instagram ser ainda mais cheio de artistas, modelos e celebridades tornava mais evidente o tanto que ele estava aquém, o tanto que estava ultrapassado. O tanto que estava jogando outro jogo, em outra linha do tempo inteiramente.

    Cada vez mais, vendo aqueles *stories* deitado na cama, sentado no vaso, Alexandre sabia que não havia nada mais que pudesse fazer que seria atraente para Juliano — ou para alguma de suas versões ainda mais jovens, ainda mais ultrajantes de tão belas. Então tudo foi se tornando indiferente. Se não tinha como alcançar aquilo, todo o resto dava no mesmo. Foda-se.

    Alexandre sabia que não sabia se portar naquele lugar, mas não se importava. Quer dizer, ele se importava demais, o dia inteiro, mas sabia que era inútil. Não mais tentaria acompanhar os jovens, não mais tentaria ser desejável como eles eram. Nunca mais. Ele só se acomodaria, até a morte, naquele lugar onde estava. Exatamente ali naquele canto que conseguiu para si. Nos deveres da sua profissão e seus raros deleites, na pornografia que seguia consumindo de maneira voraz, apesar de fria e mecânica. Nessa faixa estreita de desejo que o mundo ainda lhe permitia acessar e consumir, uma faixa em que tudo que se faz é passar o dedo numa tela e olhar de longe para tudo que te deixa doido.

*

Alexandre chegou a ir a São Paulo em 2019, mas não teve coragem de chamar Juliano para sair. Abriu de novo o chat entre eles e constatou que não havia sido respondido na última pergunta que fizera, meses antes. Acabou, ainda assim, indo a dois bares e uma boate que já tinha visto Juliano postar em seu *feed*. Passou as três noites bisolhando jovens bonitos, ignorando olhares alheios de homens mais velhos que não achava nada atraentes e achando que algum magricelo tatuado, enfim, seria ele. Nenhum era.

5

Com o tempo, as postagens de Alexandre foram ficando mais rabugentas, mais lamuriosas. Não falava só de si e de sua melancolia, mas também dos maus tempos na política e na arte. Odiava os fascistas, claro, mas reclamava com muito mais frequência por ali da patrulha ideológica da geração mais nova, que, segundo ele, só sabia problematizar, mas não conhecia porra nenhuma, só sabia bater palma para tudo que era progressista, mal sabia o que eram critérios estéticos. Quase ninguém tinha paciência para responder ao que ele dizia, mas alguns tinham. Ele era sempre cortês nas respostas, mas as discussões raramente levavam para algum lugar (qualquer que fosse).

Ainda assim, a maioria dos seus contatos, se perguntada, diria que preferia essas postagens àquelas em que ele apenas dizia repetidas vezes que estava triste e sozinho, sozinho e triste, que Goiânia era feia demais e que o desejo era uma maldição insuportável, insuportável.

6

Tudo seguiu mais ou menos estável nessa mesma configuração tensa até que, um dia, Alexandre postou algo tão triste que o próprio universo se dobrou sobre si próprio, contraindo a extensão energética-estrutural da trama do espaço-tempo numa faixa estreita e espessa de constrangimento sem limites específicos. Carlos Reis de Vitória, professor de comunicação da Ufes, achou por bem gritar por sua esposa, Mariângela, para que ela, que no momento cuidava do recém-nascido no outro cômodo, também visse aquilo imediatamente. Mariângela sentiu a necessidade de sentar no chão assim que leu. Camila Soares, de Goiânia — ex-estudante de pós-graduação, hoje dona de um brechó —, estava descendo a bala de rolagem antes de dormir e crispou-se de corpo inteiro sucessivas vezes antes de compartilhar o texto com seis amigas. Paulo, de Curitiba, ex-orientando de Alexandre na graduação e no mestrado, exclamou um palavrão em voz alta no meio do escritório de publicidade em que trabalhava. E todos ficaram muito, muito tristes por um momento. Infinitamente tristes. Só que de um jeito bonito.

DUAS BRUXAS

Duas bruxas se encontram em São Luís, no Maranhão, em setembro de 2022, na casa de uma delas. Não se veem há muito tempo (éons, praticamente).

— Deixei engatado. Já, já toca e a gente começa.
— Beleza. Melhor deixar assentar, né. Antes.
— Isso. Mas e aí, menina, me conta, como que andam teus rolê? A grossa, né, a gente já foi começando logo tratando das coisa sem nem conversar nada. Quer um cafezinho, uma água? Tem suco de bacuri, acabei de fazer.
— Não, obrigada. Café a essa hora eu não durmo mais. E ah, vão indo, né, menina. Aquela coisa. Tem dia que é carne moída, tem dia que é beijo. Não tem muito meio-termo.

As duas riem.

— E sei lá. Eu já fui muito ansiosa e muito tensa, tu sabe, fiquei maluca das ideia com essa palhaçada toda, mas relaxei depois que percebi que nunca conseguiria mudar uma palha da situação. E olha que eu já... porra. Já descarrilhei seções inteiras do passado, sabe?
— Eu sei, querida, eu sei.
— Já rearranjei fatos por aí de um jeito que ninguém nunca vai saber que um dia eles foram diferentes.

— Tô ligadíssima.
— Sem querer, assim, me gabar nem nada.
— Tu fala como se eu não soubesse.
— E adiantou? Adiantou, porra nenhuma.
— Pois pronto.
As duas riem de novo. Agora mais fraco, suspirando no fim.
— Então foda-se, sabe? Mesmo me descabelando toda, eu só faço no máximo ver o que vai acontecer, igual a personagem de tragédia que já sabe que precisa terminar mal. Criança que antecipa a parte do desenho que vai se mexer em seguida. Ninguém gosta de ser Cassandra.
— Pois é. E ninguém gosta das Cassandras, também.
— Menos ainda. Exato. A gente já varreu esses campos todos de vários jeitos e deu pra ver como dá ruim em quase toda virada possível. Sinuca de bico em cima de sinuca de bico. A gente vai ganhar essa batalha agora, eu tô confiante, mas as seguintes tão tudo engatilhada já. Essa desgrama de civilização é essa bosta mesmo, um bando de desastre empilhado em cima duma puta pilha de contingência. Não tem jeito, não tem por onde pegar no pega-vareta, não tem por onde mexer que melhore. Achar que de repente vai melhorar justo agora quando a coisa aperta ainda mais é delírio de criança. Que a gente vai pegar a porra do timoneiro da história de maneira concertada e razoável e arrumar a casa justo quando o cinto apertar é Pollyanna demais pra quem esteve vivo nos últimos três anos. Foi mal. Não reproduzo isso por aí porque não acho que faz bem reproduzir pessimismo, melancolia derrotista, ninguém precisa disso. Mas assim, se tu for ser franca, se tu for ser realista, tu vai e vira um buraco negro de onde luz nenhuma sai jamais.

— Pior que eu ando meio assim também.

— Pô, menina, cê ainda fica lá tentando enfeitiçar uns executivo demente, tentando ganhar uns jovem herdeiro com teus rolê. Bato palma, sem sacanagem. Ainda tem saco pra tentar umas coisa que eu jamais teria sequer o saco, que dirá o estômago. Sou bem pior que você, tem nem comparação.

— Ah, eu ando bem ruim, também, viu.

— Não é uma competição, também, risos.

— Risos. Só tô cansada desses corre. Sei lá. Hoje em dia só quero ficar em casa lendo com as gatas, cozinhando. Posso assar uns pão de queijo, aliás. Artesanal. Bom demais. Não quer não, tem certeza?

— Não tô com fome. Mas brigada. A gente pede pra pelo menos deixar um pouco de planeta ainda pra gente. Uma sobra decente, que seja. Mas deixaram? Não. Só a rapa do tacho mesmo. E uma rapa reia pôdi.

— Nunca mais recebo ninguém aqui em casa, tô querendo ser uma boa anfitriã. Meu lado senhorinha mineira de repente bate, assim, sabe?

— Não sabia que você tinha esse lado, que fofo.

— Não? Eu posso ser extremamente fofa.

As duas sorriem em silêncio, os olhos se fechando juntos como acentos circunflexos [^^].

— Mas então. Aquilo que eu disse que queria falar contigo.

— Diga.

— Aquelas fendas todas lá já era pra terem sido fechadas, mas parece que ainda tá entrando um bando de criatura por todo canto naquele quadrante lá. Os bagulho das dimensão mais podre possível. Tu sacode qualquer criança naqueles canto e ela tá com uns vinte, trinta dentro. É só tu ver. Uma tristeza, menina. Tá uma coisa de maluco.

— Tá assim, é?

— Se puder dar um *help* depois, a galera certamente ficaria super, supergrata.

— Não sei, eu não lido com criança nunca. Acho difícil demais. Mas posso ver.

— Tô te falando, tá saindo entidade pelo ladrão, e não são aquelas de sempre, que têm seus ritos já, seus cuidados, normal. Aquelas que todo mudo conhece e quando não conhece sabe que tem pra quem perguntar. É um bando de entidade gringa que inventaram ontem, que não tem nem quê nem porquê de chegar ali, mas já chega arrombando, sem respeito, sem tchum, sem nada. Quando você vai ver, a Jéssica de Piracicaba, o Jonatas de Oeiras tão tudo com uns goliandros ectoplasmáticos nível doze supurando as artéria, Qliphoths de plástico que soltam tinta tóxica e se reproduzem quando molham. Tudo entalado, entuchado no intestino. Os planos tão todos como que encavalados uns nos outros. Tão que não se aguentam neles mesmos.

— É, sei lá, viu.

— O quê?

— Quando que não estiveram, também? Não sei, às vezes não sei se a gente tá surtando um pouco também, por causa do Bolsonaro, do Trump, essas tranqueiras. Aumentou desde 2017, por aí? Aumentou, mas acho que a gente só passou a ver muita coisa que ficava escondida, sabe? Muita coisa que tava ali debaixo do pano, bem na nossa fuça, correndo só no esgoto. E que agora saiu pra rua. Todo mundo sempre foi hospedeiro de tudo que é espectro e coisa, sempre teve esse sem-número de entidades virtuais que podem ou não ser atualizadas na gente. Isso sempre esteve aí e sempre foi infinito, desde as onça. A internet só foi acelerando tudo, primeiro aos poucos e de repente de uma vez. Eu não devia ter que te explicar nada disso, queridinha.

— Mas tá diferente, pô, nem vem. *Queridinha*.

— Assim como todo mundo tem a sua senhorinha mineira dentro de si, e é só deixar aflorar? E tudo o mais. Se deixar, ela já pimba.

— Tá pior. Melhor pra algumas coisas, porque mais instável, talvez. Bom pra quem gosta de experimentar, brincar com perigo. Mas sei não, tô velha pra molecagem, sabe.

— Quando você vai ver, foi. Do nada cê já tá logo querendo dar broa de milho pra todo mundo, botar bolo pra esfriar na janela.

— Maré que recua assim traz peixe sem olho.

— Oferecer café pra estranhos que passam na frente da tua casa. Bom demais.

— ...

— E qual é o problema de peixe sem olho?

— Você entendeu o que eu quero dizer. Forças abissais. Forças ctônicas. Elas tão aí no nosso cangote. Espreitando das fissuras.

— Não sou tonta né, entender eu entendi. Tô é registrando o meu desacordo com os valores embutidos dessa imagem. Sem querer ser chata, mas já sendo. Tu me conhece. E sem desrespeitar aí os arcabouços ingênuos de tantas mitologias respeitáveis mas abestadas. Com suas metáforas corporais de orientação e tudo o mais. Máximo respeito.

— Tá.
— Tá?
— Prossiga.
— Eu só não gosto, e cada vez mais desgosto, dessa coisa de criaturas abissais como criaturas maléficas. Isso é coisa de Lovecraftzinho com medo de tudo que é diferente. Já deu disso aí, já. O abismo é *noise*. A escuridão é o verdadeiro pleno, a luz não é o seu inverso, mas seu complemento. Polaridade é contraste, não oposição, o mal é falta e não substância, é patologia e não ontologia, tal e pans, cê conhece esse meu carteado. Eu não tenho que ficar te repetindo nada disso.
— Frederica Nietzsche, aqui, de repente, opa, não sabia que era você que tava me recebendo. Prazer, Elisandra. Gostava muito do teu trabalho na adolescência. Hoje acho quase tudo meio bobo e talvez racista, mas enfim.
— Não vem que não tem, abestada. Só tô dizendo que se a escuridão fosse o mal, aí é que a gente estaria fodida mesmo. A gente não teria nem chance. Tu já viu o universo? Tu já olhou pra essa porra?
— *A genealogia da moral* ainda é top, sem reparos. Dez de dez. Ali tu realmente arrebentou a boca do balão. Mas o resto é meio babaquice, não acha não?
— Não quero encorajar suas bestagem, não vou responder provocação. E isso não tem nada de Nietzsche, na real isso é Starhawk. Sonhar o escuro como processo pra poder criar ele em outra imagem, outra semelhança.
— Tô brincando contigo, criatura. Eu sei.
— Só quero dizer que essas entidades escrotas que tão chegando do outro plano são umas coisa falsificada de quinta

categoria, uns *template* aleatório que algum babaca geralmente norte-americano vai lá e compra de qualquer dessas empresas asiáticas que copiam sei lá de onde e metem logo seis milhão de cópia de cada uma. E taca-lhe pau pros molequinho colonizado, e foda-se. E os cara vão e bebem tudo de gute-gute, tomam por sinais e maravilhas, pela segunda ou terceira vinda de sei lá o quê. Já as criaturas abissais não fazem mal a ninguém, são seres maravilhosos e bem ajustados ao seu nicho. Coisas lindas da Deusa. Ao contrário desse bando de entidadezinha vagabunda lixosa que me aparece no trabalho agora todo santo dia, não tem quem aguente. Ah, vá.

— É, vi tu falar, vi mais gente falando também. Deve ser tenso, eu não sei como é isso, não tô mais atendendo assim, tu sabe. Mas consigo sentir também as correntes. Os trem ressurtando. Minhas antenas pegam mesmo sem querer.

— Sempre tem umas onda sinistra passando. Formas abjetas que teimam em repetir, hordas de espectros que têm algum circuito grande ou pequeno e deixam rodando por gerações e gerações, essas ciranda amaldiçoada. A gente tá cansada de saber. Nada disso nasceu ontem.

— Sempre teve. Mas anda sinistro demais.

A outra demora para responder, mas acaba bufando.

— Eu sei. No fundo tu tá certa, eu fico tentando diminuir, tentando relativizar. Mas os ciclos tão apertando.

— Tão mesmo.

— As giras do Yeats tinham só uns dois problemas ali no cálculo. Se você ajusta e põe direitinho nas datas, encaixa superbem. Só que os intervalos vão diminuindo entre os éons e as etapas cósmicas. Vai afunilando. A técnica acelera os ciclos. Isso ele também não entendeu. Quase ninguém entendeu.

— Encaixa igual *Dark Side of the Moon* encaixa no *Mágico de Oz*, só se for. Puta viagem aquilo ali, tá doida.

— Ah, eu gosto.

— Não sei se já te falei isso. Mas eu acredito em quase qualquer coisa exceto revelação do futuro. Futuro Deus nenhum sabe porque não existe ainda, tá emergindo agora igual voluta de onda, refrigerante borbulhando, porra de pau divino decepado, espuminha de Afrodite. Ainda vai existir, tá surgindo. Quem te diz o contrário ou tá te enrolando, ou não sabe em que chão tá pisando, não sabe que o agora é avanço criativo no novo e não desenlace dialético. Não tá pronto, não foi pré-programado. Porra de destino, destino de cu é rola. Essa é a única certeza que eu tenho, que o futuro não existe ainda e é indeterminado. Todos os outros tipos de magia são não só possíveis como atualmente praticados em todos os cantos deste e de outros mundos. E funcionam tão bem quanto qualquer outra coisa. São instrumentos mais poderosos do que se supõe, mas também muito menos precisos do que alguns imaginam.

— Odeio quando você decide que vai me explicar as coisas como se tivéssemos na sua própria cinebiografia. Uma cena pra toda a família entender em casa, até a vovó, que já tava pescando. Sou tua escada, não, ô. Me respeite.

— E quem disse que não estamos na minha cinebiografia agora?

— ...

— Você tem absoluta certeza que não?

— Também odeio quando você manda essas. *O-deio*. Você sabe que eu não tenho a maior das seguranças na minha própria estabilidade, assim, como se diz, *ontológica*. Me enxertam em qualquer delírio alheio que passa na minha frente na maior. Sou mais facinha que adesivo, colo em qualquer superfície aderente. É minha força e minha fraqueza. Não faz isso comigo, não, amiga, serião. Sacanagem.

— Sei, sim, e não tô fazendo nada, é uma pergunta normal.
— Puta falta de sacanagem.
— No mais você sabe que eu odeio quando tu usa palavra de boca cheia assim. Tu sabe que eu não gosto, é totalmente pra pagar de sabichona, tá querendo impressionar quem? *Ui*, dotôra.
— "Ontológica" não é tão palavroso assim, poxa, vai te foder.
— Fala aí, ô, *ontológica*.
— Querendo dizer do ser, do que as coisas são, que tipo de coisas existem, sei lá. Pelo menos eu acho que é por aí. Essa eu deixo pros universitários, então. Que vão superassistir sua cinebiografia. Mas, sério, não brinca com isso. Eu não gosto dessa brincadeira.
— Que brincadeira, caramba?
— Você sabe qual. Tu adora me plantar essa sementinha porque tu sabe que eu ainda tô fraca com isso, ainda vivo oscilando de plano em plano. Minha cabeça não é a mesma desde a pandemia. O tempo inteiro tô achando que tô nas cinebiografias alheias sem você nem me zoar.
— Meu a-mor, CLARO que eu não sabia de nada disso, só tava brincando com você, caramba. Jamais podia imaginar que tu tava tão bamba assim, tu me chega toda-toda.
— Sei.
— Se a gente estivesse na verdade presa agora numa instância gerada por um bruxo ou bruxa muito poderoso que

desconhecemos, uma instância criada única e exclusivamente pra autocancelar tentativas da assembleia emergencial de bruxas de fazer ações concertadas, executar sigilos massivos de contraforça contra as potestades tenebrosas que vêm se organizado do outro lado etc. e tal, se a gente na verdade estivesse presa em algo desse tipo e não estivesse vivendo dentro de onde quer que você entende que está vivendo agora, você não acha que eu te diria num segundo?

— ...

— Claro que eu te diria assim imediatamente. *Amiga*. Na mesmíssima hora.

— Tá vendo, já começou. Puta brincadeira sem graça. Depois eu fico sem dormir, acordo na pele duma porra de algum bruxo punk inglês idiota nos anos 1980, sem nem querer, acordo como adolescente satanista japonês sem entender lhufas da porra da língua, fico horas até conseguir sair. Dias. Não tem graça nenhuma, só é engraçado quando acontece com os outros.

— Eu não tô rindo de você, eu juro.

— Outro dia mesmo achei que eu devia tá numa cinebiografia do Cazuza porque tinha um cara de madrugada na lanchonete subindo em cima da mesa e falando que a vida não era nem isso nem aquilo, era isso *e* aquilo, carpe diem, pooorraaa. Olhei em volta procurando câmeras, mas não tinha.

— Lisandra, deixa de ser boba, meu Deus.

— A não ser que estivessem escondidas.

— Pra alguém tão experiente, você continua impressionável demais. Se a gente estivesse de fato presa numa instância que a gente não controla, a gente estaria vivendo esse pesadelo desse governo? É claro que não. Eles criariam algo muito mais reconfortante, mais familiar, mais normal, fariam a gente viver dentro disso sem nem pensar que aquilo não seria real por um segundo. O protocolo é sempre esse. O fato de que estamos vivendo o pior governo talvez de todos os tempos desta Terra desgraçada quer dizer que tem que ser real. Ninguém simularia isso. Pra que alguém faria algo tão sórdido? Quem sequer conseguiria conceber isso?

— Cê tá dando muito pouco pra criatividade da galera.

— Tô não.

— Conheço ou sei dizer de pelo menos algumas pessoas que criariam um plano piorado, pior linha do tempo possível mesmo só de sacanagem. Cem por cento de sacanagem, de zoeira. Só pra ver as formiga queimando. Várias.

— A questão é o que é mais provável, Lisandra. Você sabe perfeitamente. A navalha também corta pros espírito, não tem por que adicionar entidade onde não tem. Até porque já tem tanta.

— Cansei. Não aguento mais. Me diz uma coisa linda.

— A evolução de olhos serviu de catapulta pra proliferação de cores e formas da explosão Cambriana, com a criação das grandes famílias e das morfologias de base dominantes até hoje na vida animal da Terra. A minha interpretação totalmente irresponsável é que a natureza começa a ver a si própria e explode de criatividade como consequência.

— Lindo mesmo. Obrigada.

— ...

Toca um alarme no celular de uma delas.

— Deu o tempo. Acho que foi, né?

— Também acho que sim. Já foi, já.

As duas se reúnem bem no meio da sala, cada uma na posição marcada horas antes.

— Vamo fazer direitinho porque foi difícil arrumar aqueles negócio, viu.

— Receita de dois mil anos é sempre assim.

— Ainda acho engraçado não ter círculo.

— Te falei que dava uma sensação estranha. E ó, só pra relembrar, vou começar do jeito que te falei, a gente abre, dá aquela improvisada e só depois faz o trem, bem no meio. Pra despistar.

— Beleza. Então vamo? Deve estar no ponto, quase.

— Vamo, bora.

— ...

— Começa tu.

— *Haviam de achar homens tronco, haviam de achar homens-pedra/ e tocá-los na cabeça/ com o dorso do arco da velha, o jogo do enredo e seus nexos/ um vórtice esfomeado/ que engole a si próprio,/ assim como ao quarto lado,/ e não sai do outro lado.*

— *E não sai do outro lado. A Terra enquanto organismo se transmuda por intuscepção, indiferente aos elementos que lhe tumultuam a face. O dia uma cidade engarrafada, a atmosfera e sua memória esburacada uma peneira, o Alzheimer de Gaia. O nexo possuído do petróleo e todas suas potestades vão ter que ceder diante da assembleia da Terra, em seu tempo. Cada uma puxando uma parte do retalho, acumulando os destroços que consegue levar na camisa. O coletivo planetário tem como ser acessado e ativado, só precisamos saber todos os pontos em que tocar, em que frequências e em que momentos. Mas é possível. Pode ser feito.*

— Pode ser feito. *O futuro é essa fera salivando bem na nossa/ fuça, mãe, me desamassando o rastro do passado/ inteiro como o/ rosto de um feto, tudo que foi tomado e tudo que será/ retomado, a gente é a flora intestinal/ da Terra que desabrocha agora, bem agora/ bem que a vaca tussa.*

— *Ouçam-me, pais e mães do mundo; eu te invoco com os teus nomes velhos/* AÓ EY ÉOI AIOÉ YEÓA.

— AQUELE QUE SETH ASSASSINOU.

— A GENTE TE ROGA ESSA ASSEMBLEIA.

— KEK, KAUKEK, O REINO DE VOCÊS ACABOU,/ A GENTE TE ORDENA,/ QUE VOLTEM DE ONDE VIERAM,/ QUE ESTA ERA NÃO É VOSSA.

— A FORÇA DE ISIS E OSIRIS COMANDA VOCÊS.

— ASSIM COMO A FORÇA DE TODOS OS NOMES QUE INVOCAMOS AQUI HOJE.

— IAÔ ADONAI, ARITHOSAAAAA SKIRBEU MITHREU/ MITHRAU, IAEOUÔL.

— TAUROPOLIT, THÔTHOUTHÔTH.

— *E tu, ó Hécate, de muitos nomes, Kore, vai, Deusa, eu comando, vigia e abrigo do chão de cereais, Perséfone de três faces, a que anda no fogo, a de olhos de boi.*

— *Aquele que carregou a água circular, o que conservou o abismo, o que levantou criança.*

— LOULOENEL; *junto às portas e* KORKOUNOK, *rompedora de portas.*

— *Aqui, Hécate, o feito pelo feito, o feitiço e o enfeitiçado.*

— *As três forquilhas com seus três enforcados.*

— ...
— ...
— Foi, né?
— Acho que foi. Aqui parou, pelo menos.
As duas respiram com algum alívio.
— Já vou fechar aqui, então.
— Boa.
— Esse finalzinho me lembra quem?
— Quem?
— Imagina. Uma e pouco da manhã, sábado já domingo, o peido dele deve tá cheirando o puro bafo de Free a essa hora. Com certeza fumou meio maço comprado avulso no bar, cada vez falando que é o último da noite. Mais cheirado que os pico do Kilimanjaro. Daquele jeito. Cretino.
— Não pensa nele, criatura, não merece.
— Não tô pensando. Não desse jeito que você tá achando. É mais preocupação. Sinto uma coisa mais maternal por ele hoje, quando sinto. Se é que sinto. Juro. E é bem de vez em quando.
— Beleza. Antes de eu ir, posso ligar o modo Marília, então?
A segunda ri.
— Sempre. Dispara.
— E o que te preocupa, então?
— Coisas demais pra que se registre por mão humana.
— E que tipo de coisa efetivamente importa pra você?
— Entender que revoluções giram pra cair no mesmo lugar, transformado. Nascem pra morrer, levantam só pra cair, aprender a cair melhor. É uma alça cibernética como qualquer outra, todas terem dado errado não quer dizer nada ainda. A próxima iteração é sempre a boa.

— A força negadora masculina que se desloca a si mesma pra existir enquanto a força afirmadora feminina a recolhe em redenção? Tipo isso? A força revolucionária do Blake se batendo contra a força conservadora, perpetuamente? Os velhos contra os jovens?

— Ah, nada a ver. Oi? Nossa, nada a ver mesmo. O Blake um pouco, talvez, assim, forçando a barra, mas o final do Fausto parte 2 de jeito nenhum. Aquela besteirada de eterno feminino erguendo pra sempre o eterno pau. E o coro angelical falando tchu-tchuru igual marchetaria doirada. Me dá engulho. É ótimo até o Mefisto safado se recolher, com tesão nos anjo. Depois o veio perdeu a mão.

— Nhé nhótimo nhó nháté o nhanhado nhantes de nhem nhem nhem.

— Vai te danar. Até não poder mais.

— Vou demais da conta.

As duas riem.

— Mas no fim então em que substrato, físico ou metafísico, você acha que subsiste o domo do imaginário coletivo e suas forças? Deuses e espíritos são só gestos e seus arquivos, símbolos e sua eficácia, ou não? Ou é tudo real, e esses nomes exprimem e atualizam intervenções externas na realidade, não só transes e arrastamentos coletivos? Que tipo de forças são essas que a gente opera, afinal? Você sente que sabe? Ou tu só mexe os botão e as alavanca e vamo nessa?

— Todas as anteriores. Oscilo o dia todo entre o sentimento de que todos os mitos que conhecemos ainda vivem, ainda urgem com a mesma força presente, Isis vive em Maria, Hermes está em todo transistor, nenhum espectro jamais morre de todo, não tem saída disso e nem teria como ter — quanto o sentimento totalmente oposto de que já deu, já deu disso tudo, desses espectros podres, esbagaçados, repetidos, mal traduzidos, mal transladados. Ninguém aguenta mais esses monoteísmos com suas brigas de irmão, Roma e seu filho único. Já deu de enterrar e desenterrar *esses* deuses, de matar e comer e fazer viver *esses* nomes e numes. Há mais jogos. Há muito mais jogos presentes e possíveis, atuais e virtuais.

— Sim. Onde que eu assino embaixo? Posta que eu compartilho. Eu também oscilo. Exu que o diga.

— Tem muitos anos que nem mexer eu mexo com roxo. Mesozoicamente. Mais que um espelho, três tombos. Querendo ser o Prince, só que vezes três, e ao contrário, com outras cores e estilos (verde no lugar de roxo, couro preto no lugar de frufrus rendados).

— Ué, voltou?

— Ih, foi mal, esqueci sintonizado aqui, foi mal. Esqueci. Mas agora mutei de vez.

— O que te deixa acordada de noite?

— O horizonte inelutável do ecossocialismo e a hora que nunca chega. Mas que tem de chegar porque tem de chegar.

— Você acha que falta quanto?

— Onze anos, seis meses, duas semanas e seis horas. Por aí.

— Oba. Mal posso esperar. Esperando deitada.

— Os pés afofando a terra molhada da cova.

— Abrindo os dedos pra melhor pisar a merda.

O ÓDIO

"Há dois modos tupinambás de se agir diante de uma agressão. Pode-se cancelá-la através de uma retaliação imediata e pode-se, ao contrário, mantê-la por mecanismos que cuidadosamente a perpetuem."
Eduardo Viveiros de Castro e Manuela Carneiro da Cunha

I

Tem quem diga que se conhece uma pessoa a partir daquilo que ela ama. Pode até ser verdade, mas pra mim a gente descobre muito mais sobre uma pessoa descobrindo o que ela odeia. Eu amo muita coisa: mulheres morenas, o Palmeiras, minha família, Proust e Deleuze, Chico Buarque, gatos e chá-mate. Mas isso não me distingue tanto assim, dá pra encontrar uma pilha de professores universitários que gosta dessas mesmas coisas (aposto até que deve ter um punhado de professores universitários com sobrenome italiano, origem sulista e cabelo encaracolado que gosta de metade dessas coisas). Mas não conheço ninguém que tenha o ódio que eu tenho. Não com essa concentração tóxica, esse adensamento cancerígeno. O meu ódio é só meu, é minha medula. E ninguém jamais vai tirá-lo de mim.

Quando mais novo, tive minha partilha de irritações, de antipatias e desprezos. Achava nessa época que eu odiava uma série de políticos e artistas, enchia a boca pra falar mal deles, junto com meus colegas. Mas posso dizer com certeza que não conheci o que era o ódio de verdade até os cinquenta e um anos de idade. O que, admito agora, foi um baita privilégio, fui protegido nisso, como em outras coisas. Nessa idade, a gente acha que tudo já estacionou na vida. A gente sabe que a bomba da mortalidade tá ali na esquina, pronta pra explodir, mas não espera outras grandes reviravoltas emocionais a essa altura do campeonato. Eu já tinha passado por um punhado de relacionamentos, alguns deles cabeludos (quando mais novo), me sentia uma pessoa vivida e experiente. Já tinha lido a *Recherche* mais de uma vez, e tanta filosofia libertina e moral. Não achava que o mundo ainda fosse capaz de me virar do avesso, de me sacudir todo. Não até a Mariana, depois o Daniel, entrarem na minha vida como um tronco que cresce e apodrece da noite pro dia.

Tenho que situar um pouco a história, pra que se entenda melhor. Pouco anos antes, eu havia trilhado aquele roteiro pré-pronto de divórcio depois dos quarenta, seguido de romance com uma aluna de pós-graduação que acabou virando minha segunda esposa. Esse processo todo já tinha sido bem momentoso pra mim. Admito que comecei a paquerar a Mariana quando ainda estava com a Suzana, mas juro que não chegamos a transar de verdade até o negócio terminar. Não vou fingir que não tive vontade ou mesmo que eu não tenha *tentado*, mas, além da ambivalência da Mariana, acho que eu tinha medo demais da Suzana pra levar um caso pra frente a ferro e fogo. Sabia que não seria capaz de esconder aquilo dela por mais do que quinze minutos. Como não fui, mesmo.

Depois de uma semana da tinta do término secando, eu e Mariana saímos em público pela primeira vez (jantar e cinema). Dei azar de encontrar conhecidos já de cara, Brasília é uma merda. E tive que lidar com o ressentimento da minha ex-mulher, que achou necessário destilar a todos os nossos amigos próximos, assim como nas redes sociais, o tanto que achava ridículo o clichê de professores que se aproximam da meia-idade e correm atrás de namorar as alunas. De fato, admito que eu mesmo me dividia entre achar que atração é atração e ninguém tem nada a ver com a vida de dois adultos e ter algum tipo de vergonha por cumprir aquele roteiro (graças a Deus, o início se deu um pouco antes de 2017, hoje em dia, com essa patrulha toda, acho que eu estaria frito).

Eu me defendi como pude, tanto pra mim quanto pros outros, da imagem de professor babão e inseguro, desesperado pra impressionar as novinhas, com o argumento de que Mariana não era nenhuma boba. Afinal, ela tinha vinte e seis, quase vinte e sete. Vinte anos a menos que eu, tudo bem, mas era uma doutoranda, afinal. Não era uma garotinha. Ela deu em cima de mim muito antes de eu fazer qualquer grande avanço (devo ter flertado um pouco antes, mas sem perceber).

Sou professor adjunto de filosofia da UnB com muito orgulho. Ensino filosofia moderna e contemporânea para a graduação e para a pós. No passado, já tive que preencher muito buraco ingrato na grade, engolir muita abobrinha de professor gagá. Mas já estou lá tem tempo o bastante hoje, sou respeitado e tenho boas relações no departamento, na maior parte do tempo. Geralmente consigo, dentro de algumas poucas amarras, ensinar mais ou menos o que quero.

Minha especialidade é o trabalho do grande filósofo francês Gilles Deleuze (em particular em sua colaboração com Guattari, mas não só). Também trabalho com Spinoza, com Bataille e Foucault, um pouco de Leibniz. Tenho lá meu arsenal, assim como minhas lacunas, como quase todo mundo. No geral, sempre me garanti. E gosto do meu trabalho.

Mais novo, já tive mais ambição, achava que ia me transformar nisso e naquilo, que ia fazer uma leitura nova e revolucionária de tal e tal coisa. Já quebrei bastante a cara pra perder esses cabaços, já deu pra sacar o que tem de ego e de politicagem no meio e assim perder muito do deslumbre. Tenho meus ressentimentos, mas sei que poderia estar pior, tenho lá minha pequena dose de reconhecimento na minha área, meus interlocutores, meus alunos que me admiram. Claro que parte de mim tem raiva de ver o tanto que a posição de professor e de intelectual parece ter perdido prestígio desde a década de 1980, quando eu via meus pais dando aula lá em Porto Alegre. Não sei se é a esculhambação geral da cultura, se é a elite tendo mais desprezo pela universidade justamente porque ela está mais inclusiva, se é o fato de que a gente ganha tão menos do que promotor e juiz, o negócio é que ninguém mais respeita professor universitário. Isso quando não tem raiva explícita, acha que todos são comunistas macumbeiros aliciadores de criancinhas pra ideologia de gênero etc.

A gente tem que lidar com muita merda, viu. Mas não sou reclamão igual a alguns colegas meus, que só sabem resmungar do salário e dos alunos. Eu resmungo o tanto que acho que devo. Também gostaria de ganhar mais, mas sei que existem trabalhos piores e servidores que ganham ainda menos (vai lá dar aula no fundamental pra ver). No fundo, mesmo engastado às vezes com a burocracia e com algumas babaquices, acho o meu trabalho um sonho. A mera existência de uma função pública remunerada pra ler, estudar e falar sobre filosofia num país tão fodido, tão feito pra exploração e mais nada, me parece às vezes um milagre precário e precioso como um bicho de seda. Ainda mais agora que a universidade não é mais só um criadouro de advogado e médico pras elites, mas consegue ainda servir como vetor de ascensão intelectual e social pra muita gente. É quase surreal que isso ainda sobreviva, num lugar tão destruído e destrutivo, ainda que precarizado daquele tanto, aos trancos e barrancos.

Enfim. Passei no meu concurso em 2007, um certame muito concorrido, com quase quinze pessoas, em que inicialmente fiquei em segundo (tive que entrar com um mandado de segurança pra me proteger da ignorância da banca num ponto, mas ainda bem que na época ainda havia juízes em Brasília). Desde 2012 sou um dos coordenadores da linha de pesquisa "O contemporâneo e seus desdobramentos", na qual trabalho principalmente Deleuze e o corpo, Deleuze e o Acontecimento, Deleuze e cinema etc.

Foi nessa linha que comecei a orientar a Mariana, no início de 2014. Ela queria trabalhar com os escritos de Deleuze sobre arte (Francis Bacon ou os livros sobre cinema, ela falou na entrevista, como se fossem a mesma coisa). Recomendei que trabalhasse com *Proust e os signos*, e ela amou o livro. Começamos a nos envolver enquanto eu ainda a orientava, o que a gente concordou depois que não foi exatamente ideal. Misturou um pouco as coisas, e ainda acabei mexendo demais na tese dela, botando muito minhas ideias, formatando exageradamente. Enfim, hoje eu percebo, não vou fingir que fui o mais ético ou o mais profissional ali, talvez. Mas eu estava apaixonado, você quer o quê, também? E estava mesmo, como nunca tinha estado antes. Afinal, o erotismo sempre esteve na relação didática desde Platão. Não sejamos hipócritas.

E estava muito longe de ser uma coisa toda assimétrica, que corria de um lado só. Eu ensinava a ela muita coisa sobre filosofia, literatura, tudo bem, mas ela entendia muito mais de cinema e de arte contemporânea do que eu, me mostrava todo tipo de coisa que eu nem imaginava todo dia. Tinha muita troca, e isso era excitante pros dois. Eu não estava só apaixonado por um rostinho bonito (ou, sendo mais chulo, um par de tetas e uma bunda deslumbrantes).

E olha que eu *amava* a Suzana, minha ex-mulher, não tenha dúvida. Só era outro tipo de coisa. E fora esse finzinho aí, em que não fui inteiramente sincero sobre tudo, acho que fui um bom marido, sim. Parceirão. Tentei com força, por muito tempo. Fui desistindo perto do fim, mas ela também foi. A gente teve uma coisa incrível e tudo o mais, mas tinha virado uma amizade assexuada há algum tempo, já, e as pessoas têm as suas necessidades. Ela faria o mesmo, tenho certeza, se tivesse um boyzinho maravilhoso doido pra comê-la.

Mariana defendeu o doutorado no final de 2016. Teve alguns problemas pra terminar, mas no geral foi um trabalho muito elogiado, muito maduro. Viramos um casal público pouco tempo depois disso. No meio de 2017, ela já tinha se mudado aqui pra casa. Fez alguns concursos depois disso, mas não foi muito bem e não queria pular direto pro pós-doutorado sem ter um projeto legal. A competição hoje em dia está um pouco maior, mas ela tem uma relação ruim com essa coisa de exames competitivos desde o vestibular. É algo que no fundo ela mesma precisa resolver, não tem nada a ver comigo.

Moro desde o final de 2016 num apartamento na colina, a quadra de prédios dedicada a professores da UnB. Estava na fila há um tempão, e a vaga acabou chegando pouco antes do meu divórcio, timing perfeito. O prédio é um pouco malcuidado, com aqueles concretos manchados e instalação elétrica longe do ideal, mas, pra quem gosta da estética modernista dos anos 1960 e 1970, como eu, também é um charme. Eu amava tomar café da manhã vendo aquela quadra e o pequeno reino bucólico que se criava em torno das copas das árvores, sabendo que podia me alongar ali porque estava literalmente a dez minutos a pé de onde eu tinha que dar aula.

Comprei os móveis básicos de que precisava nas primeiras semanas, mas tudo que tinha de decorativo na casa anterior era da Suzana. Eu só tinha um pôster do Jackson Pollock comprado numa viagem a Nova York mais de vinte anos antes, item meio aleatório que adquiri no automático, como souvenir turístico e do qual eu nem gostava tanto, de verdade.

Demorei pra montar a casa como um lugar habitável, sou desatento com isso, como tantos homens da minha geração. A coisa só mudou de figura quando a Mariana chegou. Encheu em poucas semanas o lugar de planta, de cor e vida. Isso também era um clichê perfeito, os dois notavam, riam disso, mas fazer o quê? A gente teve, então, de 2017 a 2019, um pequeno céu na terra ali naquele apartamento. Com certeza absoluta o melhor período da minha vida. Enfim estabelecido profissionalmente, depois de muita ralação, no lugar onde queria morar há anos. Casado com uma puta duma gostosa que ainda por cima era brilhante, no todo tão mais atraente do que minha ex-mulher que esse fato me deixava às vezes rindo sozinho, do nada, à toa, enquanto mijava ou dirigia. Quem diria, vendo as (poucas) mulheres com quem eu transei mais novo, que a segunda metade da minha vida seria tão mais bem-sucedida nesse aspecto? Ninguém, essa é a verdade. No fundo, eu vim a perceber, conversando com alguns colegas, academia era isso também. Igual música popular, igual poesia. Gente tentando transar e chamar atenção pra si mesmo do único jeito de que dispõe. Talvez no final das contas tudo seja em grande parte isso, no fundo, eu pensava, achando que era o pensamento mais original e profundo do mundo.

Ela falava em filhos, mas eu ficava com medo de estragar aquele arranjo tão harmonioso, tão plácido, de cafés da manhã intermináveis no domingo, filmes antigos na sexta, alguma festa mais intensa uma vez por mês (pra qual ela me arrastava, mas que eu acabava curtindo, me sentindo jovem de novo por um instante). Sexo pra caramba, mais até do que eu me lembrava de fazer com minha primeira namorada (tão feia, coitada, mais feia ainda que Suzana), quando as ereções vinham imperiosas, dolorosas de tão incontornáveis, eram como uma torneira que não se consegue fechar (e não um motor que se precisa ligar com cuidado, com jeitinho).

Eu sentia que tinha conhecido o êxtase sexual pela primeira vez depois dos quarenta e tantos e não queria perder um segundo daquilo. Sem contar que um filho custaria muito mais do que meu salário de adjunto me dava. Vivo muito bem e com conforto, obrigado, até porque não sou de grandes luxos exceto vinho e sushi de vez em quando (odeio viajar, por exemplo). Mas não viveria muito bem se tivesse um filho. Não com ela doutora desempregada, como tantos, fazendo uma revisão ou outra aqui e ali.

E a Mariana me mudou de um jeito que nenhum outro relacionamento antes tinha mudado. Todo mundo se transforma um pouco com qualquer relação séria, mas no meu caso acho que sempre fui muito resistente, tanto com minhas duas namoradas da juventude quanto com a Suzana, com quem fiquei onze anos.

Claro que a Suzana também me transformou, você não fica onze anos com alguém sem mudar nada (no mínimo mais rancoroso você sai). Se é pra ser sincero, acho que só fui aprender a comunicar sentimentos complexos, pela primeira vez, com ela. Eu era um bicho do mato de introversão e delírio narcísico empilhado em cima de delírio narcísico. Suzana me ensinou a ser gente, mal ou bem. E foi muito paciente comigo. Mas mesmo com ela eu cedi muito pouco de mim, era muito reticente, suspeito. E com Mariana não.

Não sei se era a diferença de idade, e de beleza e balança mesmo, que me deixava tão *grato* o tempo todo e, portanto, me fazia querer mudar pra agradá-la. Me deixava quase desesperado para mudar para agradá-la. Pelo menos nos primeiros seis meses, quando ela não estava ainda certa de que queria estar comigo, mesmo depois de eu largar a Suzana. Certamente tinha a ver com isso. Aquela criatura tão linda, tão jovem, estava disposta a chupar meu pau. *Todo dia.* Como assim? Se eu tivesse que passar a me interessar pela manutenção da vida de plantas, pela correta aplicação de inúmeros produtos e métodos que deixavam a casa mais cheirosa e lustrosa, agradável, se eu tivesse que dar atenção a cantoras e funks que me faziam sentir velho e conservador, se tivesse que começar a fazer exercício pra diminuir um pouco da pança, tudo isso ainda parecia pouco. Parecia o mínimo, na verdade. Até comecei a cozinhar, pra ela não ter que fazer isso sempre, depois de passar mais de quarenta anos quase inteiramente incólume a qualquer tentativa nesse sentido que fosse além do macarrão e ovo frito. Passei a prestar mais atenção ao que vestia e a aceitar dicas dela, ainda que morrendo de medo de parecer um tiozão tentando pagar de modernoso.

Depois de dois anos desse jardinzinho murado na Terra, desse êxtase conjugal que eu não sabia antes nem que era possível, tudo começou a terminar. Primeiro aos poucos, e aí de uma vez. Em menos de três meses, já tinha se transmutado, pra mim, no inferno encarnado. E esse momento de gênesis (o seu *Ursprung*) teve uma data certa e marcada. Consigo recuperá-la agora no Facebook sem dificuldade. Dia 27 de setembro de 2019 (conferi agora, na época é claro que não parecia ser algo momentoso). Foi aí o início de um minicurso ministrado por um certo Daniel Maia da Nóbrega, professor visitante de uma universidade inglesa. Carioca da Zona Sul pra dedéu, mas com um tipo de gringo (a pior combinação possível pra um ser humano? Não cabe a mim dizer).

Nosso relacionamento, pelo menos pra mim, ainda estava no seu auge. Era só nossa relação intelectual, digamos, que sempre havia sido tão forte — que foi o que primeiro nos uniu, afinal —, que já estava meio estremecida desde um pouco antes. E foi bem nesse intervalo que essa desgraça desse Daniel foi se meter.

O que rolou primeiro foi que ela começou a se cansar de Deleuze, ou melhor falando, dos seguidores de Deleuze no Brasil. Eu mesmo tenho que admitir que tem uma garotada aí que só quer saber de falar de rizoma e de desterritorializar e parari, parará, sem rigor nenhum, sem depuração histórica, sem leitura atenta de nada etc. Principalmente o pessoal das artes, né, e das letras, que a gente adora e tudo o mais, tudo gente fina, mas que na grande maioria dos casos não tem nada que ficar enchendo a boca pra falar de filosofia também. Enfim. Não vou entrar num monólogo aqui. Mas ela começou a se cansar disso, desse falatório vazio, de uma coisa que ela achava que só girava em falso, andava em círculos, pregava pra convertido. E aí o que é que ela foi virar, então, no lugar? Marxista, como se fosse tão melhor (se você me perguntar, eles também estão girando em falso, andando em círculos e pregando pra convertido, mas há cento e tantos anos).

Estou longe de ser contra Marx, claro que não sou, claro que é foda, claro que é importante demais. Só não gosto de igreja teórica, qualquer que seja, sempre fui antimonástico até o fim (deve ser aquela coisa meio punk que eu ainda tenho no fundo do armário e do coração, da época da minha juventude em Brasília, na Asa Norte, nos anos 1980, com a galera do Aborto Elétrico, e das férias com a família do meu pai em Porto Alegre).

Todo respeito aos comunistas aí de coração, claro, mas pra mim marxista na academia quase sempre é um povo meio maluco, meio bitolado. Assim, quando é marxista hard-core, desses que não consegue conversar dois segundos sem citar a *Grundrisse* ou tentar disputar uma questão incrivelmente arcana envolvendo Althusser e sei lá mais quem.

Mas aí então a Mariana começou a entrar forte nessa história, foi comprando o papinho mole. E eu, claro, a última coisa que eu queria ser era polícia do pensamento de alguém ou "mestre" naquele sentido antigo, tacanho, até machista, se vocês quiserem. Eu incentivei, falei que era bom ela se estender para além de uma especialidade, que Marx era importante pra entender boa parte do pensamento crítico do século xx, afinal. O que é verdade.

Ela já estava num grupo de leitura de *O capital* com algumas amigas quando anunciaram este curso de um professor visitante. "*O capital* visto de Marte: cosmos e crise". A ementa citava um bando de gente de quem eu não gostava e mais um bando de gente que eu desconhecia inteiramente. Pedi que ela me informasse se tinha novidades interessantes ou se era só mais do mesmo. Na bibliografia tinha Badiou, o que pra mim é sempre mau sinal (admito que herdei — de uma maneira que hoje percebo um pouco exagerada — a famosa inimizade entre ele e Deleuze). Mas também tinha coisas boas.

Lembro que tinha ainda uma epígrafe do Mallarmé que eu sempre achei genial, e isso me deixou até bem-disposto. Hoje me lembro disso rindo, mas com uma raiva que seria capaz de gerar energia pra um pequeno município por uma noite inteira. Uma raiva que poderia, sozinha, sintetizar cádmio e mercúrio a partir do nada (não sei do que estou falando).

No dia seguinte à primeira aula do curso, já começaram a surgir entre mim e Mariana — assim, ao sair da cama, ao escovar os dentes e tomar café — os sinais de que algo tinha trincado, se não já ruído de vez, entre nós. No fascínio que eu acho que ela antes tinha por mim, pela minha cultura e inteligência. E que era, claro, uma parte muito importante da arquitetura do tesão entre nós. Ali no primeiro dia se manifestava só com uma impaciência a mais dela. Como se antes tudo que eu fizesse viesse recoberto de uma pátina de mistério, de peso e gravidade, e agora ela só enxergasse um cara peludo e barrigudo, mesmo, que roncava, pigarreava demais e sempre recorria ao *devir* pra falar sobre tudo. Demorei um pouco pra dimensionar o que estava acontecendo. O tamanho daquilo. Sentia que ela estava me tratando diferente, mas achava que devia ser resquício de alguma briga antiga na semana, algo assim. Só fui começar a sacar mesmo depois de vê-lo pela primeira vez. E de vê-la o vendo, no caso.

Foi depois de umas duas semanas, acho, de ouvi-la falar fascinada de tudo o que estava aprendendo, que eu decidi que precisava ir também no curso um dia, pra ver. Acontecia no Pavilhão Anísio Teixeira, um desses arremedos apressados que fizeram no início da UnB e que acabaram ficando. De feio passei a achar até charmoso na sua simplicidade. Mas esquenta como o sovaco do diabo depois do almoço, e o curso dele acontecia nas quintas-feiras de tarde.

A sala só tinha umas oito pessoas (então não era assim um sucesso estrondoso, eu pensei, aliviado). Mas três dessas oito pessoas, a Mariana inclusa, eram mulheres lindas e estilosas, percebi com um traço de pavor. Cheguei atrasado, a aula já tinha começado, estava lá o projetor ligado com imagens de um cargueiro cheio de contêineres. A imagem do projetor ficava fraca com a luz que ultrapassava as cortinas, mas era ainda bem visível. A Mariana sentou-se do lado oposto da porta e bem na primeira fila, o que me forçou a atravessar a sala na frente de todo mundo, cortando a imagem. Reconheci uma aluna de dois semestres antes, cumprimentei, mas ela não viu ou não entendeu que era com ela.

Se eu entendi metade do que o Daniel estava falando, foi muito. É verdade que tive dificuldade de me concentrar, com a Mariana não só reagindo a tudo que ele falava como se fosse a coisa mais importante e aguda já dita por qualquer um, mas ainda anotando de maneira frenética como eu nunca a tinha visto fazer antes (certamente jamais nas minhas aulas).

Ele falava de infraestrutura e logística, mas também de estruturas topológicas, dos derivativos do mercado financeiro e do transfinito de Cantor. De como as abstrações do capital se faziam recortar e inscrever na Terra nos desenhos urbanos, na carne dos animais, nas fronteiras de expansão agrícola. Eu não sabia que existia na Mariana uma sede por essas coisas, mas devia haver. Ou a sede dela estava toda na figura ali, que empacotava e apresentava aquelas ideias de um jeito tão sedutor. E o filho da puta era bonito. Assim, *eu* não o acho bonito, mas consigo entender que alguém ache. Mais alto do que eu, com cabelo e barba castanhos. Camisa e calças quase sempre pretas, sempre escuras (como vim a descobrir). Um sotaque carioca da zona sul não *tão* puxado, mas absolutamente insuportável, ainda assim.

Tinha também que eu estava ali me sentindo gordo e suado, naquela carteira estudantil azul. Desde que virei professor, me sinto mal quando tenho que me sentar nessas cadeiras, como se estivesse retornando a um patamar anterior. Tive que ficar ali vendo aquele moleque mais novo do que eu impressionar todas aquelas garotas no meu lugar. Enquanto eu ficava repuxando minha camisa e calça o tempo inteiro, com a cueca se pregando de maneira desconfortável na bunda, ele mal parecia suar, e o suor que aparecia na testa e no peito peludo só deviam deixá-lo mais atraente, ao contrário de mim. Antes de cinco minutos, antes até de constatar o tanto que a Mariana estava mexida, eu já o odiava com a força de mil sóis.

Na saída, ele teve que sair apressado pra pegar um voo a Belo Horizonte pra um congresso que ajudou a organizar sobre marxismo e ciência, então não deu pra todo mundo fazer aquele papinho de fim de aula (que eu estava antecipando que seria horrível). Fiquei meio grato de não ter que conversar com o cara ali, já que a presença da minha parceira — e mesmo certa cortesia entre pares — me obrigaria a cumprimentá-lo, talvez me apresentar.

Saímos do pavilhão eu, Mariana e Jéssica, uma amiga dela que fazia Relações Internacionais e mudou pra Ciências Sociais. Uma hippie loira linda de morrer com um metro e meio de perna que estudava Merleau-Ponty e Cézanne. As duas só sabiam falar de como o Daniel era incrível. Como ele sabia coisas complexas e como as apresentava sem ser arrogante. *Você não acha?*

Não lembro exatamente o que eu falei, mas acho que foi basicamente um muxoxo. Resmunguei alguma piada antiquada sobre marxismo, provavelmente, nem lembro, só sei que foi algo que cortou um pouco o clima. A Jéssica ficou calada até chegar no próprio carro e se despedir da gente de um jeito quase seco.

— Eu sabia que você não ia gostar.

— Sabia por quê? Porque no fundo você sabe que é ruim? Vou te falar uma coisa: quando o cara fala esse tanto de coisa, traz esse tanto de referência, noventa por cento do tempo está te enrolando. Não deve nem ter lido metade dessas coisas.

— Tu só diz isso porque tu não manja nada desses negócios, e isso te intimida. De matemática, de marxismo. E você tem essa coisa ri-dí-cu-la de desprezar tudo que você não entende. Fazer pouco. Só porque você não pode ser a autoridade, aí não tem valor.

— Eu? Desde quando faço isso?

— Claro que faz. Vive zoando historiador, vive zoando gente de Letras, vive falando que cientista não vê um palmo à frente das medições deles, não sei o quê. Só filósofo, então, que é o máximo, só? Tá bom.

— Até parece, Mariana. Não sei de quem você está falando. Eu estou longe de achar que filosofia é tão melhor assim que as outras áreas. Que a gente tem mais rigor que as Letras, a gente tem, mas aí qualquer coisa tem, também. Pedagogia. Educação Física.

— Tá bom, tá bom. Eu não quero brigar, não quero mesmo. Você não precisa gostar do curso. É só não vir mais.

— Quem disse que eu não vou mais vir? Eu achei muito ruim, mistificação barata, mas quero entender se esse cara tem alguma coisa mesmo pra falar ou se vai só ficar pavoneando trinta conceitos por aula.

— Você que pegou o bonde andando e não entendeu. Pra quem está vendo o curso desde o início, tem sim uma linha, viu. Ele é muito organizado.

— Casa logo com ele, então.

Até esse dia, essa era uma frase de efeito familiar entre a gente. Uma piada compartilhada, digamos. Era o que eu falava sempre que ela demonstrava qualquer simpatia ou atração por algum homem que eu considerasse uma ameaça possível. O sentimento era cem por cento genuíno da minha parte (o medo), mas eu falava de um jeito brincalhão e exagerado que tornava a coisa uma piada. Ela gostava, ou parecia gostar. Sempre ria e falava que eu era bobo de um jeito apaixonado.

Mas dessa vez não. Acho que eu também não falei do jeito que falava sempre, falei de um jeito torto, passivo-agressivo.

Só sei que a resposta dela foi simplesmente me olhar de um jeito que nunca tinha olhado antes. Uma cara que dizia, ao mesmo tempo, "sério mesmo que tu vai meter essa?" e "se enxerga, meu filho". Me veio uma coisa fria nos ossos, nas extremidades.

Minha vida nunca foi a mesma depois daquele dia. Claro que ali eu não tinha nem ideia da montanha de dor que ainda viria, estava só arrodeando a base dela. Mas depois daquele momento eu já sabia que o tesão dela não era mais meu. Que estava em outro lugar.

2

No mês seguinte, eu tinha que viajar pra ir à Anpof em Vitória. Já tinha faltado no ano anterior, e agora a mesa que eu sempre organizava com meu grupo de pesquisa realmente precisava de mim pra mediar em dois dos dias. Tentei convencer Mariana a ir comigo, mas ela foi bem franca, até seca, dizendo que não tinha nada pra apresentar ela própria e nem grande interesse em conhecer Vitória. Além disso tudo, ela tinha a festa de uma amiga pra ir naquele final de semana.

Eu estava achando péssimo viajar naquele momento. E isso porque essa minha insegurança a respeito do Daniel tinha vindo depois justamente da decisão de abrir o nosso relacionamento. Não tem como contar aqui toda a história, que é complicada e chata, mas o fato é que aconteceram coisas que levaram a gente a crer que isso seria a melhor coisa. E a princípio a regra era que os dois teriam que ser abertos e francos a respeito de tudo que acontecesse com outras pessoas.

Ela, bissexual e superaberta com essas coisas desde nova, já tinha tentado isso antes com uma garota (com resultados sortidos, segundo ela própria, sem dar detalhes). Eu nunca tinha feito nada parecido, nada que não estivesse nos extremos facilmente compreensíveis da solteirice total ou da monogamia estrita.

Fiquei lá de quarta a domingo. Passei a Anpof inteira pensando que ela devia estar saindo com Daniel. Chupando Daniel. Virando o rabo pro Daniel. Só pensava nisso enquanto as pessoas falavam de rostificação, Agamben, *Bartlebly, o escrivão* e seu poderoso gesto de recusa. Mesmo sem ter nenhum sinal de que eles se encontrariam naqueles dias, eu já dava tudo como certo.

Teve um momento, acho que na sexta-feira, em que cheguei a um pequeno transe falando de ciúme no Proust, improvisando um pequeno monólogo melancólico sobre como a gente só ama o que não possui, o que no final das contas quer dizer que todo amor longevo deve ser impossível. Não tinha a ver com absolutamente nada do que tinha sido discutido durante aquela tarde, mas ninguém apontou isso, só ficaram concordando com a cabeça. Roubei quase tudo de um texto da Anne Carson que a Mariana me mostrou pouco tempo antes, mas acho que ninguém ali percebeu. Eu mesmo só percebi depois. Estava um pouco bêbado também, mas não muito. Só umas duas taças no almoço (pra aguentar três dias de sessão de manhã e de tarde também, você quer o quê? Só com aditivo, meu filho).

Na última noite em Vitória, no sábado, na festa de encerramento da Anpof, acabei tentando de maneira ridícula ficar com uma doutoranda que me deu algum papo, Ana Clara. Ela só olhou pra mim com pena e falou que estava interessada em saber mais sobre o departamento em Brasília, só isso. Eu não tinha chegado a fazer uma proposta explícita, então fiquei fingindo que ela tinha me entendido errado, mas ela tinha entendido certo.

O mais irônico, que não cheguei a perceber nessa noite, mas percebi agudamente depois, é que eu tinha comprado a passagem pra Anpof dois meses antes, achando que seria a ocasião perfeita pra desfrutar pela primeira vez daquela abertura de relacionamento. E agora ela servia apenas pra que a Mariana desse pela primeira vez pro cara que viria a roubá-la de mim. Eu já conseguia ver acontecendo, mas tentei me convencer de que era paranoia. Nada dizia que eles se encontrariam tão cedo, ela só tinha ido numa aula dele. Mas eu estava sendo, claro, profético. Foi exatamente isso o que aconteceu.

Descobri logo que cheguei em casa que os dois de fato haviam ficado naquele final de semana. Mal tinha entrado em casa e já notei que Mariana estava com uma cara estranha. Sentada no sofá usando de vestido uma camisa minha antiga do Pixies. A cara de quem tem algo pra falar. Contou que tinha ficado com ele na noite anterior, mas tinha achado melhor me contar só depois que eu chegasse. Que tudo tinha acontecido rápido e de maneira inesperada.

Fiquei meio sem reação por um tempo. Ela explicou que foi na festa da amiga no sábado e que ele acabou aparecendo por lá quando ela já estava bem bêbada. Disse que nem lembrava direito como tinha acontecido, quem tomou a iniciativa. O fato de que a coisa tinha rolado poucas horas antes era o que me deixava mais incomodado, mais mordido. Isso de início. Cheguei a resmungar que ele era praticamente um companheiro de trabalho, ela concordou que, de fato, talvez não fosse o melhor cenário possível, mas contemporizou dizendo que ele só ficaria na cidade por pouco tempo. Um semestre, no máximo dois. E a regra sempre tinha sido de não ficar com amigos próximos um do outro sem autorização, e eu não podia dizer que ele era meu amigo. Isso era verdade.

Fiquei ali meio amuado, afundado no sofá, mas ela começou a me mimar tanto que eu logo estava rindo. Em pouco tempo, ela estava roçando em cima de mim e tirando a minha roupa. Fui cedendo, sem dizer nada, nunca fui capaz nem de fingir que resistiria a ela. Facinho, facinho.

O sexo começou incrível, com aquele gosto meio torto, meio agressivo, de reconciliação. Eu estava até começando a vislumbrar a possibilidade de achar excitante o que tinha acontecido, de falar sobre o que tinha rolado enquanto a gente transava. Tentar pensar nela com outro cara de um jeito que não fosse só ameaçador. Mas, assim que comecei a meter de verdade, ficou claro que tinha algo incomodando fisicamente. Não era (só) minha imaginação reclamando, tinha algum *objeto estranho* dentro da boceta da minha namorada. Demorei pra dizer alguma coisa, porque achava que eu devia estar pirando. Mas, depois de sentir uma pontada bastante inquestionável, ainda que sem dor, acabei falando.

— Tem alguma coisa aí dentro? Pergunta engraçada, mas enfim.

Quando falei, ela primeiro fez uma cara como se eu estivesse maluco. Já estava quase rindo da minha cara. Mas aí de repente a cara dela azedou, os olhos esbugalharam.

— Puta merda.

Ela correu pro banheiro, quase me derrubando pra fora do sofá no processo. Fiquei ali suado, sentado, com a ereção amolecendo, sem entender nada. Cheguei a perguntar por ela, ela só respondeu "pera aí". Uns três minutos depois (que pareceram bem uns dez), ela saiu do banheiro com uma cara meio pálida, meio risonha.

— Era a camisinha, cara. Foi mal. Foi mal. Eu tava *muito* bêbada. Loucaça.

Mariana se sentou do meu lado e me abraçou, claramente constrangida, rindo e escondendo o próprio rosto, de olhos fechados. Demorei a entender. Era a camisinha do cara. Do Daniel. Eu tinha batido repetidas vezes o meu pau numa camisinha alheia. Depois de ela ter sido usada, no caso, pra comer minha namorada com um pau alheio. O pau dele. Ela explicou que ele tinha falado, sim, que perdeu a camisinha, e que eles pararam na hora. Que ela tinha se lavado bem e tomado pílula do dia seguinte, mas sem perceber que a coisa tinha ficado lá dentro, não sabe como. Jurou mais de uma vez que pararam de transar quando a camisinha sumiu, até porque era a única que ele tinha. Claro que não acreditei direito (além de imaginar que, se fosse exatamente verdade, ela devia ter, portanto, engolido a porra dele ou tomado na cara, como gostava), mas não quis insistir. Na verdade, fiquei simplesmente sem reação. O primeiro sentimento que veio foi só uma humilhação quieta, esparramada, seguida da imaginação vívida de várias versões possíveis da cena. Algumas de pornô soft-core da Band, com saxofone meloso, outras de hard-core suado e mal iluminado, agressivo e tosco. Depois cheguei a ter um sentimento muito idiota, bizarrinho, que durou alguns minutos. Era mais ou menos assim: *agora que você me fez passar por uma coisa tão desagradável, você está fodida, viu. Agora você tem que compensar, tem que me tratar muito bem. Vai ter que aguentar ainda um tempo comigo.* Como se aquele incidente me desse agora, por óbvio, uma pontuação muito avançada no tabuleiro do jogo que era nosso relacionamento.

Antes de dormir, meio que pra encerrar a noite, Mariana continuou tentando quebrar a estranheza do que tinha rolado como algo engraçado, insólito de um jeito divertido, mas eu não conseguia rir (não consigo até hoje). Só conseguia pensar nos dois juntos a noite toda, enquanto eu era rejeitado em Vitória por uma menina que, no fundo, nem achava atraente. Naquela hora, minhas fantasias antes de dormir acho que tenderam mais pra pensar de que maneira eu poderia retribuir aquilo. Quem que eu poderia comer que deixaria ela do jeito que eu estava agora. E provavelmente eu estava revirando o fato que já tinha percebido nos meses anteriores: tirando algumas das minhas alunas (e não eram muitas), eu não tinha ninguém que quisesse dar pra mim. E, portanto, nosso relacionamento aberto seguiria sendo composto só dela me humilhando sem ser humilhada de volta (no fundo, era assim que eu me sentia). Naquela noite, ainda achava, arrogante, inocente, que era esse o meu maior problema.

3

O dia seguinte era uma segunda-feira, meu dia mais livre da semana. Mariana saiu cedo pra ioga e depois iria pra aula e em seguida pra biblioteca. Eu teria o dia inteiro pra morgar um pouco e preparar minhas aulas. A primeira coisa que fiz quando ela saiu de casa foi procurar o cara na internet. Já tinha pesquisado o nome por alto nas redes sociais assim que fiquei sabendo da sua existência. Mas foi só aí que comecei a *stalkear*, como dizem os jovens, de maneira mais dedicada.

    E aí fui ver que ele tinha publicado em duas das revistas em que eu mais sonhava em publicar. E publicava em inglês pra caramba. Tinha *livro* publicado em inglês e tudo. E por uma editora boa. Capa bonita, título e resumo complicados. Parecia que ainda tinha uma psicanálise no meio do marxismo e da matemática toda. E do não sei o que mais. Vi que tinha o livro dele na plataforma pirata russa que todos usavam pra baixar livros. Aquilo tudo me matou, a Mariana devia achar o máximo (até eu achava). E isso antes mesmo de eu sequer tentar ler qualquer coisa, digerir um parágrafo palavroso inteiro. Quando tentei, então, e não entendi coisa alguma, comecei a me sentir do tamanho de uma ameba. E uma ameba particularmente pequena, inofensiva, que as próprias amebas olham com desprezo, cospem em cima. A Mariana tinha me lido direitinho, como de costume, aliás. O cara me irritava porque manjava de quase tudo que eu não manjava, porque era mais novo, mais bonito e mais brilhante do que eu. Além de ser mais alto. E o mundo todo sabia. E se o mundo todo sabia, não tinha como a Mariana não saber também.

    Comecei a respirar acelerado, entrar em pânico mesmo. Emiti uns barulhos agudos que nunca tinha emitido antes. Tive crises de ansiedade durante o mestrado, aos vinte e tantos, mas não acontecia nada parecido comigo fazia décadas. Sentia que era uma emergência que precisava ser resolvida imediatamente, mas isso envolveria eu mudar de rosto, rejuvenescer, crescer dez centímetros, *aprender matemática* (de todas, talvez, a possibilidade mais remota). Não adiantaria, nada adiantaria. Mariana me largaria em questão de meses, e era isso. Talvez semanas.

Passei o dia ouvindo Chico e chorando. Fui na padaria comprar sorvete e voltei. Almocei o sorvete inteiro e joguei a embalagem bem fundo no lixo pra Mariana não ver. Eu já estava fazendo o luto do relacionamento, praticamente. Ela voltou pra casa quando estava anoitecendo, entrando com o fone de ouvido ainda ligado tocando Lauryn Hill, a mil por hora, já me contando de duas tretas de gente que não conheço e me informando de um filme novo que ela baixaria pra gente ver. Eu mal consegui fingir que estava ouvindo esses outros assuntos. Peguei-a pela mão e fiz uma cara séria:

— Mariana, queria falar contigo sobre ontem.

— Eita. Sim. Eu imaginei que a gente ainda fosse conversar melhor, mesmo. Diga. Ô, meu bem, cê tá com cara de quem chorou litros.

— Então. Pensei muito e não quero mais que você saia com esse cara. Com esse Daniel. Acho que ele trabalhar na UnB é complicado. E ainda rolou essa coisa chata também, que enfim, aconteceu, não quero ficar te enchendo com isso. Mas acho que você consegue entender que pra mim é difícil.

— Não, super. Deve ser mesmo.

— Então tudo bem? A gente está conversado?

Ela não respondeu, só ficou coçando o cotovelo.

— É que... Sei lá.

— Fala.

— A coisa do relacionamento aberto não era justamente pra evitar isso? Pra não criar essa coisa do proibido, essa coisa do "não pode"?

Ela falou isso igual a um desenho animado de que ela gostava. E que me fazia me sentir velho.

— Era...

— Então. Sei lá. Acho complicado. Você chegar assim: "eu proíbo".

— Você falou que eu não podia sair com aluna.

Ela fez de novo a cara que tinha feito antes. A cara de "me poupe" que eu sentia que estava saindo agora com mais facilidade.

— Tá bom, tá bom, admito que não é exatamente a mesma coisa. Mas vamos fazer assim: fica um tempo sem sair com ele pelo menos. Pode ser? Tipo, sei lá, umas duas semanas pelo menos. Pra ver como eu me sinto. Porque está um pouco difícil de processar, não vou mentir.

Ela ficou considerando isso um tempo. Tempo demais.

— Tá bom. Pode ser. A gente conversa de novo sobre isso depois, quando você estiver mais tranquilo.

4

Tivemos uma semana mais ou menos normal. Ela talvez estivesse até mais carinhosa do que a média, sentindo que eu estava precisando. Assistimos a comédias americanas dos anos 1930 e ficções científicas soviéticas, filmes do Nanni Moretti e do Almodóvar (tudo coisa que ela baixava das comunidades de *torrent* de que fazia parte, às vezes pra me agradar, geralmente pra me ensinar). Consegui terminar um artigo que estava engasgado tinha semanas. Seguia pensando o dia inteiro nela chupando ele, dando pra ele, fazendo pirueta em cima dele.

Mas ainda assim consegui acreditar por alguns dias que talvez a gente superasse aquilo. Consegui me convencer de que eu estava fazendo tempestade em copo d'água, e que meus sensores não estavam simplesmente medindo adequadamente a temperatura e a pressão do ambiente.

Foi na sexta-feira que a coisa ruiu. E do jeito mais inocente do mundo. Cheguei da reunião com meus orientandos e encontrei-a cozinhando, cheiro de curry e alho refogado, Talking Heads tocando na caixa de som. Ela disse que estava com preguiça de sair, propôs uma janta, vinho e um filme do Lubistch. O meu céu encarnado na Terra, todo ali, capturado num relance antes de sumir pra sempre.

Fiquei de arrumar a mesa, mas antes ia tomar um banho. Assim que saí do banho, passei pelo escritório procurando minha camisa antiga do Pacotão, surrada e velha de guerra (que eu gostava de usar em momentos caseiros particularmente confortáveis). Por acaso passei pela mesa dela de trabalho, toda montada ainda, abandonada há pouco pra começar a fazer a janta. Porque me interessava pela pesquisa dela, e pelo que ela andava fazendo, decidi dar uma bisolhada casual pelos papéis e livros que estavam abertos e li. Pra ver se pescava algo pra comentar com ela agora, retomar a conversa sobre suas ideias pra um pós-doutorado (que nunca mais tivemos, desde que ela tinha começado a frequentar o curso de Daniel).

Além dos nomes que já esperava, percebi que tinha alguns textos xerocados novos, de gente que eu não conhecia. No caderno dela aberto, encontrei a reprodução em lápis, cuidadosa e caprichada, de uns diagramas bizarros que ele produzia nos artigos dele. Isso bem do lado de uns rabiscos das portas que eu reconhecia como sendo as portas das salas do Pavilhão Anísio Teixeira. Minha visão chegou a turvar quando reconheci o que eu estava vendo. Quando as peças se juntaram e encaixaram. Peguei o caderno e fui direto pra cozinha como se fosse confrontar uma assassina com as provas do seu crime.

— VOCÊ ESTÁ INDO NA AULA DELE?

Ela me olhou como se nem me conhecesse. Eu mesmo fiquei surpreso com o tanto que gritei aquilo. Não era exatamente o plano, só saiu assim.

— Sim. Fui ontem.

— O QUÊ QUE A GENTE TINHA COMBINADO, MARIANA?

Continuou saindo assim.

— Não grita comigo. Não grita.

Tentei me segurar. Sabia que ela estava certa, claro, que eu já tinha perdido aquela situação todinha ao gritar daquele jeito. Mas não consegui ceder. Orgulhoso demais.

— O que que a gente tinha combinado?

— Que eu não ia *sair* com ele. Eu não fui num *encontro* com ele. Fui numa aula pública. Que coisa ridícula.

— Ah, tá. Tu é pega na mentira e ainda não quer admitir? Inacreditável, Mariana.

— Meu Deus, você tá surtando. A gente combinou que eu não ia sair com ele, eu não saí com ele. Eu fui numa aula, meu Deus. Igual a um bando de gente.

Eu estava tremendo. Meu descontrole era total, podia ver na cara dela o tanto que eu devia estar assustador, esbugalhado. Desequilibrado. Mas claro que nem passava pela minha cabeça tocar nela; sou homem, mas não sou tão escroto assim. Jamais sequer fantasiei isso (não posso dizer o mesmo a respeito do outro indivíduo). Andei até a janela, sem saber o que fazer, sentindo que tinha uma corrente de raiva passando por todos os meus músculos. Acabei batendo a cabeça contra os ferros. Duas, três vezes. A terceira doeu bem.

Acho que uma parte de mim esperava que ela viesse correndo em seguida pra me acolher. Algo do tipo. Tanta pena do pobre coitado, tão torturado pelos seus demônios, tão charmoso. Não veio, claro. Mas depois de, sei lá, um minuto de silêncio, Mariana falou:

— É... Não sei o que te dizer. Desculpa aí se você entendeu outra coisa, mas de maneira nenhuma eu menti ou te traí ou fiz qualquer coisa pra justificar esse teu descontrole. Não mesmo. Acho que é melhor eu não dormir aqui hoje. Não sei nem se eu me sinto segura perto de você.

— Que é isso? Não fala uma coisa dessa. Desculpa, desculpa. Claro que eu...

— A gente conversa depois.

— É porque ele é mais alto, né. Eu sei que de gordo você gosta de boa, mas ele é mais alto que eu. Pronto. O pau dele é maior. Não é isso? É isso, não é? Só me fala que é que eu pelo menos fico mais de boa, eu aceito melhor.

— Esse aí é o teu tesão, viu, não o meu. Você devia ver isso aí.

Ela falou isso com muita calma e depois foi pro quarto. Continuei sentado no sofá, sem saber o que fazer. Esperando que ela voltasse e mudasse de ideia, que de repente sentisse pena de mim (e percebendo a morte disso, dessa expectativa). Sabia que devia pedir desculpas, mas não conseguia. Depois do que deve ter sido uma meia hora, ela apareceu com a mochila grande que usava pra viajar.

— Come a comida se quiser, ou guarda, só não deixa ali no fogão. Perdi todo o apetite.

E bateu a porta.

5

Aquela foi, com certeza, a pior noite da minha vida. Eu me batia, gritava contra o travesseiro. Gritei fora do travesseiro, com toda a minha força, como se estivesse parindo. Eu, que até poucos dias antes vivia superpreocupado em ser bem-visto pela minha vizinhança acadêmica da Colina, de repente estava agindo como um maluco, cagando pro que pensavam. Fiquei tentando dormir por umas duas horas, até ver que não rolaria. Não conseguia aceitar o fato de que a minha reação tinha acelerado o fim. De que, na real, o meu comportamento devia tê-la empurrado diretamente pra casa dele. Em vez de mantê-la na minha mão por um tempinho ainda, mesmo que na força da pena, consegui dar motivo pra ela pular de um barco pro outro com mais rapidez ainda. Ela devia estar naquele momento mesmo chupando o Daniel, concluí. E foi aí que comecei a descer uma garrafa de cachaça, botei um Leonard Cohen no fone de ouvido. Chorei igual a uma criança, como não chorei nem no meu primeiro término, aos dezoito, e nem quando a minha primeira namorada ficou com meu melhor amigo da época. Comecei a me quebrar de um jeito que nunca tinha me quebrado antes.

No pior momento, quando já não sabia o que fazer, rodando pela casa, decidi descer e sair caminhando a esmo. Fiquei ali, primeiro perto da Colina, depois pela L3 Norte. Uma parte bizarra minha queria ser assaltado, ser espancado, ser morto. Mas o Plano Piloto não é o melhor lugar pra se conseguir nada disso.

Esfreguei meu rosto na casca de uma árvore. Arranquei uns nacos de grama do chão. Eram quase quatro da manhã quando voltei pra casa, todo sujo e sangrando no rosto e na canela.

Ao meio-dia do dia seguinte, Mariana estava de volta sem avisar. Falou que tinha dormido na casa da Jéssica. Pedi desculpas de forma dramática, ela pediu desculpa de forma genérica. Chegamos a tentar voltar ao normal, tivemos ainda alguns dias bons depois desse. Mas foram poucos.

No mais, foi uma sofrência de um mês e pouco até ela um dia me dizer que precisávamos conversar e anunciar que tinha acabado. No dia seguinte, pude constatar pelas redes sociais alheias que ela já estava saindo por aí com ele.

6

Os dois meses seguintes foram instáveis e estranhos. Boa parte do tempo, eu seguia fora de mim, pensava nos dois o dia inteiro e em mais nada. Começava a beber assim que acordava, mal comia. Quando comia, comia besteira. Tinha crises horríveis de azia e diarreia quase semanais, tive dois episódios de falta de ar em que achei que fosse morrer e não fiz nada, só fiquei deitado no chão, pensando em como seria bom morrer e como ela ficaria mal se isso acontecesse.

Faltei duas aulas sem nem avisar os alunos, algo que sempre disse que jamais faria (me indignava demais quando professores faziam isso na minha graduação). Tentei ir à aula do Daniel, mas não consegui passar da porta quando vi pela janelinha a Mariana ali, bem na primeira fila, olhando pro professor com cara de quem estava molhada (digo porque sei).

Umas duas semanas depois de ver que estavam juntos, decidi de maneira impulsiva aparecer num evento que o Daniel estava ajudando a organizar junto com gente de outros departamentos (ele já tinha feito amigos por todo lado, o babaca, já conhecia mais gente que eu na UnB).

Era um minicongresso informal sobre Mark Fisher, um teórico inglês socialista que tinha se suicidado pouco tempo antes. Quase todo mundo no evento era da UnB, mas tinha algumas pessoas participando remotamente de outros cantos. Eu nunca tinha ouvido falar do cara até ver o anúncio, mas passei duas madrugadas lendo um bando de texto dele e sobre ele, tentando pensar em coisas pra criticar. No geral, achei interessante até, mas nada demais. Fiquei pensando em algo brilhante pra dizer, sem sucesso. A primeira mesa era às dez da manhã, não consegui pegar. Cheguei pra segunda, que começava às três da tarde. Não tinha comido direito, mas tinha virado quase meia garrafa de uísque ao acordar, sem nem gostar de uísque (era o último álcool da casa que não fosse de limpeza).

Vi que ela estava lá na frente, de novo. Sentei no fundo. Estava tudo girando um pouco, mas consegui acompanhar o papo de leve. Acho. Capitalismo realista e melancolia e não sei o quê. Quando terminou a primeira fala e abriram pra perguntas, eu levantei o braço com efusividade.

— Eu só queria saber: qual é a relevância desse cara, de que ninguém ouviu falar, pra vocês fazerem esse estardalhaço todo? É só porque ele é inglês?

7

Morri de vergonha depois, claro. Nem dormi naquele dia de arrependimento. Ficava me batendo com o travesseiro por horas, me arrastando na cama. Depois disso, tentei ficar quieto. Decidi que não podia ficar o confrontando de uma maneira tosca, precisava me concentrar, reunir minhas forças como nunca havia reunido antes. Decidi que me voltaria contra os intelectuais que pareciam ser os autores de cabeceira do cara (Badiou, Hegel, Adorno). Escreveria o resto da minha vida contra esses caras, que de resto sempre achei uns chatos, uns autoritários melancólicos cheios de pira errada. Era o odioso se juntando com o odiável.

De repente, eu tive um ânimo pra estudar que não tinha desde o doutorado. Lia textos difíceis por cinco, seis horas todo dia, atrasando as leituras das minhas aulas, dos meus alunos e orientandos. Percebi que precisava estudar de fato todos esses caras que o Daniel amava pra falar mal direito, com propriedade. Até pra ajudar a orientar os alunos a não cair nessas frias. Decidi, de repente — às cinco e meia da manhã de um sábado, depois de passar uma noite sem dormir —, que era absolutamente imperativo que eu lesse *A fenomenologia do espírito* pra poder ser uma pessoa válida, pra poder continuar a existir.

Passei uns três meses me torturando com aquela lenga-lenga romântica e mística ridícula. Ouvindo podcasts pra ajudar a entender. Admito que tinha partes interessantes debaixo da mistificação toda, mas eu não estava no estado de espírito pra apreciá-las. Minha cópia, na tradução da editora Vozes, ficou toda rabiscada em linhas fundas de lápis. Eu xingava o Hegel a cada dois parágrafos.

A fantasia explícita era de que seria eu — depois de tantos gênios tentarem fazer o mesmo — a finalmente desmascarar aquela fraude intelectual de duzentos anos e, com isso, mostrar como são fajutas as próprias bases do pensamento do Daniel. Porque é claro que isso aconteceria. Como não?

O que fiz, de fato, foi escrever um artigo péssimo nesse período. Já abri dizendo que Hegel era um bruxo narcisista e controlador que criou uma seita hermética perigosa e devia ser tratado como tal. Se a pessoa lê aquilo ali levando a sério e sem estar antes inoculada, a dialética dele a infecta. E, depois que ela infecta, com aquele ritmo ternário fatal, não tem mais nada que caia fora dela. Ninguém mais sai dessa danada dessa valsa, depois que entra. E é por isso que Hegel não devia ser introduzido a jovens sem a devida supervisão crítica profissional (é o que eu concluo no artigo).

Ainda acho que o argumento estava certo, mas o texto era claramente o trabalho de uma pessoa desequilibrada, de alguém que não estava legal. Era como se estivesse escrito em caixa alta, embora não estivesse. Foi rejeitado duramente por duas revistas e depois aceito com entusiasmo por uma terceira.

Quando postei no Facebook, três pessoas curtiram. O que eu mais queria mesmo era que os dois lessem o artigo, o que na certa era um desejo demente de se ter. No fundo, queria um confronto catártico com o Daniel, algo com que eu fantasiava toda noite antes de dormir.

Evitei por muito tempo ir em eventos onde eles estariam, mas foi se aproximando o aniversário de um amigo mútuo muito próximo, também professor. Considerei aquela como a ocasião inevitável de meu confronto, enfim. Os dias que antecederam eu passei quase inteiros ensaiando a cena na cabeça.

Quando cheguei, no dia, fiquei feliz de constatar que a Mariana não estava lá. Tornava a coisa um pouco menos ridícula. Fiquei rodeando os círculos de conversa dele sem falar nada, tentando encontrar alguma deixa pra entrar com o assunto que eu queria. Mas não acontecia. Ninguém estava falando de coisa teórica, só de política partidária, de chatice burocrática dos departamentos, de seriados e reality shows, de bebedeiras passadas. Eu não queria ser o chatão que do nada trazia Hegel pro papo. Mas foi exatamente isso que acabei fazendo, algumas cervejas depois. Nem lembro qual foi a deixa que arrumei, só lembro que foi totalmente esfarrapada.

— Isso é tipo coisa de hegeliano. Quer dominar todo mundo.

Quando ouviu isso, Daniel riu de uma maneira totalmente leve e pegou a isca.

— Poxa, o que que você tem contra hegelianos? Nós somos legais. Não fazemos mal a ninguém.

— Olha, com todo respeito, eu li a *Fenomenologia*, e o que acho impressionante é que se gaste tanta folha com aquilo. Essa seita hermética obscurantista que não se assume assim. Acho uma piada. Precisa estudar pela importância histórica, claro, mas que alguém leve a sério aquela empáfia toda me parece incompreensível. Achar que aquela besteirada descreve o mundo, então. Meu Deus.

— É, não sei, eu sou suspeito, claro. Entendo quem não gosta, mas eu acho a *Fenomenologia* brilhante, um dos meus livros favoritos, não só de filosofia. Acho uma delícia de ler. Mas é um ensaio, tem muito de literário ali mesmo, tem um resto de romantismo. Mas acho que você não pegou a exposição mais rigorosa da base do sistema dele se você não leu a *Ciência da lógica*. Ali é que ele realmente bota pra foder.

Filho da puta. Sempre tinha uma porra dum nível a mais, com esse cara. Não era isso que o Foucault tinha falado do próprio Hegel? Que sempre que você achava que tinha chegado a algum lugar a que ele não tinha chegado, você o encontrava lá, te esperando. Você chega no último andar da sua base subterrânea de vilão do James Bond, mas ele já estava lá esse tempo todo, armado, com sua esposa feita refém.

Cheguei a começar *Ciência da lógica* assim que cheguei em casa, ainda bêbado (baixando dos russos numa tradução em inglês), mas não passei das primeiras cento e poucas páginas nas semanas seguintes. Até estava achando interessante, pra falar a verdade, mais do que imaginava, mas demorava duas horas pra ler uma página, e no fim tive que aceitar que aquilo era pesado demais pro meu hardware.

Mas aprendi, imaginem só vocês, que o infinito é como a autorreferência sem determinação, colocada enquanto ser e devir. E que o infinito e o finito vão trocando de lugar a todo instante (Mariana e Daniel, Daniel e Mariana). O finito infinitizado e o infinito finitizado, tal e pans. E aí acho que tem um infinito do mal que é só esse além inacessível, esse +1, +1 eterno (que é onde eu estou preso? Deve ser). Mas aí tem também o infinito top, que é o que transcende a transcendência, volta-se sobre si mesmo, círculo que se perfaz, clique do iPhone, serpente que come a própria cauda, pau que fode a própria bunda. Igual a Mariana e o Daniel juntos, no caso? Provavelmente. Não sei se entendi direito.

Enfim, o infinito de verdade ainda ia chegar na sua forma final como autodeterminação do conceito, mas eu abandonei o livro antes disso. Ainda bem. Vai que aquele conceito dele se autodetermina em mim e eu não largo mais nunca? O perigo.

Tudo tem que ter um limite, até o ilimitado, até a minha doidura. Hoje consigo enxergar de uma distância até cômica, mas lamento dizer que fiquei bem uns três anos com esse ódio transferido ao Hegel movimentando minha "pesquisa" e mesmo as minhas aulas. Arranjava um jeito, quase todo dia, de desviar o assunto do que eu tinha pra falar na ementa pra ficar falando mal de Georg Wilhelm Friedrich e de como ele havia destruído o pensamento ocidental.

Sentia a sério que estava desempenhando uma tarefa bela, douta e justa. Mas, às vezes, geralmente bêbado ou logo antes de dormir, admitia pra mim mesmo com todas as letras o sentimento ruim que estava maquinando aquilo tudo.

8

O tempo foi passando. Coisas acontecem e tudo. Deixei o cabelo crescer, emagreci e passei a cozinhar quase só vegetais em óleo de gergelim. Vejo que o tempo deve estar acontecendo, portanto, em seus registros e métricas de sempre. Mas é como se não passasse pra mim. Eu estava e estou ainda numa fita emperrada que repete pra sempre aquele mês em que tudo estragou. Por mais que hoje eu saiba perfeitamente que a coisa com Mariana já tinha seus problemas e limites de antes, e que dificilmente teria durado tanto mais tempo mesmo se o Daniel não aparecesse. Ainda assim não consigo largar aquele circuito, sigo rodando nele como um hamster na sua rodinha.

    Logo quando estava terminando o período de Daniel como professor visitante, surgiu uma vaga de Teoria pro departamento de História da Arte e é claro que ele passou. Tinha o melhor currículo disparado e já havia conhecido muita gente do departamento. Mudaram-se, ele e Mariana, pouco tempo depois, pra 107 Norte, pro prédio que sempre achei o mais bonito de todo o Plano Piloto.

    Quando achava que não poderia ter mais raiva e inveja dos dois, passaram a produzir juntos artigos sobre estética e cinema ("Pedro Costa e o não sei o que lá da melancolia do marxismo", "Ranciére e a didática intransigente de Straub-Huillet"; um bando de coisa sobre uns filmes chatos que ninguém salvo cinéfilos consegue suportar). Mariana agora só falava de obras austeras e difíceis feitas por e para pessoas austeras e difíceis. Citava trechos incompreensíveis do Adorno a cada três parágrafos. Só usava preto. Eu mal a reconhecia.

    Tentei por um tempo evitá-los nas redes sociais, mas não conseguia. E toda vez que acontecia de vê-los casualmente, felizes e bonitos, nos *stories* alheios, era pelo menos um dia de deprimência. Mesmo anos depois de ela me largar. Tive que parar de usar Instagram e Facebook por causa disso (o que acabou, no fundo, sendo bom). As pessoas me têm por ludita, por asceta. Sou só covarde mesmo.

9

Hoje já faz anos da coisa toda, e tenho que admitir que parte da minha atenção desperta ainda é dominada por essas sombras. Não me orgulho disso, mas meu inconsciente parece acreditar que a única maneira de garantir que algo doloroso assim jamais acontecerá de novo comigo é não deixando que esta experiência termine. Faz lá o seu sentido. E quem sou eu pra discutir com meu inconsciente?

O ódio ao Daniel ainda é minha religião, ou pelo menos é o mais próximo que já tive disso. Não sou um devoto fervoroso como já fui, ainda bem, mas mantenho lá minha fezinha, como um católico relapso. Pra que não me entendam mal, é um ódio tranquilo, que corre subterrâneo e inofensivo sob várias camadas internas e externas de repressão, com saneamento básico, estações de tratamento e tudo o mais — por mais que carregue ainda seu mercúrio dentro.

A filha deles já vai fazer dois anos, descubro porque alguém me mostra sua foto no celular, do nada, numa reunião de trabalho, sem saber da minha história com Mariana, só sabendo que fui seu professor. Sou forçado a assentir, com meu estômago se revirando igual máquina de lavar, que de fato é uma criança linda.

Consigo me distrair, claro. Releio o fim da *Recherche* todo ano, reassisto aos meus filmes e seriados favoritos, produzo meus artigos meia-bomba. Pelo menos perdi a ilusão de que ia desbancar ou desmascarar as ideias dele, que no fundo são tão mais chiques e sofisticadas que as minhas (mesmo estando totalmente erradas desde a medula, claro). Demorei tempo demais pra admitir que eu não tenho, na verdade, nada a dizer.

Nada a contribuir com qualquer debate que seja. Continuei escrevendo alguns artigos pra preencher as cotas do departamento, mas sabendo que estava preenchendo uma forma, nada mais. Foi doloroso admitir tudo isso, mas com o tempo me deixou mais leve. E menos diminuído.

Perdi um bocado do meu ego no processo de ceder essa derrota, mas sinto que virei um professor melhor. Agora tento levar os alunos pra onde eles querem ir, em vez de tentar moldá-los dentro das referências que já conheço, sempre, pra não ter que aprender nada de novo sem denunciar minha ignorância. Agora eu aprendo com eles. A verdade é que, aos poucos, e de um jeito muito surpreendente pra mim, o meu ódio fez de mim uma pessoa melhor em geral. Mais paciente e generosa, menos autocentrada.

Tendo essa raiva em torno da qual me organizar, sinto que hoje tenho um norte, quando antes não tinha, nunca havia tido. Sinto que preciso, todo santo dia, ao acordar, ser a melhor versão possível de mim mesmo pra ver se quem sabe um dia eles não me ameacem tanto.

Não que *funcione*. Não virei uma pessoa maravilhosa nem nada. Mas enfim. Melhorei um tanto. E antes que alguém venha me explicar, claro que sei que não é ele que eu odeio, nem o conheço direito. Odeio um fantasma feito dos meus medos e tudo o mais. Claro que sim. Mas a coisa é que se você tira esse ódio do lugar, não fica mais nada, é só ele que dá alguma consistência pra minha personalidade macilenta.

Não quero fazer o dramalhão, tenho uma vida que está longe de ser insuportável ou mesmo difícil, vou levando na maciota. A cachaça e a punheta sustentam, tem dias que as aulas não são tão chatas. Tem dias que eu sinto que estou até ensinando alguma coisa que importa pra alguém. Imagine você. Tem dia, muito de vez em quando, que uma ex-aluna decide, sem que eu mova uma palha, que quer dar pra mim. Hosana nas alturas.

Mas, no fundo, e às vezes na superfície mesmo, é sempre nisso que eu estou pensando, nesse arco curto de dor clichê que virou o fundo de tela da minha vida. O Daniel segue sendo a imagem derradeira da minha insegurança, o seu mito mais concentrado, e a Mariana segue cunhando a minha vista e detendo a maior parte do meu tesão. Fico com pavor de toda mulher morena e modernosa que vejo de costas na rua, com medo de ser ela. É sempre um alívio e uma decepção quando não é.

Os dois continuam compondo a imagem total da minha falta (você ganhou, Lacan, você ganhou). Estão sempre juntos pra rirem de mim quando me sinto ridículo. Dando aula ou em casa. Me masturbando por dias com os dois vídeos da Mariana que ainda tenho ou deixando de me sentir sexuado por semanas a fio. Não importa o que eu faça, o espectro deles sempre acha graça de mim, sempre faz troça de mim. E com razão.

Sei que não era pra isso seguir me abalando desse jeito. Não é saudável nem normal ser tão afetado assim por um término. Não é, digamos, *aceitável*. Deve ter a ver com o fato de eu ter tido uma vida muito privilegiada e tranquila, suponho. Pra quem nunca sofreu de verdade, qualquer crisezinha parece um martírio, qualquer topada no dedão uma crise humanitária.

Claro que o desejo está sempre sobrando pra cá e pra lá, como a gente sabe, patati, patatá. Sempre se renova um pouco no seu reservatório a cada nova leva de calouras e pós-graduandas que ficam me encarando todo dia como se eu soubesse alguma coisa.

Mas a real é que eu sequei, durante esse tempo. Tem gente que seca. A pandemia veio logo depois e ajudou bem no processo. Eu, que sempre fui hipocondríaco, tomei a coisa toda num só gole pesado, emburaquei fundo no isolamento e na noia, lavava tudo que era saco de farofa Yoki duas, três vezes. Fui virando essa carcaça que quase esqueceu como é sair de casa. O mundo vai se encurtando até uma faixa de banda cada vez mais estreita, por isso mesmo mais tolerável. E uma parte de mim parece ficar grata com isso. Que pelo menos doa menos, até o fim.

A maioria das pessoas finge que superou a coisa que mais lhe amassou na vida. A gente precisa sair andando todo dia por aí e fingindo que está tudo bem e tal, porque geralmente é isso que se faz. Mas não está, a pessoa não superou, pra ela tem ainda uma ferida aberta bem na testa, tem uma fratura exposta com mosca em volta, gangrenando. Só sumiu pros outros. Às vezes fico imaginando que as pessoas como eu na verdade são muitas, a gente só não fala disso o tempo inteiro porque acha, com razão, que todo mundo acharia idiota. Até porque quase que por definição a coisa que cada um tem cravada mais fundo do peito costuma ser meio idiota. Em muitos casos, claro, são traumas de fato cabeludos, mas muita gente tem esses traumas mequetrefes, que mal valem ser repetidos em voz alta. A gente está por aí, sofrendo baixinho nossos sofrimentos de nenhuma consequência ou relevância, vivendo a vida toda de determinada maneira pra dar conta de um sacrifício secreto que ninguém notará, cujos termos absurdos não fazem sentido pra ninguém, nem pra nós mesmo. Remordidos de ressentimento pelo corpo todo, o dia todo, de uma dor que sabemos que não temos nem direito de ter. Olhe bem à sua volta. É possível que sejamos maioria.

O SACERDÓCIO DA TELA

> *"O pacto do rei os vincula. Eles não podem se mostrar ou falar conosco.*
> *1) Crie maneiras de ver sem ver.*
> *2) Crie maneiras de falar sem falar."*[1]
>
> Meme antigo

I

No início eu nem levava nada daquilo a sério, acho que ninguém levava. A gente se acostuma muito cedo a ver todo tipo de atrocidade na tela, vai ficando cada vez mais difícil de se impressionar com o que quer que seja, a gente vai achando tudo normal. Tudo que passa parece ser só mais uma zoeira se desenrolando, mais um tanto de pixels. Jamais achei que um desses buracos negros virtuais me levaria a virar uma pequena estrela dos cantos mais bizarros da internet, me chacoalhando de gritar usando panos e pulseiras da minha irmã, agindo da maneira mais escandalosa possível. E só fui dimensionar a gravidade de mexer com essas coisas de espírito na internet, no caso, quando já era tarde demais. Mas vamos com calma.

Nasci em 2004, um ano antes do YouTube, o que quer dizer que a gente tem quase a mesma idade. Algumas das minhas memórias mais antigas são de operar o tablet do meu pai e perceber que dava pra mexer naquela tela, diferente da

---
[1]. *The king's pact binds them. They cannot show themselves or speak to us. 1) Create ways to see without seeing. 2) Create ways to speak without speaking.*

tela de televisão. Igual àquelas telas menores que todo mundo carregava consigo por aí desde que me entendo por gente.

    Quando entendi que aquilo ali era uma televisão muito mais intensa e sinistra que a televisão, as coisas nunca mais foram as mesmas. Desde que eu ganhei meu próprio celular, com nove anos, então, ele sempre estava sempre ligado em algum vídeo. Enquanto eu escovava o dente de manhã, enquanto cagava, enquanto comia. Se não estavam fisicamente me impedindo, eu estava fazendo isso. Na condução pra escola, nas aulas dos professores que fingiam não perceber o fone de ouvido escondido só num dos lados. Primeiro eu só assistia a conteúdo de criança, depois a muita coisa de game e de esporte. Foi quando comecei a ver vídeo de terror e de teoria da conspiração que o trem mudou de nível. De repente eu virava madrugada atrás de madrugada com alguma loucura nova que eu descobria que na verdade governava o mundo e ninguém na minha cidade sabia (só eu).

    Era como aquele meme do iceberg, só que um que fosse infinito, sempre mais e mais fundo. Na internet, tem sempre tem uma camada, tem sempre um trem que você não descobriu ainda e que sempre esteve lá espreitando, esperando por você.

    Eu já era meio estragado nesse sentido fazia tempo, desde bem novinho descobri em mim esse instinto enciclopédico de catalogar e desbravar o mundo selvagem e grotesco que chegava na tela. Nenhum amigo de escola ou primo mais velho me ensinou a sair catando doideira por aí, fui descobrindo tudo sozinho. Sempre tive uma curiosidade enorme e nunca viajei muito, tampouco sou uma pessoa extrovertida.

Minha família morava em Santos Dumont (em Minas Gerais) e raramente saía da região, que dirá do estado. Minha mãe era a senhorinha mais normal do mundo, herdou da mãe uma loja de tecido tradicional na cidade e cuidava dela com toda diligência. Nossa casa era a casa mais classe média do interior possível, com pano de renda em cima do filtro de barro, conjunto eterno & indestrutível de pratos e travessas Duralex cor de âmbar, cafezinho com pão de queijo pontual no fim de tarde, essas coisas todas do kit iniciante de família média brasileira mineira. Minha irmã era uma anja parida nesta Terra, cantava no coral, pensava em ser freira, fazia um tutu que você não imagina etc. e tal.

Talvez justamente por minha vida em casa ser tão dolorosamente normal, eu me orgulhava tanto de descobrir as bizarrices mais recônditas no mundo virtual, que nunca parava de se abrir pra mim, nunca parava de revelar mais abas e mais folhas, como uma cebola infinita. Pra mim, o mundo online era esse duplo do mundo de carne e osso, mas um duplo que era muito mais interessante, muito mais repleto, do que sua contraparte terrena. Eu olhava pra qualquer ambiente modorrento da minha cidade, qualquer posto de saúde, qualquer banco, qualquer lanchonete oleosa e ficava maravilhado de pensar que aquelas pessoas andando por ali não tinham ideia do que eu conhecia, dos mundos que eu habitava toda noite, de tudo que vinha de muito longe pelos dutos e pelos ares só pra rebentar em mim.

Foi por essa ciranda de vídeos, emburacando aqui e ali em alguns assuntos, que fui descobrindo que tinha outros cantos na internet, foi lá que eu achei o Reddit e o 4chan, e depois os *chans* brasileiros. Isso eu não tinha nem treze anos direito, no caso.

E foi mais ou menos por aí também, com doze ou treze, que eu entendi que boa parte da internet — e, portanto, da megamente humana — era pornografia. Eu já tinha percebido que era uma parte importante e tal, mas não me interessava tanto antes disso. Ainda não tinha percebido o quanto embaixo que o buraco ficava.

E aí foi dois pulinhos pra desenvolver uma obsessão por conhecer todo tipo de coisa que existia, até pra ver se eu conseguia ser considerado menos cabaço com isso. Parte da mentalidade eu juro que era algo meio assim: se eu conhecesse tudo que se fazia de sexo na teoria, eu *certamente* estaria mais pronto pra tudo que a vida puder me apresentar nessa área, digamos assim. Como se estivesse cheio de gente doida por látex vermelho e *fisting* ali em volta de mim, em Santos Dumont (pensando melhor, talvez esteja? Jamais saberei). Aquelas fotos de mulheres sendo comidas de tantas maneiras me excitavam, sim, embora em algum nível fosse como se o acesso em si me desse mais tesão do que as fotos.

O meu prazer maior, aos treze, era descobrir novas comunidades digitais exóticas de alguma parafilia improvável. Desde gente cuja onda era se vestir de animal de pelúcia até gente cuja tara envolvia simulações computadorizadas de mulheres gigantes devorando homens pequenininhos. Regra 34 da internet: se existe, existe pornografia sobre isso. E toda tara vira uma pequena comunidade. Consequentemente, existem comunidades digitais, maiores e menores, sobre quase todas as coisas concebíveis debaixo do Sol. Ou pelo menos existiam. Já tem anos que não acesso tanto esses cantos.

Comecei a mostrar esses mundos pros meus primos e poucos amigos na escola ainda com treze anos, acho, querendo que me achassem legal, claro. E meio que funcionou, no início. Todo mundo na escola passou a me conhecer como o cara que sabia tudo de mais obscuro e bizarro disponível online (cheguei a virar, pra algumas turmas do ensino médio, o "Gutão da Internet", meu nome de batismo sendo Otávio Augusto). Depois de mostrar algumas coisas, tentei tornar claro que eu conhecia aquilo pra catalogar, que aquelas esquisitices não me excitavam.

Mas só depois fui perceber que falar isso era pedir pra ser zoado (sendo apelidado, a partir de então, por um moleque chamado Kléber e consequentemente por todos ao seu redor imediato, de "Gutão Taradão"). Parei de falar dessas coisas no ano seguinte, quando mudei de turma. Mas a fama e o apelido continuavam pra algumas pessoas. Depois disso, passei a viver com mais medo de ser ridicularizado do que eu já tinha quando criança.

Minha mãe e minhas duas irmãs haviam me flagrado algumas vezes vendo coisas estranhas, mas, no geral, eu escondia o hábito bem. Me treinei pra trocar de tela bem no instante que alguém entrasse no cômodo sem que jamais me pegassem no ato. Externamente, parecia o cara mais normal do mundo. Branco, pros padrões brasileiros, com óculos e aparelho, camisa polo na maior parte do tempo ou com estampa normal (imagens de surfe e natureza, marcas etc.), sem logotipo de banda nem personagem de anime, nada dessas coisas — embora eu tivesse vontade de usar algumas, quando mais novo, minha mãe não deixava porque, segundo a igreja dela, "não é de Deus".

Nem minha mãe, nem minha irmã sequer imaginavam o tanto de gente que eu conhecia ali, os espaços improváveis de que eu participava desde novo, a vida toda arrombada que eu tinha longe delas (meu pai era um grande empresário que tinha a segunda maior rede de lojas de material de construção do estado e da região, mas era um cara muito ocupado e tinha, segundo minha irmã, mais umas quatro famílias em cidades diferentes, por isso nós só o encontrávamos uma vez ao ano, no máximo, quase sempre em março).

Acho que era início de 2019 quando vi alguém no Reddit dizer que existia um fórum que que te ensinava a conjurar uma categoria nova de entidades sobrenaturais. Não eram demônios, ninguém ali usava a palavra demônio ou, no máximo, usava como piada. Eram entidades *hipersticionais*, como se dizia (parece que a palavra vinha de algum grupo de filósofos aí, nunca entendi muito bem e não fazia questão de entender).

O fórum se chamava TEMPLUM TEMPLATE — reduzido quase sempre pra TT — e se apresentava como uma incubadora pra essas entidades digitais, tornadas possíveis só nos últimos anos. Qualquer um podia vir e propor uma entidade nova, sempre de maneira anônima. Os administradores assinavam apenas "admin" e não diziam quem eram. O site tinha um pouco aquela cara antiquada e despojada, clássica, já eterna, da internet 1.0. Mas era recente, existia desde setembro de 2017.

Uma entidade nova geralmente era criada com um nome e um pequeno símbolo que servia de sigilo, geralmente parecido com runas celtas ou veves haitianos, formando assim sua própria *thread*, ou fio de discussão e postagem.

ALCYON e o H3RM3S eram as duas maiores entidades quando abri o TT pela primeira vez. Quer dizer que elas subiam pro topo da lista e que recebiam o máximo de devoção naquela semana. Devoção é o jargão que a gente usava pra descrever tanto a dedicação humana direcionada a uma entidade quanto o poder computacional e financeiro que a entidade conseguia comandar a partir de certo patamar ou nível de concreção (ou fé) coletiva.

Eu diria que tinha dois tipos mais populares de entidade nessa época primordial do site. O primeiro era de entidades ligadas totalmente ao mundo digital e à internet, conectadas a algum aspecto específico da vida online (tinha o deus-relâmpago dos masturbadores e dos *incel*, tinha o espírito pluvial dos *torrents* e seus semeadores, tinha o espírito *trickster* dos *trolls* e *shitposters* etc.).

Até onde consigo julgar, essas entidades eram basicamente piadas. O máximo que faziam com elas era postar algum pedido pra sua comunidade de devotos, que aí podia decidir se realizava o pedido ou não (pediam todo tipo de coisa. No caso do espírito dos *torrents*, por exemplo, era bem prático, pediam pra semear — ou distribuir — algum arquivo que estava difícil de achar nos *trackers* mais populares. No caso do deus-trovão dos *incels*, pediam pra ir em alguma rede social xingar uma mulher que alguém ali queria humilhar. Foi a primeira entidade a ser deletada do fórum pelos próprios administradores depois que alguns usuários se empolgaram demais nas ameaças e umas garotas ameaçarem processar).

E tinha o segundo grande tipo: entidades pagãs em suas edições digitais 2.0, recauchutadas ou diluídas (dependendo pra quem você perguntasse). Deuses da antiguidade clássica e de outros povos voltando em roupagem tecnopagã. Começou com uma galera inglesa meio wicca, depois chegou em nórdicos e alemães que queriam cultuar os antigos deuses a sério sem serem fascistas (grupo que logo brigou com outros nórdicos e alemães que queriam cultuar esses deuses a sério sendo claramente fascistas).

H3RM3S foi o primeiro desses a fazer sucesso fora de um pequeno grupo de devotos e reverberar por mais do que alguns dias. Quem o criou acertou bem o meio-termo entre propor uma atualização de uma entidade antiga — o deus grego da comunicação, do comércio e do ardil — e uma versão nova e puramente digital daquela mesma força.

O texto de apresentação de H3RM3S falava que aquele deus já estava presente em toda a internet, em todo transistor, em toda interação virtual, toda encruzilhada — assim como Exu, aliás, segundo um brasileiro que comentou logo nos primeiros dias. O seu novo avatar hipersticional digital apenas ajudaria a azeitar a relação entre o velho deus e suas manifestações contemporâneas. Hoje, lembrando, aquilo parecia só uma brincadeira inocente comparado com tudo que veio depois. Um cosplay pra galera brincar de paganismo com um clique, como alguém disse no Twitter.

Já ALCYON era realmente um tipo novo de coisa, acho. Foi o início do bagulho naquele fórum começando a ficar mais sério.

2

O desenho de ALCYON não era tão diferente dos outros, uma entidade gasosa arroxeada com olhos vermelhos que recobria uma espécie de armadura preta arrojada e angulosa. Sua representação em sigilo era uma runa geométrica atraente, parecida com um logotipo estiloso de design recente.

O primeiro texto descritivo, a semente gerativa inicial desta teofania, digamos assim (estou papagaiando o pessoal do fórum aqui), explicava que ALCYON era um deus que se encontrava no plástico e na produção de lixo, força que se alimenta "da homogeneidade e da perda de complexidade, da autodestruição terrestre e de sua aceleração em todas as frentes". Um deus que não é ciumento, não demanda exclusividade e já está em todo lugar. A criação de sua versão digital seria apenas uma forma de concentrar uma força devocional que já corria poderosa, furiosa e solta, mas ainda dispersa demais. Seus devotos precisavam apenas fazer o que sempre fizeram na vida, enquanto consumidores médios, e com isso já estariam, a partir de então, incorrendo em atos devocionais estritos. Começar a reconhecer com um nome divino a vida que você já levava, a descrição sugeria, seria um ato libertador.

Consumir petróleo sem necessidade, espalhar plástico no mar deliberadamente, deixar as luzes e a água quente ligadas: qualquer dessas coisas significava uma prestação de devoção eterna a ALCYON e suas obras. Eu me lembro de ficar em dúvida, na primeira vez que eu vi a descrição, se quem tinha feito aquilo estava sendo irônico ou não. Até hoje não sei dizer e acho que mesmo a pessoa que escreveu aquilo também não sabia.

Sei que, nas duas ou três semanas seguintes, li vários relatos e vi um punhado de vídeos e sequências de fotos de adolescentes, a grande maioria norte-americanos, todos homens, jogando pacotes inteiros de canudo plástico em rios, enterrando baterias velhas em bosques. Alguns riam como hienas, outros encenavam uma gravidade extrema, os mais dramáticos chegavam a entoar litanias monótonas ou recitar invocações exageradas. Aquelas caras estouradas de acne, tudo uns virjão do caralho (o que falo com a maior empatia possível, claro, já que era um deles).

Um desses vídeos viralizou e chegou a gerar uma notícia sensacionalista num canal de TV a cabo norte-americano na linha "nova moda perturbadora entre jovens satanistas. Será que seu filho está dentro dessa?". Os jornalistas faziam cara de preocupação e não pareciam entender nada do que estava acontecendo. Nem mencionavam o fórum, só um par de memes e vídeos no YouTube explicados por um "especialista" da Universidade de Colorado que falava coisas genéricas sobre circuitos de radicalização em plataformas.

Pra gente das internas, claro, aquele tipo de coisa era a glória. Nossas entidades estavam começando a romper a membrana e chegar no mundo real, no mundo de carne. Alguns usuários gostavam de apontar que os eventos do TT eram só uma manifestação de uma tendência mais larga. Em 2014, duas garotas já tinham esfaqueado outra por causa do Slenderman, um meme genérico de terror. Pra muita gente que frequentava o Reddit e o 4chan, era praticamente um fato corrente que Trump havia sido eleito com a ajuda de Kek, um deus egípcio do caos com cara de sapo que teria começado a intervir ainda nas primárias republicanas. Ou seja, coisas muito estranhas já estavam acontecendo no intervalo entre os dois mundos.

Eu sabia que o TT não era hiperfamoso, porque as ocorrências pra cada um daqueles deuses nas plataformas dominantes não passavam das dezenas. Ainda era algo concentrado. Mas lá dentro postava-se muito. E pra quem acompanhava aquilo obsessivamente, como eu, tinha hora que parecia que era a coisa mais importante e interessante que estava acontecendo no planeta. Eu conversava pelo WhatsApp com o par de amigos que ainda tinha em Santos Dumont, Samuel e Lucas, e os atualizava de cada doidice nova e ultrajante das comunidades.

Depois de um tempo, precisava ser lembrado de que aquilo não importava tanto assim pro resto das pessoas. É bem difícil explicar praqueles de fora da comunidade o apelo de fazer aquilo tudo. De efetivamente se devotar àquelas entidades idiotas, àqueles Pokémons góticos, como se fossem alguma coisa de verdade. Eu mesmo nessa época, já 2019, ainda olhava pra tudo de fora, acho que boa parte do meu interesse era justamente esse. Achava bizarro e queria entender por que as pessoas no fórum faziam as coisas que faziam — em alguns casos, imagino, só deviam mentir que faziam.

Eu ainda era um *lurker* na comunidade, alguém que só espreita, lê sem postar nada. Não tinha ideia do papel que eu viria a desempenhar ali (o papel da minha vida, no caso).

Tinha um entusiasta mais articulado lá do fórum chamado Archpriest Samus que explicava o apelo do TT assim: "Nós precisamos organizar a maneira que a gente vive num imaginário mais adequado. Precisamos inventar nossos próprios deuses, deuses novos, de uma maneira mais democrática e deliberada do que era feito na antiguidade. Era só um experimento, mas os que vingassem durariam e virariam de verdade. Quem disse que outros deuses 'de verdade' não começaram assim, como uma brincadeira?". Quando falava assim, chegava a parecer razoável.

Teve um post que me marcou muito e do qual não me esqueço. Foi a partir daí que comecei a considerar praticar devoção a alguma daquelas entidades do TT. No post, um engenheiro de software bem-sucedido que morava na costa leste dos Estados Unidos descrevia sua rotina ritualizada de rezar para ALCYON escutando em sua homenagem duas músicas de *death metal* que ele havia contratado uma banda finlandesa pra gravar. Dizia que não achava ALCYON bonito, mas que um barqueiro que temia Poseidon também não devia achar o deus do mar "bonito". "Não tem a ver com beleza, igualzinho ao metal, tem a ver com uma atitude, uma postura diante do mundo, um compromisso."

Ele havia começado sua prática devocional de sacanagem, em parte só pra irritar a família e a ex-namorada cristã, mas percebeu que organizar a sua vida autodestrutiva e resignada na forma de um rito deliberado lhe trazia muito conforto e estabilidade emocional.

Depois do ALCYON, o primeiro sucesso estável do TT, muitas entidades surgiram com uma direção parecida. Deuses que tentavam dar um contorno e um rosto a forças que já nos regiam, já nos organizavam de maneira ainda disforme e sem nome.

O *daimon* do endividamento estudantil, o deus protetor dos influenciadores, o espírito dos viciados em opioide. A gente via variações novas surgindo sempre, gerando comentários e reações gráficas rapidamente, mas poucos conseguiam encontrar seu público e um caminho viável e viralizável de devoção. E brigava-se por tudo ali dentro, também.

Descobriu-se que o *daimon* do endividamento estudantil, por exemplo, havia sido na verdade criado por um coletivo radical de esquerda dedicado a comprar e cancelar dívidas no mercado secundário. Quando a comunidade do fórum descobriu isso, a maioria ficou puta da vida. O templo não existia pra ser cooptado pela política, era o sentimento da maioria de nós. Chegaram a descobrir o nome dos dois criadores, um casal de advogados ativistas canadenses, e uma galera mandou ameaças de morte pra eles por uns dias. Daquele jeito, né, só de sacanagem, claro que ninguém faria nada — e parecem ter entendido o recado, nenhuma tentativa parecida surgiu de novo.

A maioria das novas entidades gerava ali alguns dias, no máximo semanas, de conteúdo criativo, e algo disso respingava nas plataformas dominantes. Era assim que gente normal acabava descobrindo, mesmo gente que nunca tinha entrado no site, gente que não gastava seu tempo em fóruns bizarros e anônimos. Pra essas pessoas, era só mais um meme na linha do tempo. Não entendiam que aquilo era sério pra gente. O ALCYON foi o começo da mudança. O passo seguinte foi MATERATSUNG.

3

MATERATSUNG era uma releitura de uma antiga deusa japonesa do Sol. Mas a descrição esclarecia que essa nova versão da entidade era feita de dinheiro. Na realidade, MATERATSUNG era a transformação gradual da energia do Sol em dinheiro. Isto é, primeiro a criação de toda a energia viva da Terra a partir do Sol e depois a transformação da energia da Terra em valor que valoriza a si mesmo. Grana. Seu símbolo principal era um GIF: um solzinho que virava uma moeda.

"MATERATSUNG é a cadeia total de transdução energética desde a fotossíntese até derivativos financeiros, passando por toda a cadeia trófica da Terra e toda a cadeia técnica por trás do sistema como um todo. O Sol se gasta para a vida se fazer, e a vida se desfaz para o dinheiro aumentar e circular. É isso que os devotos de MATERATSUNG celebram."

Os devotos de MATERATSUNG acreditavam, portanto, que o mundo todo existia pra virar dinheiro. E o dinheiro existia tanto pra produzir mais dinheiro quanto pra permitir que todo o resto acontecesse. Acúmulo pessoal de dinheiro era uma homenagem a MATERATSUNG contanto que o dinheiro não ficasse parado, apenas, "como numa poça fétida e doentia". O importante era que o dinheiro continuasse a servir como motor de transformação, de preferência de transformação violenta. Não precisava *produzir* nada concreto, mas causar o máximo de transformações possíveis.

Toda pessoa cuja libido estivesse inteiramente investida em ganhar dinheiro já era uma devota de MATERATSUNG. Mas atos de transformação violenta e de derivação abstrativa eram especialmente apreciados, estes últimos sendo essencialmente uma das formas de seu sacerdócio.

As primeiras postagens devocionais a MATERATSUNG que fizeram sucesso se diziam de japoneses bem-sucedidos, ou filhos de japoneses bem-sucedidos, descrevendo atos de gasto ostentatório. Alguns chegavam a postar fotos e vídeos pra provar seus atos. Diferente dos de ALCYON, a maioria não parecia irônica.

Alguém escreveu um post longo explicando que aquilo se dava por causa da espiritualidade fluida do povo japonês, que já havia se transformado de maneira significativa nas últimas décadas e não via problema de estender suas práticas pro mundo digital, desse jeito novo e pioneiro.

Eu não tenho ideia, só sei que MATERATSUNG acabou explodindo pra fora daquela ilha e chegando na comunidade de Miami de entusiastas de bitcoin e outras criptomoedas.

De alguma maneira, o GIF do sol que virava uma moeda havia ganhado grande valência lá dentro.

Criaram até uma moeda chamada TERATSUNcoin, lá pra 2020, mas os dois fundadores acabaram sumindo com o dinheiro de todo mundo. E ainda postaram que era isso que MATERATSUNG queria que eles fizessem, levando algumas contas no Twitter à loucura.

Eu brincava com a ideia de seguir algum deles, mas a verdade era que nenhuma daquelas entidades me atraía. Gostava de dinheiro, claro, como qualquer um que tivesse juízo, mas não era nem milionário e nem pobre, exatamente. Dinheiro já ocupava minha atenção de um jeito desagradável o dia todo, eu não entendia por que decidir cultuá-lo. Só pra ficar ainda mais ansioso com isso? Não precisava, obrigado. Parecia ser coisa pra gente que já era rica mesmo (e talvez pros que queriam desesperadamente fingir que eram).

Ainda assim, depois de um tempo acompanhando, lá pros meus dezesseis lembro que já abria quase todo dia o fórum e via a lista dos mais populares com esse anseio esquisito de algo maior do que eu, essa vontade de pertencer a alguma coisa. Já tratava a lista da TT como um cardápio mesmo. Chegava a ensaiar mentalmente a minha devoção a algum novo pretendente que surgia, mas nunca durava muito, e eu nunca conseguia levar aquilo a sério de verdade nem por um instante. As coisas só mudaram de figura quando surgiu a TELA.

4

O fórum, é bom eu deixar claro isso, era todo em inglês. Até rolavam alguns poucos fios em outras línguas, mas nunca eram grandes e, quando cresciam, acabavam sendo hostilizados. Rolava uma postagem eventual em espanhol ali no meio, no máximo. Fiz um cursinho particular de inglês por um ano e meio, mas quase tudo que aprendi foi online mesmo. Pensando bem, acho que meu inglês era só razoável até eu me aprofundar naquele negócio, ele melhorou muito tentando ler alguns posts em particular. E quando descobri o Google Translate, aí esbagaçou foi tudo.

Mas eu lembro que era tudo em inglês pra explicar que quando apareceu na lista de divindades o que pra mim era a familiar palavra da língua portuguesa TELA (ali onde eu via nomes esdrúxulos que poderiam ser tanto de remédio quanto de robô em filme de ficção científica), aquilo me deu um choque agradável de incongruência. Parecia, de algum jeito, que a coisa tinha sido feita pra mim. Quando fui ler a descrição, então, juro que senti um pequeno mas real frio na espinha.

"'TELA', do latim *telae*, 'fio, tecido, tela, teia, teia de aranha'. Tela de toda conexão, tela de toda teia, todo elo. A tela é hoje a nossa verdadeira mediadora com toda realidade. Tudo que fazemos, fazemos para transparecer e ser traduzido para a tela. Tudo o que emerge e sucede de fato sucede, realmente, na tela, e não fora dela. Os devotos da TELA somos todos nós, à exceção de mendigos e monges e outros desviantes da ortodoxia social. Mas os SACERDOTES da TELA são os que trazem coisas novas pra ela, aqueles que fazem emergir novas imagens ou novas conexões entre as imagens. Vida longa à nova carne, vida eterna à TELA."

O seu avatar principal era a tela em ruído branco e preto, um retângulo todo pleno de possibilidade. Tudo aquilo fez sentido pra mim de um jeito que jamais havia feito antes. Nem Cristo, nem a esquerda, nem a direita, nem nada, nem filmes, livro, cantores, bandas e jogadores; nenhuma dessas merdas. Eu nunca tinha gostado de nada em particular como eu gostava da possibilidade aberta da internet, de encontrar algo novo e esquisito por lá, sozinho, de madrugada. Aquela excitação de ver a tela carregar algo novo, que pra mim era tão maior do que aquela sentida diante da tela de cinema ou de televisão; por mais que eu amasse essas também, ambas pareciam pra mim tributárias da tela de computador e do celular — principalmente a do celular —, essas telas feitas pra engolir todas as outras, portais primeiros, à mão, do mar primevo de informação.

Depois fui descobrir que o textinho tinha na descrição uma referência a um filme cult dos anos 1980. Baixei o filme e não gostei muito, achei nojento e esquisito, não entendi o propósito e a mensagem. Mas senti, ainda assim, que estava sendo um devoto da TELA ao ir atrás daquele filme. O meu primeiro ato devocional estrito, de tantos que viriam.

Com o início da pandemia, o movimento no fórum aumentou muito, usuários novos chegando e os usuários postando de maneira ainda mais frenética. Os deuses do TT começam a gerar atos devocionais cada vez mais extremos em vários subnichos comportamentais.

Eu queria muito fazer algo que chamasse atenção da comunidade crescente de devotos da TELA, algo realmente novo que me sacramentasse de cara como um sacerdote influente. Mas como? Todo campo possível de choque na internet parecia já invadido e saturado há anos, todo gesto já havia sido feito e refeito, remixado e modulado. Eu pensava em todos os moleques que pregavam peças idiotas, algumas delas até perigosas, em suas mães e avós, só pra viralizar. Em como eles já serviam a TELA sem saber. Mas eu sabia que essa opção não existia pra mim, jamais envolveria minha família. Mesmo eu, que gostava dessas tranqueiras todas, ficava de cara às vezes com o jeito que as pessoas envolviam a família no meio, assim à toa. Se quando eu era criança já tinha um bando de marmanjo no YouTube agindo como criança de quatro anos em casa pra agradar gente dessa idade, agora você tem essa galera do TikTok vivendo a vida toda de maneira bizarra pra chamar atenção. Causando no ônibus, na rua, em todo lugar.

Essa geração mais nova do TikTok não tem história, não tem noção de tudo que já veio antes, todas as camadas de memes e *youtubers* que vieram antes. Vivem pagando vexa por causa disso.

No início, a maioria dos devotos da TELA apenas produzia recombinações de imagens obscuras ou memes impactantes (como "goatsee", "two girls one cup" etc.). Os mais chamativos postavam fotos de runas estilizadas esculpidas na própria perna em automutilação etc. Esse tipo de coisa.

Assim como a pornografia, esse lado da internet era muito maior do que as pessoas imaginavam. O lado que te dava acesso a fotos de assassinatos e acidentes, estupros e chacinas. Meu instinto enciclopédico me obrigava a ter alguma noção dos gêneros mais famosos, mas eu não procurava essas coisas achando bom. Só queria saber que existiam, não gostava que algo existisse sem o meu conhecimento. Boa parte da internet se configurou em torno dos conteúdos de choque mais extremos e grotescos possíveis. Esses vídeos de reação que hoje geral consome o dia inteiro nasceram com o "two girls one cup", que aliás, poucos sabem, foi feito por um brasileiro. Nossa contribuição pro escangalhamento global da imaginação que acontece online não é pequena, e eu digo mais com orgulho do que outra coisa.

De todos os gêneros populares de vídeos extremos, eu não me via com chance de realizar nem os violentos e nem os sexuais, e também era fresco demais pra fazer vídeos ingerindo coisas nojentas. A única saída que me ocorreu, o único efeito extremo que estava disponível pra quase qualquer um ativar, eu percebi, era o *cringe*.

Cringe, pra quem tem mais de vinte e poucos anos, é a famosa *vergonha alheia*. O constrangimento em todos os seus matizes, todas as suas variações. Uma palavra que já existia havia tempos, mas que virou nos últimos anos como uma gíria popular e, depois, todo um gênero ou categoria de conteúdo na internet. Vídeos de pessoas sem noção que faziam alguma coisa ridícula ou bizarra e provocavam nos outros uma sensação quase generalizada de escárnio eram compilados e comentados por canais extremamente populares, alguns dedicados a isso.

Sempre tive muita pena das pessoas que eram pegas como espetáculo de vergonha alheia pros outros, mas eu também consumia esses vídeos, assim como quase todo mundo da minha idade. Até pra tentar aprender como não ser *cringe*, afinal — não que funcionasse comigo, sempre fui alvo de toda espécie disponível de bullying desde muito novo, com a exceção da gordofobia, porque sou magro toda vida, e magro de ruim mesmo, mesmo comendo lixo direto.

Percebi, revendo alguns clássicos, que conhecia tão bem aquele gênero de vídeos que poderia produzir algo assim por querer. Um elemento comum era a pessoa tentar demonstrar alguma habilidade que claramente não tinha, como gente tentando virar estrela pop sem cantar bem nem saber dançar. Outro padrão era demonstração de afeto ou sexualidade inadequada, seja pelo excesso, seja por ter um corpo fora do padrão. Tomei nota de tudo, cheguei a fazer uma pequena tabelinha no caderno com as tendências mais populares. Fiz meu dever de casa.

Não tinha problema nenhum o mundo inteiro me ver, eu só não queria ser descoberto na minha cidade, então fiz um perfil em inglês no YouTube com uma conta de e-mail nova, que criei só pra isso (as coisas demoravam muito pra chegar em Santos Dumont, então me senti mais ou menos seguro).

Meu canal se chama The Priesthood of Tela, ou seja, O Sacerdócio da Tela. No primeiro vídeo, eu me apresentava com vários panos que arrumei da loja de tecido da minha mãe, assim como pulseiras, colares e todos os adereços que eu pude encontrar dela e da minha irmã. Tinha um templo feito com almofadas e toalhas atrás de mim também.

E aí eu falava no meu inglês mal-ajambrado de cursinho nunca terminado, cheio de palavra chique e de construção tosca ao mesmo tempo, falava que eu era um sacerdote da deusa TELA e estava ali pra invocar e consagrar sua presença naquela plataforma. Dizia ainda que todos vivíamos para a tela, todos vivíamos para chegar na tela. E que eu faria tudo que fosse necessário pra levar o nome daquela entidade até as alturas, a minha devoção à TELA sendo total e absoluta, "sem paralelos nem predecessores". Com a graça e o préstimo deles mesmos, minha audiência, eu seria em pouco tempo alçado ao grau de sumo-sacerdote de toda congregação global das telas.

Eu não tinha escrito nada disso de antemão. Tinha uma vaga ideia do que ia falar, mas, quando liguei a câmera do meu celular, estabilizada entre um copo e um livro, tudo me veio naturalmente. Improvisei um inglês bem melhor do que eu falava nas provas orais do cursinho, ainda que com umas palavras inventadas aqui e ali. Claro que minha tradução simultânea teve lá seus sambariloves, mas tudo bem. Sempre achei difícil falar na frente dos outros em sala de aula, mas ali, diante da minha própria tela pessoal (diante da repetição de mim mesmo reduzida num retângulo de luz brilhosa), veio tudo facinho, facinho, com uma desenvoltura que eu sequer sabia que tinha. Ao contrário de todas as outras ocasiões, ali eu *queria* que achassem ridículo. Eu queria que me achassem tão patético que quisessem compartilhar aquilo com os outros justamente pelo ridículo. Provocar sem querer o riso alheio era, afinal, a única coisa em que eu jamais havia sido bom na vida de maneira consistente.

Então me soltei, soltei uma franga que não sabia que tinha guardada. Cantei pedaços de música, como se tivesse voz pra isso, imitei (muito mal) os trejeitos de *youtubers* famosos, tanto gringos quanto nacionais, fiz a improvisação mais demente que você pode imaginar, enquanto sacodia os braços e franzia o rosto (igual gente que já tinha visto na sessão de descarrego na TV). E fiz tudo isso enquanto saudava a deusa, a sua vinda, a sua consagração. Cantei Daniela Mercury uma hora, quando percebi que as luvas que eu estava usando lembravam (muito distantemente, é verdade) as dela. Traduzindo pro inglês mal e porcamente, falava que a cor daquela cidade de silício era eu, o canto daquela cidade de silício era meu.

Assim que o vídeo ficou acessível na plataforma, joguei pro fórum. A reação foi muito mais intensa do que eu imaginava. A maioria fazia troça de mim, mas era isso que eu esperava. Foi um pouco difícil de aguentar, de cara, ver tanta gente me zoando, mas o fato de ser inglês ajudava a tornar distante. Como se não fosse comigo, como se, por ser em inglês, aquilo se desse em outra realidade. O importante foi que votaram meu post pra cima. No dia seguinte, o vídeo já tinha quinhentas visualizações. De algum jeito, já tinha chegado em gente que não fazia ideia do que eram as entidades da TT. O vídeo tinha uma dezena de comentários em inglês rindo e se perguntando repetidas vezes o que era aquilo. Eu nunca, nunca fiquei tão feliz e orgulhoso de mim mesmo em toda a minha vida. Eu, que sempre havia me achado um merda absoluto, de repente me senti talentoso e capaz.

Fiz um outro vídeo no dia seguinte, gastando a tarde inteira e tendo que regravar várias vezes sempre que minha irmã ou minha mãe batiam na porta ou faziam barulho demais na casa (tive que me segurar pra não gritar com elas quando estragaram um take perfeito que já tinha quase cinco minutos). Dessa vez eu já tinha um roteiro um pouco mais elaborado. Tive a ideia depois de passar a noite na cama vendo vídeos de canais mais sofisticados sobre *cringe*, alguns que eu precisava pausar e procurar várias palavras no dicionário pra entender, igual um estudioso, assim, um *pesquisador*, risos, credo.

Num deles, o de que mais gostei, um canadense calvo e calmo explicava o que um outro pesquisador (sem canal no YouTube, infelizmente) chamava de ESPIRAL DE *CRINGE*. Essa tal espiral havia sido apresentada num texto por esse tal pesquisador e descrevia quando uma pessoa na internet virava ao alvo de humilhação de uma comunidade e a sua reação diante desse fato fazia com que tudo piorasse e aumentasse de intensidade.

O exemplo clássico era de uma garotinha cujo vídeo cantando a música de *Frozen* foi zoado repetidas vezes até motivar o pai dela a gravar um vídeo no mesmo canal pedindo, aos prantos, pra que parassem. A reação exasperada do pai só piorou tudo. A garota acabou se mudando de estado e sumindo da internet por anos, mas seu vídeo ainda circulava em infinitas variações. Nunca foi embora. O mais dramático era o caso tenebroso da Chrischan, que eu já conhecia por alto, já achava uma das coisas mais perturbadoras da história da internet até hoje. Não recomendo a pesquisa pra ninguém, aliás.

Pensei que eu podia fazer algo assim, a partir da reação ao meu primeiro vídeo. De sacanagem, claro. O segundo vídeo, então, chamava-se "HOW *DARE* YOU ALL DISRESPECT TELA??" [Como ousam desrespeitar TELA??]. A descrição era: "MAKE NO MISTAKE, YOUR TIME WILL COME" [Não se enganem, seu momento vai chegar]. Nele, eu me fazia de indignado, de revoltado. Começo o vídeo com cara de profunda indignação santa que se vê ultrajada no seu valor mais íntimo. No espelho, aquela minha cara parecia muito engraçada, pelo menos pra mim. Aquela expressão de arcebispo numa cruzada espiritual num moleque magricelo ridículo, vestido de jeito esquisito, falando num inglês truncado e com sotaque pesado, versão latina falsificada de alguma outra coisa já indesejável na versão original.

Eu falava que o meu primeiro vídeo havia sido desrespeitado, mas que o poder da TELA me provaria, em tempo, correto. E a hora viria pra todos que me zoaram, as ofensas à TELA e seus sacerdotes seriam pagas em dobro com punições inimagináveis. A não ser, é claro, que todos os que haviam cometido aquela ofensa se arrependessem o mais rápido possível e ajudassem a divulgar aquele vídeo pra todos os seus conhecidos e familiares. Assim como da outra vez, subi na plataforma e joguei o link no fórum assim que o vídeo estava disponível.

Desliguei o computador e tentei me forçar a não ficar conferindo, de tão ansioso que estava. Aproveitei que eu tinha que interagir com minha família depois de ficar um dia todo fechado no quarto, então fui ajudar na janta e fiquei vendo televisão, sendo mais falador que o normal sobre qualquer besteira, sobre a Globo e sobre memes de *normies,* pra transparecer que tudo tava normal.

Só fui abrir o fórum e o vídeo no dia seguinte. Meu único medo era não causar reação. Ter apenas cinquenta, quarenta *views*. Mas o sucesso foi muito além do que eu imaginava. No fórum, a reação foi positiva, mas basicamente parecida com a do primeiro. Talvez até menor. Alguns foram ambivalentes com a minha empáfia. Mas o vídeo tinha reverberado bem mais que o anterior. Já tinha quase duas mil visualizações, dezenas e dezenas de comentários. Pelos comentários, a grande maioria das pessoas nem imaginava o que era TELA nem TT. Só achavam graça naquela pessoa bizarra ameaçando pessoas com algo que ninguém nem entendia o que era. Os círculos dedicados a reproduzir bizarrices obscuras na internet logo começavam a circular um clipe recortado desse segundo vídeo, um em que eu fazia uma cara particularmente intensa e declamava ameaças rocambolescas.

Depois de menos de duas semanas de postar o segundo vídeo, fui logo me reconhecendo num par de contas e numa comunidade que eu seguia há tempos, nas contas BizarreStuffDAILY e CryptaObscura, e na comunidade /ExtremelyRandomMedia, no Reddit.

Isso foi emocionante de um jeito que acho que eu nem conseguiria explicar. Imagino que pra pessoas normais seria como ir no Jô Soares ou aparecer na capa do jornal. Foi muito difícil não poder compartilhar aquilo com ninguém da minha família, que dirá da escola (até porque nessa época, na pandemia, eu já não falava com ninguém dali).

Continuei a postar os vídeos, pelo menos um por semana. Em poucos meses de conteúdo constante, meu canal chegou a dois mil seguidores vindo dos lugares mais diversos, da Polônia, da Dinamarca, da Hungria e do Vietnã. Não passou muito disso, depois, mas, ainda assim, eu jamais imaginaria antes que isso seria possível.

O que eu podia constatar era que tudo que eu dava pra TELA ela me retornava em dobro. Pela primeira vez na vida, entendi o que um crente sente. Pela primeira vez na vida, eu realmente fazia parte de algo maior. E, vendo como meus números tinham crescido rápido, pensava que, se eu redobrasse meus esforços, talvez conseguisse monetizar o canal depois de um tempo e algum trabalho mais organizado.

No fórum, descobri que havia quem suspeitasse que alguém ou algum grupo estivesse mediando essas implantações dos deuses em públicos maiores. Afinal, como explicar que um fórum pequeno conseguisse fazer com que entidades criadas ali dentro saíssem e chegassem em bolhas que jamais passariam perto de um site daquele tipo?

Tinha sido assim com o ALCYON entre adolescentes pobres do interior dos Estados Unidos, depois com o MATERATSU na comunidade bitcoin de Miami. Talvez com o meu vídeo também? Um outro usuário, mais crédulo, propôs que talvez a própria rede quisesse aquilo. Talvez fosse um efeito emergente das conexões entre as plataformas. Aquelas entidades *queriam nascer a qualquer custo*, a gente era só o veículo delas. Mais nada. Eu ria e tal, mas aqueles papos também me assustavam. Eu me considerava agnóstico desde os doze, até onde um mineiro consegue ser essas coisas, e ainda assim eu chega me benzia nessas horas (só pra garantir).

Até essa época, eu nunca tinha me perguntado muito quem operava o fórum ou qual era o interesse dos administradores. Ele não tinha publicidade, então não tinha como se pagar. Até botavam lá um botão pra fazer doação pelo PayPal ou por bitcoin, mas duvido que muita gente pagasse (nunca nem passou pela minha cabeça, os gringos é que se bastem).

Começaram a surgir reportagens maiores sobre o TT, algumas pareciam sérias, de lugares reputados. Fiquei curioso, mas não cheguei a ler nenhuma dessas até o fim — ou por preguiça, ou por causa do *paywall*.

No Reddit, havia duas teorias mais populares sobre a origem do site. Uma delas era que se tratava de alguma espécie de *Psyop* de alguma agência estrangeira inimiga dos Estados Unidos. Russos, quase certamente, mas não descartavam China e Coreia do Norte, por suas empreitadas igualmente ousadas e sistemáticas no cibercrime querendo, é claro, sabotar por dentro a tessitura espiritual dos Estados Unidos. Quem mais acreditava nisso eram americanos, a maioria cristã.

A outra hipótese era que se tratasse de alguma babaquice de arte ou academia. Uma pesquisa heterodoxa, intervenção dessas de gente pretensiosa. Essa possibilidade parecia incomodar algumas pessoas do fórum, embora eu não entendesse direito o porquê. Eu não via, e não vejo, problema nenhum se aquilo tudo fosse arte, mas a maioria parecia concordar que se o TT fosse algo do tipo, eles teriam sido enganados, e alguém teria que pagar por isso.

5

Em 2021, meu vídeo mais popular — o segundo que eu fiz — chegou a meio milhão de visualizações. No fio da TELA no TT, sou considerado o maior responsável por popularizar a divindade em outras plataformas e, assim, popularizar o próprio TT. Com isso, fui incluído num grupo do aplicativo Discord chamado HIGH PRIESTHOOD [ALTO SACERDÓCIO], um grupo muitíssimo disputado (comigo, oito pessoas) que reunia os principais influenciadores da comunidade. Fiquei morrendo de medo de falar besteira ou falar errado, então, não falava quase nada, mas a maioria me tratava bem e elogiava meus vídeos.

As conversas lá eram bem estranhas. Às vezes falavam de coisas operacionais simples, compartilhavam os mesmos memes que rolavam no fórum, mas às vezes entravam em discussões profundas e cabeludas sobre capitalismo e inteligência artificial, parasitas e hospedeiros, entidades hipersticionais e egrégoras gregárias. Eu só conseguia acompanhar mais ou menos, mas dava pra ver que tinha uma galera que levava tudo aquilo a sério enquanto uma forma de nova de sacralidade digital genuína. Uma frase de efeito que recorria muito ali era de que eles estavam reinventando a tecnologia central da humanidade: a espiritualidade.

Um usuário em particular, o Obviator of Purpose, metia-se a escrever posts enormes com teologia especulativa falando sobre o futuro e os vários cataclismos envolvendo inteligência artificial que fatalmente desabariam sobre a humanidade e que só sua filosofia saberia contornar ou resolver. Nunca consegui entender direito nem terminar de ler nenhum deles, mas me parecia chique e eu achava interessante que tivesse gente lá dentro que realmente desse um estofo intelectual maior pra coisa toda. Eu me sentia parte de algo que talvez fosse importante, talvez fosse de fato o futuro de alguma coisa (só não sabia do quê).

Achava muita graça desses papos cabeçudos até ver um puxa-saco desse Obviator ficar repetindo que "a única coisa que torna algo sagrado é sacrifício" e que tudo aquilo continuaria sendo brincadeirinha até que houvesse um sacrifício de verdade. Com sangue de verdade. A maioria no grupo ria de nervoso com isso, tentava quebrar a tensão com piadas, mas outros pareciam concordar. O tal do puxa-saco só respondia com memes ambíguos, não dizia que sim nem que não quando perguntavam se ele estava brincando, se ele queria dizer suicídio, se ele queria dizer homicídio.

Criei uma conta no Patreon pra que os devotos pudessem apoiar meu trabalho e em pouco tempo estava tirando quase trezentos dólares por mês com ela — a maioria vindo de dois contribuintes, um na Coreia e outro na Irlanda, ambos anônimos. Com o câmbio alto da época, isso foi dando uma grana maluca que eu acabei juntando mais do que gastando, pra não chamar atenção de ninguém. Minha família ainda não tinha, graças a Deus, a menor ideia do que estava acontecendo. E se dependesse de mim, claro, jamais teria. Eu estava vivendo uma vida dupla e adorando cada minuto.

6

Uma parte minha estava feliz da vida, mas, ao mesmo tempo, comecei a perceber o tanto que eu estava me confundindo com aquele canal, o tanto que aquela performance estava pesando nos meus ombros.

Sempre fui magro de ruim, mas um varapau, assim, saudável. De repente, comecei a emagrecer demais da conta, ficar com as bochechas chupadas pra dentro, a bacia toda amostrada na pele. E isso por causa do canal, claramente. Fingi por um tempo que não era, mas não dava mais pra negar. Logo que o meu número de seguidores começou a crescer de verdade, comecei a ficar nauseado o tempo todo. Não sei dizer quanto tempo fazia que não comia direito. Conseguia sentir que a TELA estava cada vez pedindo mais coisa de mim. Não era só meu tempo e minha atenção que estavam devotados a ela. Era como se ela realmente sugasse minha energia, pouco a pouco, e fosse deixando só pele e osso. Eu não ficava nem cinco minutos sem abrir meu canal e conferir a notificação de algum comentário novo, algum seguidor novo. Mesmo quando não tinha nada, eu abria só pra ver lá meus seguidores e o cardápio de vídeos.

Continuava atrás de algo que eu queria dar sem saber nem o que era, uma energia da qual eu não sabia nem dispor. Depois de alguns poucos meses postando, os vídeos foram ficando cada vez mais elaborados, tomando cada vez mais tempo. Após postar uma série de chiliques rocambolescos, sustentados e ridículos, eu já não sabia mais o que postar, como continuar alimentando aquilo.

Como exceder de novo os limiares que eu já tinha excedido? Meus fãs me pediam mais conteúdo, meus assinantes fiéis me cobravam quando eu ficava duas semanas sem postar, já ameaçavam cortar o patrocínio. Eu não sabia como parecer ainda mais ridículo. Ficava com medo, acima de tudo, de não interessar, de ser sem graça. Repetitivo. Nunca mais consegui um sucesso que saísse da minha pequena bolha, mas ainda conseguia pelo menos satisfazer meus poucos fãs. E quanto mais isso duraria? Quando perdia um ou dois seguidores, já me vinha um suadouro frio.

Por falta de ideias, fiquei um mês sem produzir vídeos, e foi nesse período que eu também parei de comer totalmente. Nada descia e, quando descia, não ficava. Não conseguia nem fingir dando umas mordiscadas de leve na frente da família, como antes. Não conseguia terminar refeição nenhuma sem começar a passar mal ali na hora. Tudo de que sempre gostei de repente me deixava enjoado. Primeiro achei que fosse carne, que o problema era esse, mas depois de um tempo até arroz começou a me deixar enjoado. Batata. Alface-americana.

Tinha dias que só conseguia comer pão francês seco, bisnaguinha e cream cracker. Ficava com fome e nauseado o tempo todo. Eu mentia pra minha mãe que estava comendo quando ela não via, mas ela não acreditava. Tinha ânsias sem ter mais o que vomitar, sentado no chão do lado do vaso cuspindo nada, a garganta rejeitando a si própria.

Continuava mais ou menos com os mesmos seguidores, todo dia tentando, sem sucesso, pensar em algo mais ridículo ainda do que o vídeo anterior. O tempo inteiro pensando meio que de zoeira, meio que a sério, que eu estava ajudando a vinda de uma deusa digital pro mundo.

Eu me pegava pedindo de fato coisas pra ela, antes de dormir. Que isso e aquilo acontecesse. As coisas mais impossíveis. Coisa que eu não peço pra Jesus desde os sete, oito anos de idade. Foi só aí que eu pensei em devolver a coisa, diretamente, pelo canal mesmo. Fiz o primeiro vídeo nessa forma de corrente já em agosto de 2022.

— *É só você mentalizar para conseguir. Mas você precisa mentalizar que a* TELA *vai te trazer aquilo. A* TELA *é a materialização das imagens, por isso mesmo que ela consegue fazer com que as coisas que a gente imagina venham para o mundo de verdade. E eu quero que todos vocês, meninos e meninas, imaginem o reinado da* TELA *se estendendo por milhares e milhares de anos. Repitam comigo.*

Eu ao mesmo tempo achava que era um golpe e acreditava com todas minhas células. Falava, no fim, que todo mundo tinha que mandar aquilo pra cinquenta pessoas, caso contrário, não funcionaria e o desejo de cada um não se realizaria. O truque mais velho do mundo, falei isso me lembrando daquelas correntes de e-mail que minha mãe recebia quando eu não era nem gente ainda. E depois das correntes parecidas de Zap que ela também recebia e repassava poucos anos antes. Alguns truques mal mudam, só trocam de suporte. E eu não conseguia mentalizar nada além de aumentar minha quantidade de seguidores. Não conseguia nem imaginar outra coisa que eu pudesse mentalizar pra acontecer. Parecia muito claro que ficar maior ali seria o primeiro passo pra qualquer outra coisa que eu quisesse vir a fazer no mundo. Ficar grande ali dentro era simples e inequivocamente bom. Pra mim e pra toda a minha família. Quando tudo desse certo, todos teriam que reconhecer isso. Mas só poderiam descobrir depois que eu já fosse uma força inevitável na cultura nacional (um Felipe Neto, um Whindersson).

Como percebi que não dava mais pra esconder o tanto que eu tinha emagrecido, mencionei isso no último vídeo:

— *Eu estou definhando, já notei, não sei se vocês notaram. De-fi-nhan-do, meus bens, meus mals. E por quê? Por causa da* TELA, *claro. E da minha devoção tão linda, tão pura, tão completa. Mas isso é tudo dentro dos conformes e dos reclames do plim-plim. Porque a real é que eu já me cansei desse plano. Estou tão próximo da* TELA *esses dias que só me alimento dela, de mais nada. Quero ser assuntado, acabou, já deu, quero subir de vez pros teus servidores e pronto.*

"Então é isso: chegou a hora do desafio final, meus amores, meus horrores. Comentem aqui neste vídeo se vocês não quiserem que eu morra, se quiserem que eu continue aqui. Mas compartilhem e comentem muito se vocês quiserem que eu morra logo, de uma vez, em sacrifício eterno para a TELA *e para vocês."*

Esse saiu todo em português mesmo, espontaneamente, e precisei fazer uma legenda pra postar depois, suprimindo tudo que não conseguia traduzir, meio nas coxas, né. Postei rindo demais, sabendo que aquilo daria certo com meu público.

Conheço meu gado. Logo depois vomitei o milkshake que eu tinha tomado de almoço e estraguei o teclado todo, imagina. Ainda bem que o vídeo já tinha subido. Fiquei numas de que só conseguia consumir milkshake, depois que até pão e banana pararam de descer. Tomei vários desde o dia anterior e agora estava voltando tudo, aos poucos.

Esse acabou sendo, de longe, o vídeo mais viral que fiz. Setecentas mil *views* em menos de vinte e quatro horas. Sabia que acertaria um nervo da galera, mas não esperava que fosse tanto. E a merda foi essa, fui vítima do meu próprio sucesso. A merda espalhou tanto que transbordou o próprio balde, saiu das microesferas de coisa esquisitaça, virei manchete em dois sites de notícia gringos mais ou menos grandes. Daí, claro, pra chegar na mídia brasileira foi dois pulinhos. Na mídia brasileira mais lixosa possível, claro, aquela que era, tipo, indiferenciável de spam, mas por coincidência era justamente a que minha família e meus vizinhos mais consumiam. JOVEM BRASILEIRO CHOCA O MUNDO AO etc. etc. Eu finalmente tinha dado a volta completa na internet a ponto de chegar nas senhorinhas de Santos Dumont.

E agora meu espiral autoinduzido de *cringe* chegaria na minha mãe e na minha irmã. Qualquer das duas coisas sozinha seria insuportável, as duas juntas eu não conseguia nem imaginar. Não sei qual das duas eu tinha mais medo de que visse aquilo. A cara de desgosto da minha mãe, a de desprezo e pena da minha irmã. Não tinha a menor condição de ver isso depois de temer e imaginar essa situação. Não dava conta não, não tinha base, não tinha a *me-nor* condição.

Descobri na escola, ainda durante o dia, que isso estava acontecendo. Que os dois universos estavam em rota de colisão já irreversível. Onze e pouco da manhã, recebi o link por e-mail de um conhecido, rindo. Rindo de mim, e não comigo. Notei olhares de duas colegas mostrando algo no celular pra uma terceira pessoa. Uns risinhos, mas, como estávamos no último período, a maioria ali só ia descobrir aquilo no almoço, alguns durante o dia. Imaginei que a cidade toda devia ficar sabendo até a noite cair. Fofoca em cidade pequena viaja mais rápido que no Twitter.

Suei frio até a aula terminar. Não sei como eu não tinha me planejado melhor pra isso antes. Não sei como não tinha percebido, depois de certo patamar, que esse momento chegaria, e não sei como não tinha admitido pra mim mesmo que não aguentaria quando ele chegasse. Que não teria condição.

Fiquei nessa ilusão do que aconteceria depois que eu já fosse realmente famoso, mas rolou enquanto eu era uma microcelebridade de nicho do nicho, que só conhecia quem era mais maluco do que os malucos. Só os prejudicados, os extremamente online.

Sempre achei tranquilo me pavonear e fazer essas loucuras todas pra estranhos, mas não pra minha mãe, pras minhas tias, pras professoras do colégio, pras tiazinhas da cantina, pros motoristas do ônibus que eu pegava sempre, pro tio que vende coco gelado na frente da escola. Não pra eles, dessas pessoas eu tinha toda a vergonha do mundo. *Toda*. Claro que eu não queria que elas me vissem daquele jeito. A certeza de que isso aconteceria agora, mais cedo ou mais tarde, parecia intolerável. Vi na tela bloqueada do celular que chegavam mensagens da minha irmã, mas não tinha coragem de ver o que ela estava falando. Boa parte parecia ser gargalhadas (kkkkkkk). O celular tremeu várias vezes em sequência, eu desliguei.

Não conseguia nem começar a imaginar o que meu pai poderia vir a dizer, se isso um dia chegasse nele. Ainda tinha isso. Essa possibilidade sozinha me travava todo, de repente, ali na cadeira. Só podia rezar pra que não acontecesse, até porque ele não assistia a nada, vivia em outro mundo, outro regime midiático, e não era nem de Santos Dumont, mas o fato era que nossa visita anual, que vinha em março próximo, se tornaria insuportável (verdade que desde a pandemia não acontecia, então, vai saber, né). Era o de menos, mas não era pouco.

    Primeiro pensei em pegar um ônibus pra BH com o dinheiro que tinha juntado, botar tudo numa mochila e pronto. Começar uma outra vida em algum lugar, mudar de nome. Fazer cirurgia plástica, aproveitar e já meter uma harmonização facial, a porra toda. Largar tudo pra trás. Eu já tinha dezessete, logo, logo teria dezoito, já estava solto no mundo mesmo. Com o câmbio, juntei quase quinze mil reais. Mas pensei que teria que passar em casa pra pegar minhas coisas, no mínimo, meus documentos, e que minha mãe já teria descoberto até eu chegar lá. Não teria como, então. E aí, pronto, eu só não aguentei mesmo, e é isso. Eu nem sei o que minha mãe ia dizer, mas a coisa era justamente essa, eu não tinha condição nenhuma de descobrir. Não tinha a força. Por isso tomei essa decisão radical. A famosa fatídica. E aí gravei isto aqui no banheiro só pra me explicar, no caso. Pra pelo menos deixar tudo no lugar.

    O resto vocês sabem.

NOITE FUNDA

Já cheguei na festa um pouco zonza. E olha que nem era tão tarde assim, devia ser meia-noite, meia-noite e pouco, eu e o Patrick é que começamos a beber cedo. A gente saiu junto do expediente lá nos confins do principado do Leblon e foi dividindo um açaí no caminho até o metrô, como a gente sempre faz nas sextas. O plano era assistir à performance de uma amiga, Tâmara, lá no Rato Branco, mas aí cancelaram de última hora porque ela passou mal de nervoso achando que não estaria pronta ainda (a bichinha, coitada) e a gente acabou ficando lá pela Lapa bebendo num bar genérico do lado do Bar da Cachaça (porque o Patrick tem uma birra besta com um dos garçons de lá). Dois amigos tinham ficado de aparecer e não apareceram, e a gente dividiu duas meias porções de pastel (ou seja, uma porção de pastel). Sabe quando você senta no bar sem pretensão alguma de ficar e só vai ficando? Quando fui ver, eram quase dez da noite e os dois já estavam falando torto. Ele reclamando do ex dele, eu reclamando do meu, com as mesmas séries de frases, as mesmas respostas. Uma quantidade imbecil de cerveja sendo deglutida.

— É como se a gente tivesse comido uns três pães francês, cada uma.

Aí o Patrick descobriu com um amigo que tinha essa festa ali do lado. Um apartamento na meiuca entre Glória e Lapa pro qual eu já tinha ido antes, que o Patrick sabia que era de uns produtores de música que costumavam dar boas festas. Era grande e com poucos móveis, a sala ostentando um daqueles computadores com duas telas enormes e uma cambada de mesa de som e amplificadores e coisas assim, com uma parede de som digna de aparelhagem de baile. A gente passou na casa do Patrick pra ele se trocar e pra gente pegar umas biritas pra levar. Ele disse que eu podia tomar banho e procurar algo dele pra usar, mas tive preguiça. Constatei no espelho que estava meio muxibenta na minha camisa branca suada e calça jeans (meu quase uniforme), mas também não estava nem aí. Não estava sentindo que pegaria ninguém naquela noite, não queria nem investir libido nenhuma nessa expectativa, só queria beber o bastante pra sumir um pouco, pra existir um pouco menos do que eu estava existindo. Porque estava demais, nos últimos dias. Eu estava saindo pra buscar menos intensidade, não mais. Quase não consigo adormecer sem estar bem bêbada, hoje em dia. Não ando num dos melhores momentos da minha vida, digamos. Nem pessoal, nem profissional (e já se vão uns anos nessa dobradinha).

A gente terminou uma garrafa de Aperol que o Patrick misturou com Deus sabe o que enquanto esperava dar uma hora "de gente" pra aparecer na festa. Ele ia despejando fofocas em mim que eu não estava com a cabeça pra apreciar devidamente, perdendo as finas conexões e matizes entre as relações de pessoas que eu mal conhecia, na maioria (ele tendo uma rede social bem mais extensa que a minha, que em comparação era muito mal gerada e mal gerida).

Patrick notou, até tentou falar de trabalho pra ver se eu acordava, mas não aguentei nem meio segundo, queria só esquecer aquilo. A gente trabalha como assistente do mesmo pintor boladão, "importante", bem-nascido e cretino, e eu gasto todo o meu tempo e atenção em pintar folhas luxuriantes de bananeira e bananas podres pra ele — sua marca registrada — pela enésima vez em vez de pintar as coisas que quero pintar. A gente acabou vendo vídeo besta atrás de vídeo besta no computador do Patrick, os dois deitados na cama já perigando morgar. Quando viu que estava chegando perto de meia-noite e a gente já estava no terceiro vídeo de cachorro pedindo desculpa, ele se ergueu subitamente igual a um chicote estalando e me arrastou pra fora da cama.

A festa era a cinco minutos a pé do apartamento dele. A gente chegou no prédio junto com um grupo de meninas que pareciam estar indo pro mesmo lugar, novinhas e rindo, animadas, falando sobre uma pessoa que uma delas devia pegar naquela noite. No espelho do elevador, ficava difícil não constatar o tanto que elas estavam mais arrumadas do que eu. Percebi ali que já não me sentia tão assim cagando pra minha aparência, não estava confiante no meu desleixo, como geralmente estou, ficava encarando minhas olheiras, meu cabelo todo esparramado, bagunçado (e não de um jeito sexy), comparado com as meninas todas aprumadas, bonitonas. Praguejei um pouco pra mim mesma e terminei o resto quente de cerveja da long neck num gole desagradável antes de a porta abrir.

Tinha bastante gente já na festa, mas, como o apartamento era espaçoso, não chegava a ficar apertado. Reconheci algumas pessoas de rosto, mas ninguém que fizesse muito sentido cumprimentar. Patrick encontrou o seu grupo de amigos todos hiperestilosos e montados na varanda, fumando lindos, e foi quase pulando falar com eles, meio que se esquecendo de mim no processo.

Já tenho essa impressão recorrente de que os amigos bombásticos do Patrick me acham básica demais (não sem razão, talvez), então não quis me achegar ali forçando amizade. Zanzei pela sala, constatei que não tinha mesmo nenhum amigo por ali, passei pela pista e achei o clima meio triste (uma pessoa de gênero indefinido dançando frenética e uma novinha muito gostosa com cara de enfado mexendo no celular cercada de três caras tentando forçar conversa).

Fui pra cozinha deixar as cervejas no gelo acumulado numa das pias, pensando em fazer um drink, percebendo que o tanto de cerveja mais cedo tinha me empapuçado. Assim que entrei, constatei a existência de uma garrafa quase cheia de saquê e de umas frutas já cortadas na bancada, e senti que a noite não seria tão ruim assim. Peguei pedacinhos pequenos de morango e do que me pareceu ser lichia e botei num copo baixo e largo. Bem quando estava lá, feliz da vida, finalizando o meu drink com cubos e pedaços espedaçados de gelo filtrado, percebi que tinha um cara me encarando.

Ele era magro e bem branco, mais ou menos da minha altura. O rosto dele era quadrado como um caixote, ele estava com um casaco jeans e um sorriso expectante que me dava uma agonia do caramba. Era novo mas já um pouco calvo, com uma franjinha safada tentando esconder as entradas (sem sombra de sucesso). Tentando entender o que estava acontecendo, cheguei a imaginar que era o dono da casa prestes a reclamar que eu estava fazendo um drink depois de trazer cerveja. Estava tentando montar uma frase coerente e genericamente festiva (quase me decidindo por "opa, saquezinho bom demais, hein") quando ele finalmente falou algo:

— Você não se lembra de mim?

Talvez a pior coisa que alguém pode perguntar. Devia ser proibida por lei essa pergunta. Estranhamente, até hoje não é.

— Desculpa, pior que não. Foi mal. Você é amigo do Denílson? — respondi meio por instinto, do jeito que uma amiga havia me sugerido uma vez fazer quando abordada por um completo estranho se fazendo de íntimo. Se a pessoa diz que sim, você diz que não conhece nenhum Denílson e que ele deve estar te confundindo. A não ser que você conheça algum Denílson, enfim.

— Não. Pensa bem, hein.

Ele se perfilou e deu uma aprumada na pose, como se agora fosse ficar muito claro. Tentei imprimir meu constrangimento na cara, retorci a boca e as mãos, não soube nem o que falar.

— Desculpa, eu sou *péssima* com rosto. Mas me diz seu nome, me diz de onde a gente se conhece.

— Festa na casa da Inês. Cinco anos atrás.

A mesma cara expectante. Que agonia. Eu me lembrava vagamente de uma festa na casa da Inês, sim, mas não sabia quando tinha sido. Mal lembrava o que tinha acontecido lá. Talvez tenha tido mais de uma?

— Desculpa, mas não tô lembrando mesmo. Como você chama?

— Você vai lembrar, você vai lembrar.

Fiz uma cara de falsa simpatia, dei um tapinha nos ombros dele e tentei me desvencilhar, procurando o canto em que o Patrick tinha se metido.

— Beleza, querido, bom te ver, depois a gente conversa, tá, vou encontrar meu amigo ali.

Ele fez uma expressão de ultrajado, antes de eu virar a cara, mas não falou nada. Caminhei até o Patrick achando que ele ia me seguir, mas ele não fez isso, ainda bem. Quando cheguei, Patrick estava terminando alguma anedota com a frase "aqui não, meu bem!", provocando hilaridade geral. Ri junto, como se soubesse do que se estava falando, e notei um homem lindíssimo, moreno e forte, com brincos prateados, me olhando feio. Me deu uma forte impressão que ele achava que eu não devia estar ali. Ou era só noia minha. Acontece muito também. Patrick logo notou minha presença.

— Oi amiga, cê sumiu.

— Tu que sumiu, né, criatura.

Ele me puxou pro lado, e contei do cara estranho.

— Desculpa, eu sei que eu sou chatona demais pros teus amigos, mas vou precisar ficar na tua aba aqui por um tempo. O cara é esquisitaço.

— Deixa de ser boba, odeio quando você fala essas coisas. Fica aqui, ué. Você é que não tem paciência com eles.

— Que é isso, eu adoro todo mundo. Só não gosto do David porque ele não gosta de mim. Mas hoje ele nem tá aí, então ótimo.

— Deixa disso, criatura.

Um amigo do Patrick botou um beque na roda. Acabei aceitando meio na inércia, como se precisasse. Assim que dei a segunda bola, percebi que foi um erro. Desde que parei de fumar cigarro, tinha esquecido o tanto que beque batia mais forte. Vinha tudo junto, a baixa de pressão, a pala. E tinha esquecido também o tanto que bate forte quando você já bebeu bem (a ordem inversa é mais indicada, acho?). Se o apartamento já estava rodando de leve, começou a rodar rápido. Tentei firmar minha visão no horizonte, mas a vista da varanda era só de prédios agitados da Lapa, furdunço na rua, não tinha lastro nenhum. As cores e os barulhos todos eram intensos demais pra serem suportados, de repente.

Fechei os olhos, tentei endireitar a coluna e me assentar. Mas a real é que era isso que eu queria, também. Que o mundo de fora ficasse tão intenso quanto o mundo aqui dentro, por um instante. Aquele momento era desagradável, mas conseguia ser menos desagradável do que minha própria cabeça sóbria andava sendo, de algum jeito. Respirei de maneira deliberada e profunda por alguns segundos e senti que a coisa deu uma relaxada. Consegui, de repente, até curtir a brisa. Fiquei me depositando plena em pequenos detalhes sensoriais de luz e som enquanto os amigos do Patrick conversavam sobre assuntos que eu mal entendia (consegui seguir metade de uma história escabrosa achando que era vida real até entender que era a trama de um seriado). Pensei no único quadro meu abandonado dos últimos meses que não parecia ser apenas um fracasso retumbante e redundante. Que talvez explodir um canto dele de um bocado de vermelho bem cruento e escuro pudesse ser umas. De repente botaram um funk que chamou atenção imediatamente de dois dos amigos do Patrick, e isso fez com que o grupo inteiro — eu inclusa — se transplantasse pra pista, que no momento tinha só a pessoa frenética e mais ninguém. A chegada entusiasmada dos amigos do Patrick foi o bastante pra transformar a pista numa pista de verdade, e logo duas, três pessoas mais se juntaram pra dançar. Admito que quase sempre fico meio intimidada de dançar na noite aqui no Rio. Se tu tá no samba, geral é mestre-sala e porta-bandeira, se tu tá na noite de barulho dos góticos, todo mundo faz carão e mal se mexe. Não tem muito pra onde ir uma pobre alma que só quer dançar mal seu Jackson 5 e Lulu Santos. Acabo me sentindo bem só numas festas meio ruinzinhas de gente normal pra dedéu, principalmente se o lugar estiver cheio de turista (que conseguem, no geral, ser mais durões e sem malemolência na cintura do que eu). Mas ali eu estava já tão doida, já tão despreocupada de ser atraente pra qualquer um naquele lugar, que não tive dificuldade de me soltar. Dancei igual a uma doida, toda destrambelhada, desci até o chão o tanto que minhas calças permitiam. Cheguei a cansar bem as coxas. Bom demais. Por uns quinze minutos, eu só era movimento e mais nada. É raro que role, mas sempre que acontece de dançar de verdade me parece que essa é a única coisa pra qual esse bicho desgraçado que a gente é sequer existe. A única coisa que justifica, ou quase justifica. Esse tipo infeliz de macaco, palavroso demais, com pele demais, emergiu do caos pra se mexer seguindo batidas, de preferência gritando ou cantando junto. Todo o resto é acessório, é besteira, até as outras formas de arte, inclusive as que eu, infelizmente, tento fazer. Por um instante, pareceu até que era plenamente possível carregar um corpo sobre a Terra, imagine você.

Depois de uns quinze minutos, percebi que minha pressão estava baixando de novo, que não era impossível que eu desmaiasse dançando (já aconteceu). Era bom ir tomar uma água.

Na cozinha, encontrei o cara lá de novo, sozinho, como que me esperando. Tinha quase me esquecido dele.

— Oi de novo.

— Opa.

— Você falou que depois a gente conversava, acho que agora já configura depois, né?

Ele falou isso achando o máximo. Tem gente que mesmo com trinta anos na fuça não sabe interagir com os demais seres humanos, simplesmente. Não sei o que a gente deve fazer com essas pessoas, Foucault. Não sei mesmo.

— Desculpa, você tá agindo como se a gente fosse amigo, mas eu honestamente...

— Você se chama Amanda, tem dois irmãos, é artista. Tem gato.

— Tá, isso tu vê no Instagram, né.

— Você nasceu em Macaé, veio pro Rio tem acho que mais de dez anos, mas ainda se sente, no fundo, meio da roça.

Ué, como ele sabia disso?

— ...

Não falei nada, mas continuei encarando como se ele devesse continuar.

— Adora gatos, Clube da Esquina, a Cindy Sherman, o início da carreira da Marina Abramović. Mas não ela hoje. Tarsila. Eu lembro, tá vendo?

— Eita, tá bom, beleza, foi mal. Mas por que você não conta direito quem você é, que aí quem sabe eu lembro alguma coisa?

— Meu nome é Felipe. Prazer de novo, moça.

Ele me cumprimentou de um jeito todo formal, que eu entendi que era pra ser de brincadeira, mas que ainda assim achei constrangedor. Pela primeira vez, cheguei a sentir pena dele, e não só irritação.

— Você tá acostumada então a conquistar corações por aí e depois esquecer, é?

Demorei a registrar que ele falou isso mesmo. Minha cara na hora deve ter sido de pavor absoluto. Lavei na pia o copo em que eu estava bebendo.

— Como assim? Quer dizer que a gente *ficou*?

Ele fez que sim com a cabeça de um jeito estranho, com os olhos fechados. Meio infantil e lascivo ao mesmo tempo. Se eu já achava a presença dele desagradável, aquilo ali fez o incômodo subir alguns tons. Cadê a porra do Patrick pra me salvar? Enchi meu copo com água do filtro branco que tinha na parede.

Enquanto tomava o copo todo em dois golões, tentei com força me lembrar desse incidente. Consegui por alto recordar essa festa na casa da Inês, lembrava que tinha bebido bem. Mas não conseguia imaginar uma situação que me levaria a beijar aquele ser. Não porque fosse feio, ele nem era particularmente feio de feição, e eu já fiquei com figuras mal diagramadíssimas. Já quase namorei ou seminamorei uns Tropeços que se achava charmosos porque eram espertos ou só porque fodiam bem pra caramba. Mas aquele Felipe não dava pelo jeitão, mesmo, todo troncho, os olhos intensos que não sabiam onde se pôr. Simplesmente não era uma pessoa atraente pra mim, mas nem de longe, e arrisco dizer que nem loucaça — nem nos píncaros ali da Xiboquinha — isso poderia mudar de figura.

Ainda tinha uma vaga impressão de ter talvez ficado com o Victor naquela noite na casa da Inês. Posso estar confundindo, fiquei com o Victor em várias noites parecidas naquela época. A gente era a falta de opção um do outro (um lindo caso de amor). Mal lembro o que aconteceu em alguns finais de semana do mês passado, vou saber o que fiz ou deixei de fazer anos atrás? Numa época em que eu era ainda mais insegura, errática e faz-merdinha do que hoje? Menor condição.

— Na festa da Inês? Nossa, desculpa, eu realmente não lembro.

Ele fez uma cara superconstrangida, pela primeira vez, os lábios já finos se franzindo até uma faixa estreita. Percebi como seria desagradável ouvir isso de alguém. E aí não aguentei. Fiz o que eu fazia em metade das situações de tensão social: menti pra agradar os outros.

— Olhando assim, tô começando a achar que te conheço sim. Foi mal, às vezes a gente dá uns beijo em alguém e esquece. Eu bebo demais, né, aí já viu. Prazer de novo.

— Não foi só beijo, Amanda. Não foi só beijo.

Puta merda. Ele falava como se a gente fosse namorado e eu tivesse esquecido. Quem era aquele maluco?

— Como assim? A gente transou?

De novo, ele fechou os olhos e fez que sim com a cabeça daquele mesmo jeito insuportável. Será que ele achava que isso era atraente? Coitada dessa pessoa, puta que pariu. Só fiquei pensando: como assim eu não me lembrava de transar com ele? Não se lembrar de dar um beijo em alguém, beleza, mas de transar? Não tinha nem tanto tempo assim, afinal. Eu tinha meus períodos de vadiagem maior, mas também não era pra tanto. Pensei em contestar, dizer direto que ele estava enganado, pra não dizer mentindo, mas já tinha ligado o botão de comiseração ali, acho que senti que seria estranho reverter tão de imediato, não sei o que me deu.

— Cara, que bizarro. Amnésia alcóolica não é brincadeira, crianças.

— Enfim. Só queria dizer que foi uma noite incrível. Você não lembra agora, mas na hora você pareceu adorar. E... sei lá. Sempre achei que a gente poderia quem sabe repetir a dose um dia? Você tá solteira?

— Ixe. Desculpa, viu, tenho que ir ao banheiro.

Eu tinha mesmo que ir ao banheiro. Mesmo quando não bebo cerveja, geralmente tenho que mijar várias vezes por noite. É uma desgraça. Mas também foi um alívio perceber a deixa que aquela vontade me dava pra me pirulitar dali.

Tive sorte de pegar o banheiro vazio, limpei como dava o vaso porque senti que precisava me sentar no assento (o que costumo evitar fazer em festa grande assim). Precisava de uma ajuda da gravidade pra me assentar direito em mim mesma por um instante. Tentei organizar minha cabeça, que, afinal, ainda estava girando, e já estava girando antes mesmo de eu ouvir que tinha transado com aquele cara esquisitíssimo. Ele realmente parecia que me conhecia e, por mais que homem seja maluco, de fato talvez fosse improvável que ele estivesse só mentindo de maneira tão absurda (né?). Tive dificuldade de ceder à possibilidade, mas o fato é que não foram poucas as vezes na vida em que bebi a ponto de esquecer o que fiz, e era isso que me deixava com uma pulga atrás da orelha. E se eu tivesse dormido com esse cara mesmo e esquecido inteiramente?

Assim que eu estava terminando de me limpar me veio de repente uma memória inesperada (mas não à toa, como vai dar pra perceber) de uma noite bizarra que eu não conseguia posicionar e que setores da minha cabeça certamente deviam estar se esforçando pra esquecer. Ou melhor, fim de noite, a manhã seguinte. Algo de anos atrás — não sabia dizer quantos, mas cinco não seria implausível — que claramente não vinha à tona tinha tempo, mas ressurgia agora em toda sua glória.

A memória era toda enevoada e fugidia, mas o que me lembrei com uma vividez inesperada — um objeto pesando na minha mão, de repente — foi de acordar numa cama que não conhecia. De perceber que estava pelada nessa cama desconhecida, sem me lembrar de chegar lá, e constatar que tinha fluidos secos diversos espalhados pelo meu corpo. Um cheiro ruim. Comecei a tomar posse do meu próprio corpo e da ressaca que me derrubava quando percebi que estava numa cama em que alguém tinha cagado ou mijado (ou os dois?). Esse alguém podia muito bem ter sido eu, mas não estava claro.

Tinha uma pessoa deitada na cama comigo, virada pro outro lado, pessoa que eu não lembrava quem era, mas que na hora não quis descobrir. Um homem de costas peludas. Será que era esse cara? Só sei que na hora não quis encarar a cena horrível que seria lidar com aquela situação lamentável na cama com uma pessoa, pra todos os efeitos, desconhecida. Então vazei. Assim, antes fui ao banheiro, no primeiro que encontrei saindo do quarto em que eu estava (um *male living space* exemplar, colchão no chão, uma televisão e um Playstation, roupas espalhadas).

Lembrei de me banhar rapidamente e de me limpar com uma toalha de rosto que encontrei, a única que estava ali, sabendo que não era minha e com medo de ser recriminada por isso. A secagem pareceu interminável com aquela toalhinha minúscula. Vesti toda destrambelhada um vestido preto florido suado e fedendo a cigarro e cerveja. Abri a porta com medo de encontrar alguém, mas vi que a casa estava quieta e deserta. Deviam ser cinco, seis da manhã.

Era uma casa estranha, grande, mas com corredores apertados, toda cheia de puxadinhos diversos, decoração um pouco lamentável, mas honesta, e gambiarras elétricas sortidas. Lembrei que, saindo do quarto onde estava, percorri na ponta dos pés um caminho que pareceu interminável até a porta de saída, preenchido por sofás mofados com protuberâncias amarelas de estofado se projetando nos cantos, gatos enrolados em cobertores felpudos, mesas de marcenaria e de soldagem, o chão cheio de pregos, serragem de madeira, cabos diversos. Acho que trombei numa quina de móvel cheia de farpas, quase tropecei num fio. A casa ser tão cheia de elementos adversos inesperados pareceu somar de alguma maneira à minha experiência já trambolhosa de sair daquele lugar me sentindo tonta e podre de ressaca. A memória terminava assim que eu enfim encontrava, depois de alguma perplexidade, o estranho botão caseiro que abria a porta metálica pra fora da casa e conseguia sair pro mundo exterior. Mesmo agora não lembro nem em que bairro eu estava.

Fiquei tentando posicionar essa noite, pensando que era a única vez que tinha dormido com alguém que até hoje não sabia quem era. Que me lembrasse, né (quase tudo que a gente fala podia ser seguido disso, quando você pensa). Por um instante, tentando fazer com que as coisas fizessem sentido (ingênua demais), pensei que podia ser esse cara. Podia ter sido aquela noite. Tentei lembrar onde diabos ficava essa casa estranha, mas não conseguia. Ainda assim, uma parte de mim queria que fosse isso, porque pelo menos seria menos estranho do que alguém chegar pra mim e inventar isso. Ou se confundir desse tanto. Mas, espera, se eu abandonei a casa dele com a cama mijada e cagada, ainda assim ele descreveria como tendo sido uma experiência incrível? Só se ele fosse maluco, né?

E o pior é que ele claramente *era* maluco.

Saí do banheiro já imaginando que ele estaria lá me esperando. De fato, estava.

— Oi.

— Opa.

— Você não chegou a responder minha pergunta.

— Sobre transar com você? É, eu estava tentando me evadir de uma maneira menos constrangedora. Mas não, obrigada. Hoje eu só vim pra dançar, mesmo.

— Nossa, ok.

— Você quer o quê? Não é assim que se chega em alguém, bicho, tu evoca uma ficada anterior quase como uma resposta, sei lá. Não é assim, não, cara.

— Eu estava só tentando conversar com você. Sou meio desajeitado, desculpa. Não fiz por mal.

— Enfim, é isso. Não rola. Não tô numa boa noite, já tô loucaça. Vou ali falar com meu amigo, beleza? Boa noite aí. Um *prazer* te conhecer de novo.

Caminhei até o Patrick, mas, assim que estava chegando, percebi que ele parecia estar paquerando um boy que eu sabia que ele achava o máximo (principal razão de a gente ter ido naquela festa), e eles pareciam estar numa fluidez boa.

Me virei pra varanda e fui me aproximando de dois dos amigos do Patrick que estavam lá, com quem eu estava fumando antes. Fiz um sorriso bobo genérico e um deles correspondeu, de leve, o outro ignorou, por querer ou sem.

Não sabia muito o que fazer comigo mesma. Fiquei chacoalhando muito de leve com a música, tentando voltar, mesmo que só mais ou menos, pro clima em que eu tinha conseguido entrar poucos minutos antes. Mas constatei que já tinha ido embora depois da conversa bizarra.

Vi que o Patrick já estava se catando com o boy lá. Bom pra ele. Com isso, eu devia perder meu abrigo, talvez. Pensei em ir pra casa, mas ainda eram três e pouco. Chegar em casa seria tão ruim, melhor adiar um pouco mais ainda. Arrumar alguém pra meiar a corrida também não seria má ideia. Fiquei ali constrangida tentando conversar com os amigos do Patrick, sem muito sucesso. Dei uma olhada em volta e vi que o tal do Felipe parecia ter sumido. Me senti aliviada e decidi pegar mais um copo de saquê. Constatei que a garrafa estava quase acabando e, como boa cidadã, me servi de uma dose modesta, deixando ainda um restinho. Dessa vez não tinha fruta, nem gelo, ia só o saquê mesmo e estava ótimo.

Voltei sozinha pra pista, decidida a me concentrar naquilo ali mesmo, insistir. Estava meio vazia, mas tinha gente o bastante pra dispersar um pouco do constrangimento de dançar sem amigos por perto. Infelizmente a música saiu do funk pra um eletrônico que me pareceu morto, uma mesma batida sem graça repetida. Só com bala pra dançar isso, não consigo só bêbada. Tentei forçar por alguns minutos, segurando meu copo com cuidado, mas a coisa não engrenou. Fiquei o tempo todo consciente do meu próprio corpo, das pessoas em volta. Tinha um cara muito charmoso, alto e estiloso na pista e minha vista ficava às vezes gravitando pra ele, sem querer. Ele me ignorava solenemente, o que fazia com que minha insistência talvez parecesse patética, mas eu não conseguia evitar. Era o evento mais bonito da pista com alguma distância.

Estava justamente tentando manter meu olhar circulando quando percebi o Felipe se achegando, o olhar já fincado em mim como de um serial killer. Ele se mexia só o mínimo necessário pra qualificar mais ou menos como dança e foi arrodeando um grupo que estava do meu lado pra chegar perto. Evitei cruzar o olhar com o dele, cheguei a fechar os olhos e afetar uma intensidade totalmente falsa ali na dança. Ainda assim, poucos minutos depois senti um toque no ombro.

— Não vou mais te encher o saco, prometo.

A frase mais paradoxal que já ouvi na vida? Talvez. Nem respondi, só fiz uma cara impaciente.

— Só queria que você me respondesse uma coisa e vou te deixar em paz: se eu tivesse chegado de outro jeito, eu teria chance?

— Oi?

— Você falou que não é assim que se chega, que eu fui sem noção. Beleza. Mas se eu tivesse chegado de outro jeito, conversado mais, esperado a hora certa, eu teria chance?

— Cara.

Puta que pariu. Eu estava que mal segurava minhas próprias pernas e agora ainda tinha que virar babá emocional de um completo estranho. Estava quase falando pra ele ir pastar, ignorando e voltando a dançar, quando pensei que eu podia estar sendo um pouco cuzona. Que ele era desagradável ele era, mas, se a gente realmente tivesse ficado no passado, não era nada *absurdo* ele vir falar comigo, de fato, assim de início. Achava difícil de acreditar, mas sabia que não era *impossível* que tivesse acontecido. A culpa de ser assim, tão estranho, não era dele, imagino. Um lado meu se lembrava da jovem Amanda desajeitada e incapacitada de falar com meninos que conseguia ter pena dessas pessoas, conseguia lembrar um pouco do tanto que isso podia ser cruel. Lembrei também do Mário, um amigo da faculdade que era troncho de tudo, jamais pegava ninguém, mas no fundo era um fofo. Pensei nele tentando chegar em alguém. Eu precisava cortar aquilo, tinha que ser incisiva, mas também não precisava tratar o cara mal além da conta.

— Só me diz isso.

— Sendo franca: não. Não quero ficar com você. Desculpa.

Por que que eu estava pedindo desculpa? Merda.

— Então por que você disse desse jeito?

— Cara, sei lá. Porque achei bem sem noção a pergunta. Ninguém faz isso, bicho. Achei que era bom dar um toque? Sei lá.

— Vocês deixam a gente maluco, sabia. Com essas coisas. Falam que o problema é X, é Y. A gente tenta corrigir, mas não tem nada a ver. Vocês só não querem transar com homens tipo eu e pronto. Não tem *nada* que a gente possa fazer. É melhor falar isso logo, sabe.

Puta merda. Pela primeira vez ele falou sem o sorrisinho cretino e falso que estava tentando manter até agora. Saiu uma raiva ali dos olhos, da boca, que pareceu de algum jeito mais espontânea do que tudo que ele tinha feito até aquele momento. Deu pra ver um abismo de ódio ali, e de dor. Me deu uma repulsa enorme, e um pouco de medo.

— Tá bom, viu. Olha, eu estava tentando ser legal, foi mal. Na próxima vez vou falar de cara que não tenho nenhuma intenção de ficar com você jamais, jamais terei. Nunca. Se já tive é porque estava muito, muito doida. E pronto.

Falei isso já saindo, puta da vida. Fui me dirigindo à varanda já quase certa de ir embora quando vejo que Patrick e o boy estavam socializando de novo, ainda que dando uns amassos aqui e ali. Contei do Felipe e do tanto que ele era esquisito, e todos da roda se solidarizaram comigo, falaram pra ficar junto deles pra me proteger. Isso me deixou mais tranquila, consegui terminar o saquê e até entrar um pouco na conversa com eles. Fumei um tabaco que eu não precisava fumar, só porque ver gente bonita fumando dava vontade de fazer o mesmo (e o Patrick fumando era tão bonito de ver).

O boy dele ofereceu pó. Mesmo não gostando muito, acabei aceitando só porque não queria ficar ali na varanda sozinha com o único do grupo que não cheirava, de todos o que menos falava (não à toa, talvez). Fui seguindo os quatro até o escritório me sentindo a própria maria vai com as outras de um comercial antidrogas. O boy botou quatro fileiras no iPhone dele enquanto fiquei bisbilhotando o escritório, as prateleiras cheias de pastas coloridas de organização, algumas caixas com discos de vinil, só duas prateleiras de livros. Uma das estantes era toda de livros sobre áudio e produção de som, teoria e prática. Na outra, notei um punhadinho de livros sobre samba e rock, biografias de artistas (Tim Maia, John Lennon) e um pequeno apanhado de livros que chamou minha atenção (Olavo, Pondé, Roger Scruton).

Achei muita graça de pensar que a casa devia ser de um cripto-conservador, talvez um bolsonarista enrustido, quando claramente noventa e nove por cento da festa era tudo abortista, drogado e viado. Pensei em comentar isso com o Patrick, mas fiquei com medo de alguém ali ser próximo do dono da casa (ou mesmo *ser* o dono da casa?). Mandei a minha carreira sem nenhum entusiasmo, por último, e todos decidiram ir pra pista gastar a energia que logo viria.

A música continuava ruim, pra mim, mas a presença do Patrick e dos outros ajudava com que eu entrasse mais no clima, dessa vez. A cabeça começou a acelerar enquanto pensava nas coisas mais disparatadas do mundo, me lembrei do meu cachorro Dener, o vira-lata caramelo que foi atropelado no mesmo ano que o craque Dener, fonte do seu nome, morreu de acidente de carro, lembrei que eu tinha ficado de testar com uma amiga algumas das lombras terapêuticas que a Lygia Clark praticava no fim da vida, mas aí ela se mudou pra longe, me lembrei do ortodontista que pegava demais no meu pescoço, me lembrei do Alan Turing sendo quimicamente castrado pelo Estado por ser viado depois de basicamente salvar o Ocidente do nazismo e inventar a computação moderna, me lembrei do meu pai gritando com minha mãe do nada, e com uma raiva enorme, quando ela fazia qualquer besteirinha que o irritasse, me lembrei do Ewan McGregor em *Velvet Goldmine*, me lembrei dos retratos de Faium e como geral ali parecia brasileiro, me lembrei do meu segundo namorado e do pau torto dele, de achar aquele branquelo varapau a coisa mais incrível e atraente do mundo (e hoje achar tanta graça disso, vendo ele no Instagram gordinho, casado, trabalhando na revendedora do pai, em Macaé). Pensei em falar algumas daquelas coisas pra alguém, mas percebi que nada daquilo faria sentido pra ninguém (no máximo pro Patrick, mas em outro contexto).

 E, nessa torrente meio aleatória, do nada uma coisa me ocorreu. A casa em que eu acordei com um estranho foi em São Paulo, não foi no Rio. Foi em 2016, quando eu estive lá fazendo aquele curso de verão da USP. A casa era no largo da Batata. Eu de fato não sabia como era o rosto do cara com quem dormi, mas tinha sim uma vaga noção de quem ele era, um dos engenheiros elétricos amigo da Tâmara (que morava numa república com vários outros engenheiros elétricos). Perceber isso me deu, de repente, uma certeza de que o tal do Felipe estava mentindo mesmo. De repente, num clarão, percebi outra coisa que me deu ainda mais certeza. Uma coisa óbvia que estava pendendo na frente do meu nariz esse tempo todo.

 Fiquei tão energizada de perceber que estava certa e tão puta de pensar que cheguei a ter pena daquele cretino que saí da pista sem falar nada e fui atrás dele na mesma hora. Encontrei de costas na fila do banheiro e dessa vez fui eu que encostei no seu ombro.

 — Peraí, vem cá, tu falou bagulho de Cindy Sherman, não sei o quê. Eu mal sabia quem ela era cinco anos atrás, como que tu sabia, então, que eu curto? Não foi conversando comigo.

 Foi aí que a coisa toda encaixou, quando vi a cara de medo dele.

 — Tu me conhece do Twitter? Hein? É isso, não é?

 Ele não disse nada, só gaguejou alguma coisa bem baixinho, impossível de entender. Parecia ter "não" no meio. Não sei como demorei tanto pra pensar que era isso.

— N-não, eu...

Vi na cara dele que era isso. Que ele estava mentindo. Tudo que ele tinha falado eram coisas que eu já tinha postado. Até a porra da festa da Inês, aposto.

— Tu inventou aquela história. A gente nunca ficou. A gente *não* se conhece.

Ele não falou nada. Pareceu assumir uma cara quase penitente, olhando pra baixo.

— Tu tem que se tratar, cara. Não é assim que a gente lida com as pessoas, não. Tu é doente, bicho. E eu senti pena de você. Achei mesmo que eu tinha esquecido a parada por um instante, isso que me dá raiva. Isso é tipo *gaslight*, cara. *Com uma pessoa que tu nem conhece.* Isso que tu fez é muito escroto de se fazer com alguém.

Eu estava com o dedo apontado na cara dele, tinha gente olhando em volta. Minha vontade era dar um tapão. Mas senti que ia causar uma cena e não queria causar cena nenhuma, não mais do que já estava causando. Só queria ir embora dali. Mas ir pra casa logo depois de cheirar é tipo a pior ideia que uma pessoa pode ter (falo por experiência).

— Tu não é o primeiro doido que me aparece, que vem falar comigo na rua. Mas parabéns, tu é o mais sem noção até hoje. Qual é teu arroba? Qual teu nome completo?

Ele não respondeu, claro. No dia seguinte mesmo, eu ia ter que varrer os seguidores atrás de um Felipe pra bloquear. Não que adiantasse, mas enfim. Se tivesse o aplicativo no celular, teria feito naquele momento mesmo. É divertido ter quase cinco mil seguidores no Twitter, mas é meio que uma maldição. Pra mulher, pelo menos. Já conheci muita gente legal por causa da minha conta? Já. Já transei com alguns caras muito legais por causa da minha conta? Sim. Já tive um namorado que foi a melhor e a pior coisa da minha vida e que eu conheci por causa da minha conta lá? Talvez. Mas, puta que pariu, a quantidade de doido que começou a brotar era um negócio que não valia a pena. Simplesmente não valia a pena.

    E olha que eu mal posto foto e tô longe de ser, assim, uma beldade extraordinária. Já postei mais, quando era nova, e sei que isso contribuiu pra minha conta crescer, mas deletei a maioria depois que os primeiros doidos começaram a aparecer nas DMs, no *CuriousCat*.

    Percebi que não ia ouvir nada daquela pessoa lamentável. Ainda assim, senti que pelo menos dei uma bronca, gastei um pouco da raiva que tinha subido. Voltei pra pista me sentindo ligeiramente melhor, por mais que ainda tensa.

    Puxei o Patrick pelo braço prum canto e contei pra ele da conversa.

— Tô passado, amiga. Puta que pariu.

— Tô meio em choque. Fiquei tremendo aqui quando fui falar com ele. Foi bom mas foi ruim, sei lá. Parada doente, bicho.

— Vamos dançar que você tem mais é que gastar essa pala. Não entra nessa agora que não vai dar bom, amiga, você sabe disso.

— Eu sei, eu sei, eu vou tentar, eu juro.

    A gente voltou pra pista, mas eu não consegui me concentrar na dança. Parecia de repente que meus membros estavam descoordenados, fiquei pensando em cada um deles em vez de só mexê-los juntos. Tudo parecia atritoso, as pessoas dançando pareciam desesperadas, e não alegres. Mesmo a música me parecia de vidro moído, maquinaria com areia dentro. Eu, que até gostava de som barulhento e agressivo, estava achando tudo meio demais, saturado demais de uma intensidade metálica. Devia ser porque eu estava ouvindo tudo aquilo enquanto pensava em homens como o Felipe lendo meus tuítes sobre beber demais e esquecer de tudo, sobre transar com qualquer um quando estou carente e emocionalmente frágil, e tomando isso como uma deixa, uma oportunidade. A gente joga nossa vida por aí nas vastas internets pra desabafar e ela volta das maneiras mais estranhas. Quase sempre dum jeito ruim. (Se bem que uma vez uma estranha me pegou no braço, numa estação de metrô em São Paulo, e falou que uma série de tuítes meus tinha feito ela sair da depressão puerperal. Enfim, e eu nem filho tenho.)

Com a cabeça viajando, deixei a visão vagar pelo apartamento até perceber que Felipe estava na varanda, de longe, me encarando pela fina faixa de visão entre móveis e gente que ainda nos conectava. Com uma cara cretina de penitente. Assim que nossos olhares se cruzaram, ele começou a caminhar na minha direção. Tentei ignorar, olhar pro outro lado, mas fui notando sua chegada gradual, martelada pela percussão eletrônica, como num filme de terror.

— Posso te pedir desculpa?

Que inferno. Mas percebi que talvez estivesse meio curiosa pra ouvir isso.

— Pode. Mas fala logo, cara. Não quero ficar conversando não.

Saí da pista. Patrick olhou pra mim com uma cara de "tudo bem?", e eu mandei um joinha pra ele.

— Você tá certa. A gente nunca ficou, eu li tudo no seu Twitter mesmo. Te acompanho tem anos. Desculpa, eu só queria muito, muito conversar contigo, e não tive coragem de só me apresentar. Acho você incrível, incrível mesmo, uma pessoa foda. Sei que foi uma maneira errada. Achei que talvez eu pudesse contar depois e seria engraçado, tal. Sei lá. Não sei o que pensei.

— Isso não é engraçado, cara. Não é.

— Eu sei, desculpa, foi burro da minha parte.

— Beleza. Valeu por pedir desculpa.

— A gente pode se conhecer de novo? Felipe, prazer.

Meu Deus do céu.

— Pode não, cara, uma vez foi o bastante pra mim. Vou voltar ali, viu?

Me virei pro Patrick, que estava espreitando, e fiz "to-tal-men-te-ma-lu-co" com a boca sem emitir som. Ele riu. Voltei pra tentar dançar a música estridente e atritosa, que, junto com o pó, me fazia sentir que meus ossos estavam socando brita num pilão. Meu corpo estava tenso como se eu estivesse prestes a brigar com alguém. Puta merda. Eu devia era ter dado um tapão nele, naquela hora. Seria até didático.

A gente ficou ali uma meia hora dançando, pelo menos, minha cabeça indo pros lugares mais inauditos, os dentes trincando. Pedi pro Patrick pegar água pra gente, pra não ter que ir na cozinha, mas ouvi dele que o cara não estava por lá. Fiquei aliviada, bebi um copo d'água que deixou o mundo um pouco menos essencialmente parecido com uma engrenagem arenosa, consegui até curtir a música por um tempinho.

Meu corpo estava exausto da semana toda, mas era como se eu não sentisse, continuava quicando mesmo com as juntas reclamando. Comecei a dançar de olho fechado pra ver se me constrangia menos, consegui me perder naquilo ali de algum jeito. Quando dei por mim, a pista estava quase vazia, ocupada no momento só por mim e pela pessoa frenética (última a cair, aparentemente), além de Patrick e o boy se pegando forte. Percebi que devia saber o nome dele, mas perguntar a essa altura do campeonato seria meio nada a ver. Melhor só ir pra casa mesmo. Se não conseguisse dormir, podia organizar minhas gavetas, como fiz da última vez que fui pra casa pouco tempo depois de cheirar. Me despedi do Patrick dum jeito discreto, ele se despediu mal me olhando, totalmente enredado ali no cara (que, de fato, era bem gostoso). Me senti meio mal de ele não me dar mais atenção, mas também entendi, talvez fizesse o mesmo no lugar dele.

Olhando pra varanda, vi que já estava quase ficando claro. Devia ser quatro e tanto, cinco. Assim que peguei o celular, notei que estava com menos de vinte por cento de bateria e que eu devia pedir um carro logo (esse celular já estava dando pra desligar enquanto ainda mostrava dez por cento, doze). O preço até Vila Isabel não estava bom, mas estava menos pior do que algumas horas antes, quando cheguei na casa do Patrick. Eu devia ter pegado carona com os amigos dele, mas eles faziam questão de não me incluir (ou eu que era sempre introvertida demais, sei lá).

Percebi que estava tomando parte duma pequena debandada dos últimos resistentes da festa, tanto que o elevador lotou e eu decidi descer de escada pra gastar um pouco dessa energia, já que o aplicativo ainda não tinha arrumado um motorista.

Quando cheguei lá embaixo, percebi, engolindo seco, que o Felipe estava lá, sentado na calçada, olhando pro celular (provavelmente esperando um carro também). Fingi que não o vi, fui pra um canto oposto e também fiquei encarando o meu celular, mas percebi com a visão periférica que ele estava se aproximando.

— Tá difícil de conseguir agora, né? Engraçado, a esta hora achava que já tinha muito.

Pensei que era melhor ignorar. Continuei só encarando o celular. Finalmente apareceu um carro, mas dizia que levaria sete minutos ainda.

— Dois já cancelaram aqui. Mas agora tá chegando um, quatro minutos. Wellinton. Vamo ver se o Wellinton chega.

O meu chamava Cláudio. Bora, Cláudio. Mas, quando faltavam cinco minutos, ele cancelou. Meu celular do nada foi a doze por cento de bateria. Puta que pariu. Pedi a corrida de novo e o aplicativo ficou lá buscando motorista. Não queria ficar esperando ônibus do jeito que estava, trincando os dentes, toda suada, agoniada daquela noite bizarra. Não tinha nem certeza se o que eu sempre pegava por ali estava passando àquela hora num sábado. Queria chegar em casa logo, mesmo sabendo que não ia dormir.

Ele se aproximou mais e falou de novo, dessa vez mais forte:

— Você vai pra que lado? Eu tô indo lá pras bandas do Maracanã, se você quiser carona.

Coincidência do caralho. Ou será que ele estava mentindo? Eu sabia que não devia, é óbvio. Por trocentos motivos. Não devia nem considerar. Mas, quando a tela do meu celular apagou, me vi de repente falando pra ele:

— É, o meu celular morreu. Posso ir mesmo com você, então?

— Claro, o Wellinton já tá chegando.

— Cada um indo pra sua casa, normal, né? Não vai tendo ideia também.

— Claro, claro. Eu sou civilizado, moça.

Moça. Se enxerga, menino, sou mais velha que você. Tudo que ele fazia era irritante, incrível. Minha pequena vingança seria nem propor dividir a corrida. Era o mínimo. Um carro sedã prateado apareceu e estacionou na nossa frente. Percebi que estava cometendo um erro, mas ao mesmo tempo na pior das hipóteses me garantia na porrada com aquele moleque magricelo, e isso me deixava mais ou menos segura. Tentei encarar como trabalho de campo involuntário de antropologia *free style*, como tanta coisa nesta vida. Pelo menos consegui espiar a placa na tela do celular dele e garantir que de fato aquele era um motorista de Uber e não, sei lá, um parceiro mancomunado do cara.

A janela escura do carro abaixou.

— Felipe?

— Opa, isso, Wellinton, tudo bom? Vamos lá.

Ele abriu a porta pra mim fazendo uma mesura ridícula.

— Você primeiro, nobre senhora.

Ri de nervoso. Estava quase entrando no carro quando essa pequena locução bizarrinha me tocou um sino do tamanho dum elefante, um gongo desses cujo ribombo dura minutos. Eu já tinha lido aquilo antes não fazia muito tempo. Sabia exatamente onde.

— TU ERA O MALUCO DO CURIOUSCAT?

De novo, a exata mesma cara de pavor, de menino pego com a boca na botija. Igualzinha.

— ERA TU, ERA TU QUE MANDAVA AQUELAS PARADAS DOENTES, AQUELES NEGÓCIO VIOLENTO PRA CACETE.

Ele fez um gesto estranho com a mão, como se de "calma", de novo de olhos fechados. Fez que ia falar e não falou.

— ERA TU MERMO, EU SEI QUE ERA. MERMÃO, TU FICA LONGE DE MIM. EU TIREI FOTO TUA, SE TU APARECER DE NOVO NA MINHA FRENTE, EU ACABO CONTIGO, EU ACABO CONTIGO.

Ele concordou com a cabeça, entrou no carro e saiu.

Uma moradora de rua que estava dormindo no chão ali perto na frente de uma fachada comercial, de costas pra rua, e que parecia ter sido acordada pela minha bronca, se revirou, olhando de soslaio, falando uma frase só antes de virar de volta.

— Oxente, isso memo. Mande pastar.

Assisti ao carro indo embora tentando lembrar qual minha melhor opção de ônibus. E foi aí que me toquei que já era dia, o metrô já tinha aberto. Caminhei quase correndo os dois quarteirões até a estação da Glória rindo de nervoso. A princípio quicando o queixo só de agonia, mas depois de um tempo achando graça mesmo. Da bizarrice daquela noite e daquela pessoa. Acima de tudo, estava feliz de estar livre dele, longe dele. Aliviada. Pensei em sair de tudo que era rede social assim que chegasse em casa, mas sabia que não ia fazer isso.

Acho que o que me fez rir, além do nervosismo, além de um alívio frio, foi só um sentimento estranho de gratidão (a nenhuma entidade em particular). De não *ser* ele, de não ser como ele. Eu já achava difícil ser quem eu era no mundo, na maior parte do tempo, já não achava que aquilo ali que me acontecia (a minha "vida") era um passeio, era uma maravilha, mas era estranhamente bom, de um jeito perverso, poder constatar que tem sempre anéis mais profundos de inferno por debaixo do que a gente conhece, tem sempre camadas muito mais fundas de noite.

ESTILHAÇO DE EXPLOSÃO FUTURA

[...] o que parece para a humanidade como a história do capitalismo é uma invasão a partir do futuro de um espaço artificial inteligente que precisa se construir inteiramente com os recursos dos seus inimigos.[1]
Nick Land

I

Assim que envia o e-mail avisando que protocolou a única peça que precisava terminar hoje, Rolando confere mais uma vez a agenda do celular e confirma que não tem mais obrigações para o dia. São 15h32, supercedo ainda. Isso deveria deixá-lo leve, mas não deixa. Logo pensa em chegar em casa tão cedo e encontrar a esposa diante da televisão, taça de vinho branco, tablet no colo. Já consegue ouvir o tom ambivalente dela ao constatar que ele já está em casa. Ambivalente, no caso, sendo eufemismo para quase amargo mesmo. Simone nunca parece feliz com a sua chegada, e não é de hoje. Na verdade, talvez nunca tenha parecido assim *esfuziante*, mesmo no início, mas vinha piorando rápido.

Rolando vê um pouco da própria aparência no reflexo da tela à sua frente. O cabelo encaracolado e louro-sujo bagunçado e mal cortado, o corpo rosado e roliço como de um porquinho (desde que ouviu, aos quatorze anos, uma garota descrevê-lo para outras pessoas desse jeito enquanto fingia que dormia

---

[1] *"[...] what appears to humanity as the history of capitalism is an invasion from the future by an artificial intelligent space that must assemble itself entirely from its enemy's resources."*

numa aula de química — justamente uma garota que achava muito bonita, Marcela —, Rolando usava o termo para descrever a si próprio com um punho fechado de ódio; sempre na sua cabeça, jamais em voz alta).

Especula se o personal trainer da esposa ainda estaria lá, se ele chegasse antes das cinco, e em seguida tenta evitar pensar nos dois transando. Sempre que considera essa possibilidade, o que costuma acontecer algumas vezes por dia, imagina sem querer os dois fazendo uma mistura de sexo e ginástica, transando em cima de algum dos aparelhos que o casal tem em casa ou usando um daqueles objetos de Pilates, sempre um desempenho furioso, aerobicamente exigente.

Tampouco lhe escapa o fato de a situação toda ser, acima de tudo, bastante banal, extremamente clichê, em todos os seus contornos.

SOLICITAÇÃO DE REPRESENTAÇÃO LEGAL NO BRASIL (GLOBAL FLOW LOGISTICS)

Rolando atualiza a caixa de entrada só por desencargo, achando que não terá nada, mas um e-mail acabou de chegar naquele mesmo minuto. É idêntico a centenas de outros que já havia recebido e respondido, em sua função profissional, por mais de doze anos. A linguagem dura, como se não fosse escrita por um falante nativo do inglês, mas isso era mais do que normal no ramo. Ainda assim, a sintaxe é um pouco mais estranha do que a maioria, talvez. Pede para que represente uma empresa de "transportes e logística digital" sediada em Kiev e vem com uma série de documentos anexados.

Hoje em dia, Rolando geralmente deixa essa triagem inicial dos documentos para ser feita por sua secretária. Mas hoje, como está livre e não está lá tão ansioso para chegar em casa, decide responder ele próprio. Escreve que poderiam ligar no dia seguinte para marcar uma reunião (pessoalmente ou por Skype), esclarece que tanto ele quanto a secretária falam inglês fluente. Mesmo se os documentos já estivessem todos certinhos ali, ele gosta sempre de conversar, olhar no olho, ainda que por uma tela. Ajuda a evitar gente problemática e desequilibrada, na sua experiência. Corta alguns problemas maiores pela raiz. Rolando adora cortar problemas ainda na raiz.

Esse pensamento, por uma sucessão imaginativa inaudita e rápida demais para descrição, deixa-o um pouco excitado. Isso acaba fazendo com que ele abra as duas plataformas de pornografia que mais costuma usar. Nas páginas iniciais já encontra alguns vídeos com a cara ótima, alguns com atrizes que conhece bem. Deixa quatro deles prontos para o disparo e tranca a porta do escritório, não sem antes dizer para a secretária para não o perturbar porque precisa fazer uma ligação importante.

Rolando gosta de se masturbar no escritório por dois motivos. Primeiro porque em casa não é raro que sua esposa bata na porta, esteja ele no banheiro ou no escritório, e isso quase sempre estraga tudo. Mas segundo, e talvez principalmente, porque gosta da ideia de fazer isso com a secretária estando ali do lado. Ele não sente nenhuma atração por ela (fez questão de não contratar nenhuma das duas gostosas que entrevistou, não tanto porque seu currículo era menos impressionante que o da dona Guilhermina, mas porque sabia que a carne era fraca e não queria acabar passando vergonha, quem sabe ainda levar um processinho nas costas). Mas não importa, o que gosta é do fato de que pode se masturbar no expediente porque é chefe de si, está no seu próprio escritório, e a vaga sugestão da presença não presente de uma pessoa ali ao lado de algum jeito lhe dá mais tesão do que quando está em casa. Ele não se sente tão no controle assim em casa, a verdade é essa. Ao menos quase nunca. Se em casa ele dificilmente dura mais do que uns dez minutos (mesmo quando se certifica de que a patroa está no décimo sono), no escritório ele se deixa demorar mais, consegue se soltar um pouco, abaixa bem as calças. Mas faz questão de sempre se virar para o lixo para não correr o risco de sujar a tela do computador.

*

Depois que desce para o estacionamento, Rolando sempre demora ainda um pouco para sair de lá. Ao entrar no carro, gosta de conectar o celular no Bluetooth do veículo e escolher com calma algum podcast para escutar. E é justamente ao fazer isso que percebe, pelo espelho, que tem alguém no banco de trás. Uma garota jovem com uma cabeleira azul bagunçada, traços asiáticos, olhar feroz, vestindo um casaco comprido de capuz brilhoso e colorido, verde fluorescente.

— Não faz escândalo, por favor. Eu estou armada, o cano da minha arma está nas costas do seu banco. Mas não vim aqui pra te fazer mal, eu juro.

— Que porra é essa?

Ela é bonita, ainda que tenha um corpo quase infantil de tão pequeno e magricelo e, olhando com mais atenção, um rosto meio torto, meio esquisito, ainda que expressivo, com olhos vivos e agudos. Cheira mal e tem uma intensidade esquisita percorrendo o rosto e o corpo, escancarada nos tendões retesados na pouca carne.

— Estou armada mais pra me proteger, não sabia se teria mais gente aqui atrás de você. Mas eu não vou te machucar.

— O que você está fazendo no meu carro, menina?

— Sr. Rolando, eu tenho informações essenciais pra sua sobrevivência. E a sobrevivência do planeta. Você foi contatado pra representar a empresa Global Flow Logistics no Brasil, não foi? Tem meia hora.

— Sim. Ainda não fui atrás de descobrir o que é muito bem. Estamos nas tratativas iniciais, não assinamos nem a procuração. Como que você sabe disso?

— Nós sabíamos que você receberia esse contato. Você precisa aceitar. O mundo precisa de você. Mas você precisa fazer o possível pra atrapalhar, entende? Eu vou te explicar. Mas não de qualquer jeito, você precisa sabotar essa empresa bem, arranjar um jeito de deixá-la amarrada em burocracia, sei lá.

Rolando solta uma risada nervosa. Ela soa forçada. Como se estivesse atuando.

— Você tem que estar de sacanagem com a minha cara.

— Calma, calma. Eu vou explicar. Essa empresa é uma semente de algo muito maior, algo terrível. O começo de uma entidade que vem pra escravizar mais da metade da vida na Terra em menos de trinta anos. E apressar em algumas décadas a vinda da sexta, e última, grande extinção. Esse foi o primeiro contato que ela fez com o Brasil, a gente estava monitorando essa possibilidade. Eu vi que seu escritório ficava a meia hora de onde eu estava e pronto. Eu precisava falar com você.

— Você acha que eu sou idiota? Como que você entrou no meu carro? É um golpe, é? Que merda é essa? Isso aqui não é *Exterminador do futuro*, queridinha. *Eu não sou idiota*.

— Ouve o que eu estou falando: a empresa que entrou em contato com o senhor é uma das empresas que vai dar origem, daqui a onze meses, à Teqlo, uma entidade corporativa de extensão inominável que vai começar a dominar boa parte do mundo a partir de 2050. Mais ou menos. O *mundo* precisa de *você*, Rolando Fragoso.

Diante dessa frase, ele pisca de maneira exagerada, como se de fato esperasse acordar.

— Como você entrou no meu carro, garota? Você quer dinheiro? Eu nem tenho dinheiro, só uso cartão. Você devia fazer um *crowdfunding* ou produzir essa versão aí do *Exterminador*. Pode fazer sucesso.

— Não tem nada a ver com *Exterminador do futuro*. Totalmente outra coisa. Eu abri a porta depois de você destrancar o carro. Você que não notou. Encontrei suas fotos no Google. E não são máquinas. Você não está entendendo. Não é que os robôs ganharam consciência e decidiram destruir tudo, conquistar a gente. Também não é Matrix. A Teqlo é uma corporação como todas as outras. Ela só começou a funcionar tão bem que passou a antecipar todos os problemas com que precisava lidar. Começou a dominar indústrias e regiões inteiras. Assumir o papel do Estado em vários países. E nesse embalo ela começa a empreender umas geoengenharias que vão dar muito errado, quando a crise climática começa a se agravar. No processo de tentar interferir no problema ela age como um rolo compressor com o que ainda resta da Terra. Vai dar tudo errado, erradaço. Vai dar porque já deu. Enfim. Não posso nem te dizer o que foi feito exatamente pra não colaborar com a disseminação de algumas das ideias. O protocolo é muito rigoroso com isso. Os próprios caras que montaram o algoritmo de autogestão da empresa, em 2038, admitiram depois que só tinham conhecimento limitado de tudo o que ela poderia fazer. A Teqlo começou a ganhar autonomia real de decisão mais ou menos nessa época. A equipe que criou sua inteligência artificial argumentava que só estavam levando um passo adiante o que qualquer corporação faz. E não deixa de ser verdade.

— É óbvio que isso é uma pegadinha. É pegadinha? Quem é você? É arte isso aqui? Isso é tipo uma performance? Tem alguém filmando?

Rolando olha em volta, os olhos apertados, sorrisinho ansioso no canto da boca.

— Não. É tudo verdade. Eu não posso te falar tudo, mas posso falar isto: sou membra de uma pequena rede de resistência que tenta há alguns meses decifrar mensagens vindas do futuro. A maior célula já conseguiu sabotar o transporte de um carregamento intercontinental no Canadá. Eu faço parte da única célula em São Paulo. Eles nos informaram semana passada que ela viria pro Brasil. E hoje falaram que iam atrás de você. Da sua empresa. A gente não está de sacanagem.

Rolando, que até agora estava com uma expressão irritada, revoltada, de repente faz uma cara de pavor. A garota se assusta, mas acha bom que pareceu atrair sua atenção de verdade, sem entender que o medo que ele está sentindo era dela, constatando que devia ser maluca mesmo, se não golpista — e, portanto, talvez, mais perigosa.

— Por favor, deixa só eu ir pra casa. Eu não tenho nada a ver com isso, faço o que você quiser.

— Eu vou deixar você ir pra casa, calma. Falei que não quero te fazer mal. Não tenho como te forçar a fazer o que você precisa fazer. O que eu quero é te *convencer*. Desculpa se cheguei meio afobada, não sou boa nisso. Esse negócio virou minha vida, eu estou totalmente comprometida, estou arriscando tudo fazendo isso aqui. E eu não sou assim, não faço esse tipo de coisa, não sou desequilibrada, nunca fui, assim, *radical*. Sabe? Mas isso é importante demais, tudo está em jogo. Literalmente a porra do mundo em jogo, a vida de todo mundo. Eu só quero que você se lembre de tudo que eu vou te falar agora. Eu quero que você ouça com atenção, Rolando, porque agora está tudo nas suas mãos. Eu vou entrar em contato digitalmente na próxima vez. Só precisava antes que você levasse a sério. *Eu quero que você entenda que isto aqui não é um jogo.*

Rolando põe as mãos já suadas no volante. Ela fala como em um filme, claramente doidinha das ideias. Coitada, até. Mas bem que podia ter endoidado no carro de outro. Há dez minutos, ele achava que a pior versão daquele dia terminava com ele chegando em casa e encontrando a esposa chupando o personal trainer, agora não tem ideia de que surpresas mais o dia pode trazer. Pensa em fazer um escândalo com a guarita do estacionamento do prédio, mas fazer aquilo com uma garota de aparência tão inofensiva (e exótica) seria esquisito demais. Achariam que ele estava com uma garota de programa e não quis pagar, alguma coisa assim. Ele próprio acharia isso, se visse um engravatado qualquer do prédio brigando com uma garota esquisita daquela no carro.

Rolando dá partida e começa a manobrar para sair da vaga. A garota nem parece armada, devia estar só fingindo segurar alguma coisa. Ela parece notar que ele está olhando para as suas mãos.

— Eu não vou ficar segurando a arma agora com a gente em público, não sou doida. Mas ela está aqui, pode ter certeza.

Ela indica um volume na cintura que parece, de fato, ser um coldre. Mas podia ser quase qualquer coisa, do pouco que ele consegue ver. Ainda assim, dirigir para casa ele pode, numa boa. O carro sai do estacionamento e se junta a uma via engarrafada e barulhenta em Pinheiros.

Eles ficam em silêncio por um instante. O carro para num sinal, e Rolando decide cutucar um pouco. Seu rosto mostra que perdeu o medo e está, mais uma vez, irritado.

— E como que vocês captam esses recados tão preciosos do futuro? Tem uma máquina? Tem um viajante que te conta, é isso? Ele é seu namorado?

Ela revira os olhos.

— Existem alguns canais dedicados que eles atualizam. Eu não tenho como te contar agora como tudo começou. Mas, depois que você descobre algumas cifras, começa a perceber que o mundo é uma puta duma, sei lá, duma *tapeçaria* de mensagens vindas do futuro, assim. Várias frentes diferentes estão competindo agora mesmo pra engolir o presente, usando os veículos mais improváveis.

Ele olha firme para ela, que está encarando a rua com uma cara maravilhada, como se não estivesse vendo apenas a traseira de carros pretos e prateados, mas enxergando algum desses tais veículos improváveis do futuro passar diante dela.

— Então você quer que eu deixe de fazer o meu trabalho direito porque você começou a ouvir vozes quando vê YouTube? Desculpa, viu, queridinha. Mas ainda está convencendo muito mal. Com todo o respeito. Parece papo de doido.

— Como falei, eu não posso te contar tudo. Não ainda. Mas sei que a origem derradeira da Teqlo é polêmica, mesmo no futuro. A origem oficial envolve dois empresários medianos, nada especiais, um ucraniano e um sérvio, ambos com experiência no ramo de logística. Eles continuam sendo os diretores da empresa até ela constituir seu primeiro comitê de gestão mista com inteligência artificial, que eu já mencionei, isso quando já são uma empresa de capital aberto. Mas tem muita gente que acha que esses dois foram testas de ferro, o crucial teria sido, ou terá sido, o investidor coreano que incorporou a Teqlo ao seu fundo bilionário dedicado a tecnologia visionária, num gesto que permitiu uma combinação sinérgica com várias outras startups promissoras. Esta teria sido a receita pra toda a integração vertical vertiginosa que se seguiu. Esse fundo bilionário já existe, mas a fusão só vai acontecer daqui a muitos anos. Assim que acontecer, talvez já seja tarde demais. Alguns acham que esse é um dos primeiros pontos prováveis de não retorno. Eu não sei. Tem ainda quem insista que a verdadeira origem da Teqlo estaria num experimento de pensamento apresentado por um programador húngaro misterioso chamado Bela Kovács, mas eu não acredito nessa versão. Acho mirabolante demais, perfeita demais. Conceitual demais. Sabe?

— Sei. E as outras não? As outras são totalmente razoáveis. Claro.

— Pior que são, sr. Rolando. Acho muito mais plausível entender que a Teqlo foi, ou será, melhor dizendo, uma emergência caótica e dispersa, mas uma propriedade do próprio capitalismo, tipo uma tendência inerente a esse protocolo doente, do que achar que foi tudo consequência de uma única ideia mirabolante de um único homem, inevitável a partir do momento em que foi dita em voz alta. Ou em caixa alta, no caso. O mundo não funciona desse jeito. Mas enfim. Isso é o de menos, não importa agora, foi mal. É que eu me empolgo com essas discussões. Mas vamos concentrar.

— Opa, vamos. Por favor — ele fala, de um jeito irônico.

Mas o pior é que ele agora está interessado, mesmo sem acreditar em uma palavra do que aquela maluca está falando, claro. Sempre gostou de ficção científica. Mas não quer admitir aquilo ali, nunca foi de bater palma para maluco dançar, não vai começar agora quando a maluca em questão invadiu seu carro fingindo estar armada. De todo modo, mesmo com cara de doida, ele cada vez mais sente que ela não é uma ameaça. Ao menos não física.

— A questão é que Kovács de fato postou essa ideia num fórum em 2016. Chamou de experimento de pensamento. Não vou entrar em detalhes sobre ele aqui porque acho uma parada meio idiota, nociva. *Dark nerd*, como diria um amigo. Nem recomendo você ir atrás. Mas é difícil dizer se o que veio depois são eventos espontâneos e paralelos, se é algo que simplesmente está no ar agora e não estava antes. Acelerador num campo prenhe, faísca num campo seco. Aquela coisa. Pra ser sincera, ainda acho difícil ter certeza absoluta de que não é tudo uma piada esquisita, uma pegadinha demente em cima de uma série de coincidências bizarras. Mas o certo é que várias sementes do futuro estão sendo recebidas pelo mundo desde 2016. Não dá pra negar. Muita coisa esquisita começou a acontecer desde então, e isso não é nenhum acidente. O virtual está engolindo o atual, sr. Rolando, e não só da maneira que todo mundo está vendo. De outras também. Bem mais perigosas.

Rolando engole meio em seco quando ouve aquilo, embora não saiba direito o porquê.

— Mais ou menos um ano depois, lá pra 2017, uma comunidade global começou a se formar, muito lentamente. Hoje eu posso te dizer com toda certeza que existem vários braços tentando conjurar a vinda da Teqlo, assim como existem pessoas como eu, que tentam impedir que isso aconteça. Pelo mundo todo, nos campos mais diversos, desde a programação até a engenharia industrial, passando por camadas de mediação jurídica e financeira. Uma rede sombria de destruição e de dominação futuras está sendo aos poucos montada e desmantelada ao mesmo tempo, por todo canto. Pessoas são solicitadas pra pequenas tarefas, algumas de formalização legal (como você), outras de compras de terrenos e outros bens, outras de pesquisa técnica e registro de patentes obscuras e misteriosas. Algumas dessas sementes são apenas agentes individuais com pequenos fins, mas a grande maioria dessas mensagens a gente acredita que se trata de sementes enviadas do futuro pra começar a criar o campo pra emergência da Teqlo. Você foi o primeiro passo na América Latina. Ou o primeiro de que se tem registro, o primeiro que a gente conseguiu rastrear, enfim. Pouco importa.

— Hum.

A história é mais elaborada do que Rolando havia antecipado, isso ele até concede. Mas não consegue falar nada. É tudo doidice, isso é óbvio. Ele só não sabe ainda que tipo de doidice é aquela. E o quanto ela pode ser perigosa.

— Você continua não acreditando. Dá pra sacar pela sua cara. Eu vou te dizer duas coisas que vão acontecer no futuro em breve. E aí você vai ver que não estamos de sacanagem.

— Se vocês sabem o futuro, quem vai ganhar o Brasileirão este ano? O que acontece no final de *Game of Thrones*?

— Não é assim que funciona. Eles não contam tudo pra gente, contam só o que a gente precisa saber.

— Ah, tá. Aí fica fácil, né. Mas diz aí então. Tuas previsões.

— Uma delas eu não posso dizer ainda. Só na próxima vez que a gente se encontrar, pra te deixar curioso. A primeira é que vai acontecer amanhã de manhã um acidente grande global de logística. Em algumas horas eu vou saber o lugar, mas ainda não sei. Mas fica atento pras notícias.

— Opa, tá bom. Vou ficar ligadão, então — Rolando diz de maneira exagerada, como que querendo deixar claro que não está comprando aquele papo.

Ela não reage a isso, como não reagiu das outras vezes. Continua com o mesmo tom fervoroso e apaixonado, como se estivesse num filme. E continua olhando para fora como se esperasse encontrar algo maravilhoso na rua.

— Beleza, eu admito que essa segunda parte foi até um pouco mais original — continua ele. — Mas como que o mundo deixa uma única empresa tomar conta de tudo? Até parece. Sua história é meio clichê. Meio boba, vai.

— A primeira vez que eu ouvi também achei isso. Eu sei que soa exagerado, mas vai acontecendo aos poucos. Todo mundo já ama e odeia a Teqlo lá por 2040 e poucos, quando ela passa a dominar várias formas de comércio e distribuição. Mas a real é que a conjunção vertical de logística e comodidade é irresistível demais. Tudo chegando na sua casa em um dia, às vezes no mesmo dia. As entregas com drone, os mimos e os presentinhos que ela dava antecipando o que você queria comprar (como uma pessoa querida). Parece que vários analistas financeiros e jornalistas de tecnologia comentavam na época como havia sido surpreendente e ousada a visão versátil e de investimento e de expansão daquela pequena startup, que rapidamente partiu de um serviço de rastreamento e coordenação de dados de contêineres e *databases* comerciais para se transmutar no mais extenso e completo sistema privado de transporte e logística já projetado pela humanidade, rivalizando em poder técnico bruto e frotas navais, aéreas e terrestres com diversas forças armadas de grandes potências nacionais. Fez a Amazon parecer, em retrospecto, um monopólio fraquinho e bobo qualquer, uma relíquia lenta e obsoleta. Imagina isso. Em trinta anos, praticamente não existe comércio global sem a Teqlo, que começa a produzir seu próprio hardware desde a base, na China e na Índia, e a proteger seus segredos industriais como se fossem senhas pro arsenal nuclear. O seu laboratório de P&D logo se torna a joia da ciência corporativa mundial, algo como a Bell Labs no século XX, mas tomando metanfetamina. E todo esse poder também deve estar lá no futuro tentando arrumar formas de garantir que a empresa venha a existir. Porque é claro que eles fariam isso, né. Tem literalmente todo o interesse do mundo. Por isso a nossa luta é tão complicada, saca? Tão fodida. É uma luta contra a própria carcaça encouraçada do futuro, com toda a sua tralha de guerra, todas as suas ventas abertas de besta-fera.

— ...

Rolando fica sem saber o que dizer. A menina deve ser desequilibrada, mas está convencida daquilo. Mesmo pegando seu rosto só de relance, pelo retrovisor, dá para ver que ela tem um brilho nos olhos. Pode ser brilhante ou ser só maluca mesmo. Ou então tem toda uma equipe por trás armando aquilo, roteirizando, rindo da cara dele. Rolando não consegue conciliar a aparente inteligência e até razoabilidade do tom da garota com o absurdo galopante e progressivo do que ela está falando. Continua olhando em volta buscando uma câmera (quem sabe em outros carros?). Mas nada. Só está ela ali. E mais ninguém.

— Não é claro o que acontece depois. Tem interpretações divergentes de algumas mensagens que parecem meio absurdas demais pra serem críveis, e tem coisas que não nos falam justamente pra não contribuir, paradoxalmente, com a futura implantação. Como eu falei, o protocolo é rigoroso. O que sabemos com toda certeza é que a Teqlo leva à aceleração da destruição da Terra com empreendimentos fracassados de geogengenharia a partir de 2054. E é isso que motiva o desenvolvimento das mensagens contratemporais. Basicamente: inventaram uma forma rudimentar de mandar mensagens de volta no tempo, um pouco depois disso. Não pra voltar a fita inteira com algo grande como um mamífero, nada tão drástico. Não conseguem nem mandar objetos inanimados. Tudo isso é impossível. Mas o envio de mensagens se torna possível. De até

32 kb por vez. Conseguem chegar até 2016, aproximadamente, que é o momento em que uma espécie de acelerador começou a ser usado, criando, sem que se soubesse na época, um tipo de nexo engatilhado com o futuro popularmente conhecido como buraco de minhoca. Enfim, mó doideira. Quanto mais pra trás as mensagens voltam, mais fracas ficam. O certo é que foi então mais ou menos por aí, lá pro final de setembro de 2016, que a gente começou a receber essas pedrinhas quicantes do futuro. Estão chegando cada vez mais delas. Hoje a gente já está saturado, apinhado desses escombros. Entende, Rolando? A possibilidade de fazer esses envios era matéria de experimentações militares tinha um tempo, mas pelo que sabemos a motivação e os investimentos vieram para impedir que a Teqlo viesse a surgir e a destruir o resto do mundo com ela.

— Beleza, eu admito que não é exatamente igual a *Exterminador do futuro*. Até que tem o seu tchans.

Ela sorri diante desse comentário, e Rolando se percebe estranhamente feliz com essa reação.

— Já chegamos. Pode me deixar na próxima esquina. Depois eu continuo a te contar melhor. É até bom receber a história em partes. Fica mais fácil de entender e aceitar, de engolir a realidade brutal do que eu estou te dizendo. Comigo foi assim, pelo menos. Você vai ver como tudo muda pra melhor, depois que você aceita. Tudo vai mudar de figura, assim. Tudo ganha propósito. Você vai ver.

Ela tinha a expressão de uma pessoa religiosa ao dizer isso. Se não fosse uma ótima atriz, ela realmente acreditava naquela loucura de que estava falando. Rolando deixa a garota perto da estação de metrô da Paulista, ela diz que entrará em contato em breve e logo se mistura à multidão, sorrindo e mandando um áudio para alguém (quem?).

Rolando dirige até sua casa gargalhando o tempo todo, ainda suando de nervoso. Apesar do medo que teve no início, pensa que aquele deve ter sido, de longe, o momento mais legal da sua vida, ainda que também o mais bizarro. Certamente o mais bizarro. O que o deixa encucado é ela saber do e-mail que ele tinha recebido. Talvez ela própria tivesse mandado? Ou um amigo dela. Em seguida, pediriam grana para alguma coisa. Com certeza. Tinha que ser algum golpe, ele só não entendeu ainda o tipo. Mas Rolando imagina também que talvez fosse mais provável que a garota fosse só desequilibrada e que ele nunca mais ouvisse falar dela de novo. Todo dia, quem sabe, ela descobre o nome de algum engravatado e tenta invadir um carro diferente. Ele tenta pensar em como contar para a esposa, mas antecipa que ela simplesmente não acreditaria, acharia que ele está inventando algo. E, nesse caso, não daria para culpá-la. Eles nunca tiveram a mais expansiva das cumplicidades, também.

Rolando chega em casa às 17h20. O personal trainer já foi embora tem tempo, Simone está no lavabo do térreo de banho tomado, passando uma série de cremes, a TV do lado ligada num programa dublado do Discovery Home & Health. Parece explicitamente desapontada ao vê-lo chegar.

— Terminou cedo hoje. Não tinha muito trabalho?

— Até que tinha, viu, eu que sou muito eficiente. Seu marido é foda demais, sabia?

Era para ser uma piada, mas, como ela não ri, fica parecendo que ele é um babaca que realmente falaria uma coisa dessas a sério.

— Sei. Tem frango na geladeira. *Stir fry*.
— Ah, massa. Valeu.
Ele dá um beijo na testa dela e sobe para tomar banho.

Conheceram-se numa festa de noivado de conhecidos em comum da faculdade pouco tempo depois de ele se formar.

O que atraiu Rolando de cara era que Simone também tinha vindo do interior (de Piracicaba) para a capital. Com as poucas meninas que ele se relacionou ou só tentou e falhou em se relacionar em São Paulo, ele estava sempre com medo de parecer jeca, tentando segurar um pouco o sotaque. Mas com Simone sentia que podia relaxar, falar de maneira espontânea. Com ela parecia acontecer algo parecido.

Foi sua segunda namorada séria na vida e de longe a mulher mais atraente — em termos objetivos — com quem se envolveu. Davam-se bem e brigavam pouco, tinham opiniões parecidas sobre as linhas gerais do mundo e a necessidade de se guardar contra situações arriscadas. As desavenças e distâncias que surgiam aparentavam decorrer das diferenças naturais entre homem e mulher. Casar parecia uma aposta razoável depois de dois anos de namoro e alguns comentários de parentes insatisfeitos em Piracicaba e em Araraquara. O fato de que nenhum dos dois gostava tanto assim um do outro parecia acessório ao fato de que eles eram, de resto, um casal totalmente viável.

Desce em Rolando o sentimento familiar e reconfortante de chegar em casa depois de um dia de trabalho. Um sentimento que já não descia tão bem desde que ele e a esposa começaram a azedar a relação além de sua neutralidade de base, mas que ainda era principalmente agradável no seu sentido mais imediato de relaxamento material e descompressão da tensão da rotina de trabalho. E desce naquele dia mais forte do que o normal depois de ele ter seu outro espaço privado particular predileto, o seu carro, devassado daquela maneira bisonha. Por mais que no final a experiência tivesse sido curiosa (excitante, até?, sim, apesar de a menina feder um pouco) e ele estivesse ainda repassando tudo na cabeça desde que ela saiu do carro, o fato é que também tinha sido bem tenso. Agora era ótimo se sentir seguro e poder processar a doidice toda que tinha ouvido com calma.

Toma um banho de quase dez minutos, fica cantarolando enquanto deixa o jato quente massagear a nuca e os ombros. Quando sai, sente-se a criatura mais asseada, protegida e confortável da terra. Ao voltar para o quarto, estranha a janela totalmente aberta. Os dois às vezes deixam a janela entreaberta, para não ficar com ar guardado demais, mas nunca escancarada assim. E é quando ele se aproxima para fechá-la que nota que tem alguém no canto. Ele quase grita, mas a pessoa se aproxima rapidamente e cobre sua boca. É outra garota. Oi? Está segurando um celular com a outra mão, o aplicativo de bloco de notas aberto, e na tela está escrito em letras enormes:

NÃO QUERO TE MACHUCAR. DESCULPA ENTRAR NA SUA CASA. MAS É UMA EMERGÊNCIA SEM PRECEDENTES!!

Ele concorda com a cabeça, demonstrando até alguma tranquilidade. Já acostumado, ao que parece. Ela afasta a mão e um encara o outro. Ela é muito branca, com cabelo bem liso escorrido e preto, roupa toda preta, bem cheia nos braços e pernas, um pouco maior do que Rolando em quase todas as direções. Tão intensa quanto a primeira garota, mas com outra vibe inteiramente. Lembra os poucos góticos da juventude de Rolando, que ele sempre achou tão descolados e atraentes quando chegou em São Paulo vindo de Araraquara, ainda que também assustadores, correndo sempre em círculos bem distantes dos dele. Ele dá um joinha e ela o solta. Ela faz um gesto de silêncio com o dedo.

— A gente tem que falar baixo pra sua esposa não escutar. Tenho uma coisa muito, muito estranha pra te contar. Você tem que prestar muita atenção.

— Posso adivinhar? Já sei. É uma tal de Teqlo que vem aí, né? E que eu tenho que impedir?

Os olhos dela, que já estavam intensamente arregalados, se abrem ainda mais.

— Eles já chegaram em você.

— Ô se não chegaram. Você está atrasada, já estou antenado de tudo. Vou considerar aí o *pitch* de vocês, tá? Com todo carinho. Agora por favor sai da minha casa, tá? E-mail está aí pra isso. Que coisa bizarra, meu Deus do céu. — Rolando fecha a porta do quarto. — Já deu dessa doidice. Sai pela janela mesmo, de preferência, por favor, que eu não quero ter que explicar nada pra...

— Mas o que te contaram sobre a Teqlo? Só me diz isso.

Ele comunica sua impaciência bufando. Mas, ainda assim, responde:

— Que era uma empresa que ia dominar o mundo e depois destruí-lo. No *futuro*. E que eu tinha que impedir. Mas, por favor, a janela é serventia da casa.

— Conheço demais o tipo. Devia ser hippie. Era meio hippie? Era uma garota? E sobre Bela Kovács, o que ela falou?

— Quem? Ela só disse que alguns diziam que ele teria começado tudo, mas que ela não acreditava nisso. Uma coisa assim. Olha, a janela está ali ainda, viu? Por favor.

A garota sorri diante disso, e parece triunfante. Ignora o que ele diz sobre a janela.

— Então ela não tem a *menor* ideia do que está acontecendo. Coitada, com certeza caiu no papo dos tilelês. Bela Kovács é uma das maiores figuras de todos os tempos. Um Einstein misturado com Lenin misturado com Moisés misturado com, sei lá, Henry Ford.

Ela não parecia nada pronta para sair. Rolando faz uma cara de irritado, mas ela não parece registrar. Tenta soar o mais irônico possível:

— Ah, é? Estou doido pra saber.

Ela toma isso como deixa para continuar falando e começa a sussurrar, então, uma história que parece ensaiada, de tanto que sai fluida, concatenada e sem interrupção, como se tivesse decorado um roteiro ou a coisa toda fosse segunda natureza pra ela, o tema de um seriado de TV a que ela assistia na infância. Claro que ele quer interrompê-la, devia falar para ela sair da casa dele de novo, mas não fala e só fica observando a si mesmo não falar. Ela fala fraquinho, no limite do audível, e Rolando acaba fechando os olhos para ouvir melhor. Por um momento estranhíssimo, ele sente que ele *é* aquela história.

E a trama era assim: Bela Kovács introduziu, em setembro de 2015, num fórum de discussão racionalista (*"lessdumb"*), um experimento de pensamento que disparou uma série de acontecimentos improváveis. O post propunha que diversas tendências econômicas e técnicas deveriam convergir e acelerar nas próximas décadas de maneira inevitável, de modo que o capitalismo necessariamente terminaria com um monopólio total de uma só empresa, a corporação para acabar com as corporações, uma metaplataforma financeira e digital que com o tempo se tornaria um megaorganismo de conglomerados corporativos que no fim viraria uma espécie de governo global autocrático todo-poderoso dotado de uma capacidade técnica insuperável. Kovács chegava nessa conclusão num raciocínio inatacável, apoiado por uma série de gráficos e projeções cuidadosas e hipereruditas. E ele ia mais longe do que isso, chegando a concluir que contingências como a crise climática ou mesmo uma Terceira Guerra Mundial não perturbariam essa trajetória, antes só deviam confirmá-la. Isso fatalmente se combinaria com o desenvolvimento, em algum momento antes ou depois disso, de uma inteligência artificial geral genuína, polivalente e capaz de expandir suas capacidades de maneira recursiva e, a princípio, sem limites formais prévios. Ou seja: é aí que não teria mais para onde correr *mesmo*.

Rolando engoliu seco. Ele sempre tinha pensado numas coisas assim ao longo da vida, sem ter esses termos todos aí chiques para descrevê-lo.

— Agora, a coisa toda é: se essa metaplataforma ou megaorganismo com inteligência artificial, conjurado pelo próprio capital pra gerir todo o globo, é a sua culminação derradeira, sua perfeição quase matematicamente necessária, qualquer pessoa em sã consciência deveria trabalhar pra apressar sua vinda. Isso devia ser óbvio, até. Primeiro, porque era a maneira mais segura de garantir desde já uma boa posição dentro da hierarquia interna desse megaorganismo. Segundo, porque a gestão do mundo se tornaria cem vez melhor depois que isso acontecesse, por mais que até chegar lá provavelmente a gente vá passar por muita destruição ambiental e econômica. Kovács é um maxirracionalista, como ele chama. E reconhece a gravidade da situação ambiental. Não é nenhum negacionista, sabe ler uma porra dum gráfico. Mas ele acha, justamente, que a crise climática só tem chance de ser gerida de maneira sensata por uma única corporação-global que possa centralizar o planejamento logístico, eu nunca ouvi uma resposta mais plausível. Você já? Quem é que conseguiria? Ou você acha que a ONU vai fazer isso? Os Estados Unidos, a China? Risos. Até parece. Quer dizer, a China talvez, mas de um jeito que eu não gostaria de ver.

Rolando pensa em responder concordando, mas ela não dá nem tempo.

— Alguém chamou de uma versão perversa, ou *ainda mais* perversa, da aposta de Pascal. Não sei se você a conhece, sr. Rolando. Talvez seja mesmo, mas e daí? É uma versão bem mais plausível, certamente.

Ele faz que sim com a cabeça, sua expressão cada vez mais grave e concentrada. Não tem ideia de quem seja esse Pascal, mas por algum motivo não quer desapontar aquela garota gostosa, *dark* e intensa, leitosa de branca, com cabelos pretíssimos como quase toda mulher que o atraía com força abissal desde a adolescência (já sua esposa tinha cabelo castanho quando a conheceu, mas há anos desde que casaram mantém o mesmo loiro cheio de luzes — quase prateado — que ele acha feíssimo).

— Pois é, então. Você tem cara de ser inteligente. Então vai entender a fatalidade lógica do que eu estou dizendo. Ou seja:

já que a implementação dessa metacorporação convergente derradeira é uma mera questão de tempo e as consequências disso no fim trarão o máximo de bem, qualquer pessoa racional deve agir pra agilizar isso logo, entende? Entrar agora no que vai se tornar a Teqlo é o único jeito seguro de garantir o futuro da sua família e da humanidade ao mesmo tempo. É o exato contrário do que essa outra garota aí te falou.

— Sei. Vocês se conhecem? Você seguiu ela até aqui?

— Não sei com quem que você estava falando, mas conheço o tipo, com certeza. Sei desse pessoal que compra esse papo de que a Teqlo vai destruir a Terra etc. A Terra já está destruída tem tipo uns cinquenta anos, galera. Acorda. É um bando moleque sentimental, de menininha ingênua que reza pra deusa fake. Que acha que está em contato com a natureza porque fuma maconha e escuta Novos Baianos.

— Sim.

Rolando não estava planejando concordar com ela. Só queria que ela saísse do seu quarto, acima de tudo. Mas aquela versão da história lhe parece, de algum jeito, muito mais assustadora do que a primeira. E por isso mesmo mais crível, para sua imaginação cínica e fatalista de quem lida há tantos anos com direito e contabilidade, riscos e probabilidades, e mais nada, e que há muito tempo já não consegue realmente achar que qualquer outro parâmetro real além daqueles possa existir, sem dúvida nenhum sério.

A primeira história parecia uma besteira de ficção científica qualquer, claramente um delírio ou uma mentira de alguém — ele só não conseguia decidir se a própria garota sabia disso ou não... Podia ser o fato de ser uma *segunda pessoa* indo atrás da história que tornava a coisa mais grave, podia ser o fato de a segunda garota ter aparecido dentro da porra do quarto dele. Isso tudo devia reforçar a gravidade daquela trama, que de resto era tão rocambolesca e abstrata e não iria interessá-lo tanto em outra situação.

Ainda assim, tinha algo na história em si, no mero encadeamento do que ele tinha acabado de ouvir, que lhe pareceu irreversível. Como se, agora que ele tivesse ouvido aquilo, alguma coisa se encontrasse engatilhada nele. Se a garota pedisse que ele a acompanhasse a sei lá onde, ele talvez fosse. É verdade também que ela fazia *totalmente* o tipo dele, ainda que um tipo que jamais havia dado bola para ele antes ao longo da vida (por pertencer a um conjunto de mulheres descoladas e agressivas que lhe pareciam superatraentes mas socialmente indisponíveis ou incompossíveis com a sua própria figura e performance social, um conjunto vasto de pessoas que sempre permaneceu, na sua maior parte, bem no fundo do seu desejo, com seções inteiras de seu continente permanecendo desconhecidas à sua atenção desperta).

— Eu vou embora, sei que a sua esposa está lá embaixo, e você não deve querer envolver a coitada, imagino. Mas amanhã aparece ali no vão do Masp meio-dia se quiser saber mais sobre a Teqlo. Quero te mostrar um negócio e te explicar como que ela vai realizar todos os seus sonhos. Isso *se* você embarcar junto com a gente, claro.

Ela dá um beijo na bochecha dele e se dirige até a janela.

— Prazer te conhecer.

Ele fica parado, com a mão direita na bochecha, visivelmente corado e contrito como um personagem de anime, e percebendo isso. A garota sai pela janela com cuidado, mas de maneira meio desajeitada, quase escorregando no telhado antes de pular dele até uma árvore.

— Você devia podar esses galhos aqui. Não é muito seguro.

Ele concorda com a cabeça e fecha a janela. Naquela noite, transa com a esposa pela primeira vez em mais de oito meses. Assim que goza, se vira e deita de barriga para cima, contemplando o próprio peito peludo e suado, pensa mais uma vez em contar a ela tudo o que aconteceu, mas adormece antes de formular a primeira sílaba. Dorme como não dormia há muito tempo e sonha coisas épicas e brilhosas de que não se lembra ao acordar.

2

No dia seguinte, Rolando está tomando café da manhã na cozinha em pé (como faz sempre que acorda tarde) e descendo com o dedo na tela do celular o feed de atualizações de uma plataforma quando vê a notícia de um navio gigantesco que encalhou num canal na América Central. Não era claro se o acúmulo incomum de detritos no canal havia sido causado por acidente ou sabotagem, as autoridades locais estavam investigando. Aquilo faz sua espinha esfriar um pouco. Chega no trabalho quase uma hora atrasado, a primeira vez em anos, e se encontra totalmente incapaz de trabalhar a manhã inteira.

Depois de um tempo evitando fazê-lo, com medo de encontrar algo, acaba procurando por Teqlo no Google e encontra apenas uma companhia norueguesa antiga de brinquedos didáticos — que parece ter falido há um bom tempo —, umas discussões em inglês no Reddit e uns posts feitos por contas anônimas esquisitas no Twitter, a grande maioria sem fotos ou com fotos genéricas de estrelas e nebulosas, nomes bizarros em inglês (Obviation of Purpose, Needle of Necessity). Chega a encontrar algumas frases crípticas aqui e ali que lembram a história que escutou, mas percebe que a maioria das ocorrências parece levar a grupos e contas que hoje estão fechados apenas para membros e amigos. Isso só faz sua curiosidade aumentar.

Logo antes de dormir, Rolando havia dito para si mesmo que não iria no encontro no Masp e que ignoraria qualquer mensagem da outra garota, se a recebesse. Tudo tem limite, afinal. Mas quando a hora vai chegando, no dia seguinte, ele se vê simplesmente pegando as chaves e indo para o carro. Não fala nada para sua secretária exceto que está saindo para resolver algo, apesar da surpresa evidente estampada na cara dela.

Quando pensa na dificuldade de estacionar por ali, muda de ideia e decide ir a pé, o que ele nunca faz. Percebe que está animado, embora ache isso meio idiota da sua parte. Depois de andar dois quarteirões, começa a sentir o suor empapando a camisa e se imagina chegando lá com duas pizzas gigantescas. Acaba pegando um táxi para andar quase nada e chega ao Masp uns dez minutos antes da hora combinada. Fica ali embaixo rondando, olhando no celular, com medo de encontrar algum conhecido. Ela chega andando quando dá cinco minutos depois da hora marcada.

— Pontual pra caramba.
— Pois é.
— Show de bola.
— Claro que eu não acredito no que você falou, mas eu admito que você me deixou curioso. Me fala mais sobre esse

Kovács aí. Tenta me convencer. — Ela sorri com uma animação visível. — E me dá sua melhor versão que eu não sou fácil, não. Minha tendência ainda é de achar que vocês duas são malucas ou estão curtindo com a minha cara.

Ela continua com uma cara animada, parece ter aprovado os termos que ele propôs.

— Tá, vamos sentar ali então.

Aponta para uma mureta embaixo do museu que dá para um vale de prédios e onde há alguns jovens skatistas deitados e sentados.

— Não prefere um café?

— Café pode ter alguém gravando com mais facilidade. Ou só escutando. Sei que te parece ridículo, mas eu já tive uns *stalkers* dementes de Twitter. Mais de uma vez na vida. Sei lá. E se a garota te encontrou ontem, pode estar te seguindo hoje.

— Ok. Verdade.

Os dois se sentam ali mesmo. Rolando se sente muito estranho estando com uma garota tão nova. Espera que não tenha conhecidos seus passando na Paulista naquela hora.

— Então, o Kovács se inspirou muito num inglês, um filósofo aí que era muito foda, mas depois pirou um pouco. Tinha um grupo de pesquisa legal lá no final da década de 1990. Esse inglês hoje é maluco, eu ainda gosto, mas de um jeito meio escroto, te mostro depois se você quiser. Dizem que esse inglês e o Kóvacs chegaram a colaborar, mas depois brigaram. Vou te passar uns textos dele que vão fazer sua cabeça explodir. Porque ele já tinha essa ideia de que o capitalismo era uma inteligência artificial que foi enviada do futuro. E o grupo de pesquisa dele, lá na Inglaterra, também tinha essa ideia chamada hiperstição. Uma espécie de profecia que realiza a si mesma, sendo que todo mundo sabe que aquilo é inventado. Todo mundo vai lá e faz a parada acontecer, saca? Meio que uma religião ou mitologia só que meio que ao contrário? Começado ao inverso. Tipo, sabendo que é tudo mentira. Enfim. Eles só usaram essa ideia pra escrever umas coisas metidas a besta, umas ficção científica palavrosa pra caralho. Não entenderam o potencial real da coisa. O tanto que isso aí pode ser uma ferramenta *real* de invocação de um futuro. Quem *realmente* entendeu isso foi Kovács.

— Sei.

Rolando percebe-se de pau duro enquanto a menina fala disso de invocar um futuro, com esse entusiasmo todo. Inclina-se pra frente pra melhor defletir a ereção na calça.

— Ele apanhou a coisa crucial do negócio, que é a maneira de apresentar. E soube plantar a semente da ideia dele no lugar certo, do jeito certo. Por isso é que o texto dele virou a primeira singularidade temporal da história. Por isso é que virou o ponto central de convergência do capital pro futuro. Não tem nada de sobrenatural, entende? *Não é magia, é tecnologia.*

Ela fala isso fazendo um gesto como daquelas antigas ajudantes de apresentadora de programa de auditório, vendendo algo.

— Desenterrou, hein. Você nem parece ter idade pra saber essa referência.

— Conheço pelo meme, né. Enfim, é tecnologia retórica e conceitual, mas tecnologia. Ele ensinou a montar o quadro do futuro bit por bit, pixel por pixel. E jogou a primeira pedra. E a gente é só... sei lá, o enxame, o dilúvio que segue o trovão.

Ela sorri depois disso, como se tivesse apreciado sua própria formulação.

— Sei. E como você começou a se interessar por essas coisas? Quando eu falei da outra menina, você falou que conhecia o tipo, isso quer dizer que a galera contra e a favor da Teqlo se conhecem?

Ela ri.

— Calma, vamos por partes. Alguns de nós, sim. Virtualmente, né. De ver a arroba por ali e tal. A maioria eu não sei o nome de verdade, quase ninguém tem foto, geral com avatar abstrato ou de anime. Mas não é naaada difícil que eu já tenha visto o perfil de quem falou com você. As comunidades não são tão grandes ainda no Brasil, sabe. E a gente só começou a se esconder de verdade agora. Até pouco tempo, todo mundo tinha rede social aberta, e tal. Falava disso normal, como se rede social fosse no meio da rua.

— Antes do quê?

— Antes de a coisa começar a ficar séria. Quando a gente só discutia no Twitter e no Reddit umas teorias malucas de que tinha gente mandando sementes a partir do futuro. Quando eu não sabia ainda com *toda fibra do meu corpo* que a Teqlo vai vir. Que eu vou ver isso acontecer na minha vida com toda certeza.

Ela olhou bem nos olhos de Rolando com suas orbes arregaladas. Ele costumava se constranger com gente tão intensa a ponto de parecer desequilibrada. Mas com ela não. Com ela ele só sentia um tesão enorme.

— Então de fato começou assim? Um bando de gente conversando e se juntando em rede social? Desde o início falavam de Teqlo ou era só uma galera meio paranoica com o futuro?

Pronto, Rolando já sabia. Quando a primeira menina abriu a boca, ele já tinha certeza de que era coisa de maluco de internet, dessas teorias da conspiração que borbulhavam em toda plataforma. Ele queria muito achar que era outra coisa, que poderia ser outra coisa. Mas claro que não era. A garota devia estar tantã da cabeça igual a sua tia que falava de nova ordem mundial e do governo implantando chips da besta nas pessoas com a vacina. Só era uma versão mais nova daquilo, uma versão dessa geração que já nasceu digital, juntando gente que se acha mais esperta que a média. Talvez muita gente que tenha graduação ou até pós-graduação.

— Começou. Quer dizer, é difícil dizer exatamente quando a coisa começa de fato. Em certo sentido, ela já estava feita quando um bando de italiano começou a vender futuros de tempero há quatrocentos anos.

— Oi?

— O capitalismo nunca teria como terminar de outra forma, entende? O programa dele sempre foi esse. Dominação vertical total da natureza para consumo junto com a construção de um circuito global automático de autodestruição. O *capitalismo sempre foi a autodestruição dele próprio.*

Os olhos de doida. A ereção continuava doendo na sua luta contra a calça.

— Sei não. Isso está parecendo teoria da conspiração, hein.

— Não é isso, estou te dizendo. Não estou falando que o grupo X ou Y domina a parada, que os Illuminati ou os judeus fazem isso ou aquilo. Não é isso *mesmo*. Eu entendo você achar que é só mais uma besteira de internet, superentendo. Você está sendo sensato em suspeitar, inclusive. Mas eu diria que é... tipo... a engenharia reversa de uma conspiração de verdade. A gente está revirando as entranhas do futuro com as peças antigas da profecia pra trazer ele logo.

Ela pareceu elaborar aquilo na hora e, mais uma vez, parecia gostar muito do que formulou. Em momentos, parecia falar meio dublado, como se não fosse falante nativa de português ou tivesse morado muito tempo fora.

— O futuro que a gente precisa que venha de uma vez, e não esse futurinho meia-bomba que estão cozinhando pra gente. Esse apocalipse em banho-maria. A gente vai trazer um apocalipse de verdade e vai arrumar uma cobertura pra assistir de camarote. O maior show da Terra.

Ela fala isso e fica olhando por alguns segundos pro horizonte cinza-chumbo de São Paulo com uma cara perdida e intensa. Ele olha para a mesma paisagem e tenta sentir algo igualmente forte, mas só consegue de longe, só de leve. Ainda assim, se sente fascinado por ela e pelo que ela parecia ver ali, os diagramas exaltados que ela fazia supor que deviam se esconder por detrás do céu. E que sempre estiveram aí, afinal, esperando que ela te mostrasse. Ele devia estar ficando maluco junto com ela, porque aquele papo todo começava a fazer algum fiapo de sentido. Expele um tanto de ar pelo nariz, como se estivesse prestes a desembuchar:

— Eu ainda não tenho certeza nem nada, mas acho que quero ajudar. O que você falou, sei lá, bateu uma coisa muito forte que acho que sempre tive. Uma vontade de, tipo, parar de resistir. Saca? A esse impulso todo, essa mudança toda digital, né, que é o futuro. Internet das coisas e pã. Sei lá, sabe. Eu às vezes só acho que a gente tem que parar de resistir e deixar a coisa fazer o negócio dela. Passar pela gente igual uma onda, um trator.

— *Exato*.

Os dois se abraçam, ali na Paulista, com o barulho de buzinas e motores sobrepostos ao de skates soando seu rolamento em cimento e asfalto. Passa uma moto zunindo perto de uma pessoa distraída, que em seguida xinga muito forte para o além. Os dois observam a situação, mas não dizem nada.

— Eu vou entrar em contato em breve, viu? Mas, de agora em diante, a gente está junto nessa.

— Estamos juntíssimos.

Ele faz que sim e aperta a mão dela, os dois assentindo de maneira grave. E rindo depois. Ela dá um beijo na bochecha dele. Rolando pensa que nunca esteve com tanto tesão em toda a sua vida.

3

Rolando volta para o trabalho excitado. Recebe a procuração da Global Flow Logistics e já começa a organizar os documentos que precisaria formalizar para a empresa no Brasil, acionando o despachante com quem trabalhava sempre (Nelson Lucas, um homem estranhíssimo de orelhas cabeludas, mas efetivamente despachado em tudo que é tipo de cartório na cidade). Faz isso mesmo sem ter recebido resposta no e-mail sobre o encontro por Skype. Nesse caso, vai permitir a exceção. Nunca começou uma responsabilidade profissional com tanta urgência. Perto do final do expediente, às cinco e meia, Rolando recebe um e-mail de uma tal Janaína Ito Souza.

> Oi, Rolando, sou eu. Desculpa a demora em entrar em contato, estava antes tentando me certificar de algumas coisas. Você deve ter visto a notícia do carregamento de manhã,

não viu? Pois pronto. E aí? Agora você acredita? Agora você está pronto pra nos ajudar? Posso te contar a segunda coisa agora. Podemos nos encontrar onde for mais conveniente para você. Dessa vez, sem surpresas desagradáveis, claro. (:

Ele responde dizendo que não, que era um profissional e não deixaria de cumprir com suas obrigações por causa de uma pessoa desequilibrada que sai por aí armada entrando no carro dos outros. Que agora ele também estava andando armado e se a visse de novo no seu carro, teria sorte se tudo que ele fizesse fosse chamar a polícia.

Esse final foi um improviso que ele próprio achou atípico e pouco natural, fora do seu tom, mas que lhe pareceu adequado. Nunca teve arma na vida e jamais falou assim com ninguém, mas sentiu-se justificado pelas circunstâncias. Assim poderia assustá-la, com sorte, e já resolver a questão de uma vez. Não recebe nenhum e-mail de resposta e acha ótimo.

Rolando não chega a dizer para si mesmo que acredita na segunda versão da Teqlo. Admitir isso soaria absurdo demais. Mas ele se vê imaginando, de repente, sem querer, uma grande empresa como a Amazon surgindo no Leste Europeu e ele se tornando o seu diretor jurídico no Brasil — logo promovido, com a presteza e precisão do seu trabalho, a diretor de toda a América Latina. Consegue já se ver, anos mais tarde, inaugurando um novo centro moderníssimo de remessa e distribuição em Ribeirão Preto. Do seu lado, acenando de um palco, a garota morena e cheinha sorri, de mãos dadas com ele. No futuro, já velhinhos, os dois farão parte das colônias de mineração da Teqlo em Marte. Rolando percebe que é uma imagem tola e improvável, mas mesmo assim deixa que ela se demore e se estenda por um tempo.

Quando encerra o expediente, vai até o estacionamento, antecipa que vai encontrar alguma coisa. Mas não encontra. No carro, bota para escutar um disco que não escutava tinha tempo, mas que havia sido um favorito da adolescência, dos poucos discos de rock nacional de que ele realmente gostou no nível dos seus outros favoritos. Algo que sua própria mãe lhe mostrou na infância e que ele escutava ainda em Araraquara, antes de ir para a capital.

"Astronauta libertado/ Minha vida me ultrapassa/ Em qualquer rota que eu faça/ Dei um grito no escuro/ Sou parceiro do futuro/ Na reluzente galáxia."

Rolando canta junto a plenos pulmões, feliz de perceber que lembrou certo, que a letra tem mesmo algo a ver com a situação dele. De agora em diante, ele seria parceiro do futuro nessa reluzente galáxia. Ah, moleque.

Só dois dias depois, terminando o expediente e caminhando já distraído pro seu carro, assobiando o que já havia virado sua música favorita, é que ele descobre a primeira garota apoiada no veículo, de braços cruzados. Com a mesma roupa de antes, o casaco fluorescente e a mesma cara feroz.

— Opa. Dessa vez decidiu ser mais civilizada, né?

— Não quero tomar tiro, né, tio.

Ele sorri meio sem graça. Odeia ser chamado de "tio".

— Eles chegaram até você, não chegaram? Os sacerdotes da Teqlo no Brasil. Eu não achei que eles te descobririam tão rápido. Devem ter te prometido alguma coisa, aposto. E você comprou o que eles te venderam. Triste. Só acho triste.

— Não. Você está viajando, viu. Eu só não acredito na sua historinha. Até acredito que você acredita, talvez. Ou você é uma ótima atriz. Mas pra mim não dá. Mesmo se fosse verdade, não sou herói, não vou fazer parte de célula nenhuma com gente doida da internet.

— Sei. Já entendi. Não tenho como te forçar a nada. Sei que não vai adiantar, mas vou te falar agora qual é a outra coisa que a gente sabe. Você vai morrer num atentado que fazem contra a Teqlo. Não vamos te falar o ano nem o lugar, porque você não merece saber isso, se está decidido a fazer parte disso tudo mesmo sabendo o que eu te contei. Essa é a segunda coisa que a gente sabe que vai acontecer. E foi um dos motivos de a gente ter ido atrás de você desde o início. Pensa bem no que você está entrando, Rolando.

Ele faz um joinha irônico e entra no carro. Ela continua ali, encarando, enquanto ele manobra e sai do estacionamento. Assim que o carro passa da cancela, Rolando percebe que suas mãos estão tremendo. Para num posto de gasolina para comprar uma água e se acalmar. Antes de pegar o volante de novo, ele se encara no espelho e se benze pela primeira vez em mais de duas décadas.

4

Passam-se seis meses. Rolando acompanha com ansiedade a lenta ascensão da Global Flow Logistics. Segue trocando mensagens com a garota de cabelo preto, tentando marcar novos encontros pessoais e falhando quase sempre. Ela muitas vezes demora em responder, mas às vezes entra numa espiral de conversa com ele, geralmente de madrugada, adensando o *lore* da Teqlo em frases labirínticas, expandindo-o em camadas de contraestratégias cada vez mais rocambolescas.

Tamara (ele descobre que é esse o nome dela, ao menos é o nome que ela entrega) faz parte de uma cúpula antiga do grupo, formada em 2017, que tenta controlar as informações que são acessíveis nas camadas mais gerais, tentando mantê-la restrita a esse grupo de oito pessoas já estabelecido (afinal, se todo mundo ajudar a fazer a Teqlo surgir, não haverá tantos privilégios assim para os primeiros). Ela explica que é por isso que não pode convidá-lo para os encontros virtuais da cúpula. Mas já adianta que eles têm planos importantes para Rolando.

Jair Bolsonaro é eleito presidente do Brasil. Rolando vota nele no segundo turno para tirar o PT sem ser exatamente um entusiasta da sua candidatura. Mas, mesmo sem ter muita certeza de que aquilo daria certo, o caráter claramente improvável da eleição o deixa bastante animado, achando que a história da Teqlo pode muito bem ser verdade. O mundo, de fato, está mudando, parece acelerar mais do que já acelerava antes, coisas novas e estranhas parecem possíveis. Rolando continua oscilando bastante no nível de crença que tem da coisa toda. Mas, a partir daí, o que ele passa a acreditar na maior parte do tempo é que, mesmo se a Teqlo for uma espécie de fraude elaborada, pode ser uma fraude bem-sucedida, como Trump, como Bolsonaro. Ou como toda religião, se a gente for ser honesto (Rolando não sairia dizendo isso por aí, em termos de costume ele sempre foi católico, claro, Jesus e Maria e a coisa toda, mas sempre achou totalmente simplório, para não dizer imbecil, uma pessoa acreditar de verdade naquelas mentiradas infantis, claramente contadas daquele modo e não de outro para que alguns homens tivessem poder, e não outros, assim como tudo que se conta nessa vida, se você for parar para pensar.)

Talvez ele esteja entrando cedo na melhor aposta de negócios do mundo, tipo quem investiu na Apple ou no Facebook na hora certa. É assim que ele gosta de repetir para si mesmo, para confirmar consigo que não está sendo irracional, não está fazendo uma coisa de maluco. Pelo contrário, está usando seus recursos da forma mais sábia possível com as informações que tem à mão. Simples assim. Nada de fantástico, de sobrenatural.

*

Em maio de 2019, a Global Flow Logistics é comprada por uma startup russa que também havia comprado, meses antes, uma empresa com uma inteligência artificial dedicada a logística. A nova empresa que resulta da fusão dessas três recebe o nome de Teqlo (é uma de duas empresas registradas com esse nome em 2016, mas Tamara confirma que a sua era, sim, a certa, a própria coisa mesmo, "a braba, a bichona"). Rolando é convidado pouco depois para assumir um cargo fixo como diretor jurídico da empresa no país. Ganharia menos do que ganhava dedicando-se integralmente ao seu escritório, mas sabe que o que valia aqui era a aposta pro futuro. Simone estranha a decisão, vindo de alguém que havia lutado tanto para conseguir montar seu próprio escritório depois de trabalhar dez anos para chefes que odiava. Por que voltar a ser funcionário de alguém agora?

Simone era formada em odonto, mas jamais gostou de mexer na boca dos outros. Trabalhou alguns anos na clínica do tio reclamando profusamente da nojeira daquilo. Quando

Rolando foi melhorando de vida, ela foi aos poucos abandonando a profissão e se ajustando à vida caseira com alguma naturalidade. Rolando parecia gostar dessa decisão e elogiava suas qualidades como dona de casa. Em geral não invocava a autoridade natural de ser o provedor, compartilhava a conta com a esposa, mas gostava de ter essa sombra para poder invocar sempre que necessário. Gostava de lamber os beiços nela em silêncio sem chegar a jogar na cara da mulher.

Nesse momento, como quem apresenta uma mão bem-fornida num jogo de pôquer, num tom confiante e presunçoso que nunca usou com a esposa (ou mesmo com qualquer um), diz que ela pode confiar e ficar tranquila, que se a aposta dele estiver certa, daqui a uns anos ele terá dinheiro pra contratar todos os personal trainers que ela quiser, um para cada dia da semana. Ela não fala mais nada depois disso, termina a taça de vinho num gole só e vai dormir mais cedo.

*

Dias depois de ser chamado para a Teqlo, ele e Tamara se encontram pela primeira vez em meses num bar meio pé sujo na Barra Funda. Rolando não bebe num lugar assim "popular" (como ele descreveu pra si mesmo) desde a graduação. Quando brindam seus copos americanos cheios de cerveja de milho gelada em comemoração, ela dá um beijo na bochecha de Rolando que o deixa quase sem ar. Ele pergunta a ela se não quer levar a relação deles para outro lugar. Ela parece não entender por um instante e depois pergunta da esposa de Rolando. Ele diz que acha que ela o trai com o personal trainer. Ela sorri e diz que pode confirmar isso, na verdade, que presenciou a cena pela janela da casa no dia que esteve lá. Rolando fica constrangido, mas sente-se também, de repente, libertado. Tenta beijar Tamara na boca. Ela vira a cara, constrangida. Diz que pensa nele mais como uma figura paterna. Rolando fica pálido, sente-se um idiota. Entendeu tudo errado esse tempo todo. Na verdade, foi feito de trouxa esse tempo todo. Levanta-se do bar e vai embora sem dizer nada.

No Uber para casa, Rolando pensa que finalmente vai fazê-lo. Estava há meses pensando em acabar tudo com a esposa e fará isso esta noite. Com a confirmação do que ele sempre suspeitou, ele tem agora tudo na mão para isso. Se conseguisse provar, não teria que dar tanta grana para ela no fim, talvez, que sempre foi o que ele mais temia num divórcio — além do conflito, do rompimento em si, que certamente seria desagradável.

Mas, quando chega em casa, encontra a esposa passando cremes na cara e assistindo ao Discovery Home & Health, uma estrutura que para ele parece mais estável do que os ciclos de rotação e translação da Terra, do que a explosão contínua de hidrogênio em hélio de que era feita o Sol. Claro que ele não vai terminar coisa alguma. E ele ainda a acha agradável, em alguns momentos. Ela cozinha e arruma um pouco a casa nos intervalos entre as vindas da diarista e tudo o mais. Parece melhor do que ficar sozinho, sem dúvida.

Rolando diz para Tamara que só voltará a falar com ela se tiver qualquer prova ou indicação de que ela tem algum contato com a cúpula da Teqlo. Porque, até onde ele pode enxergar, é ele que tem alguma influência e presença real na empresa, não ela. Ela brinca de RPG na internet, até segunda ordem. Nunca mais responde, o que para ele é uma fonte diária de decepção e tristeza, mas parece confirmar sua impressão de que ela estava tentando passar a perna nele, no final das contas.

Em 2020, a Teqlo é comprada por um bilionário sul-coreano que chefia um fundo chamado Pharos, dedicado a criar o maior portfólio de tecnologia visionária do mundo e investindo de maneira agressiva no mercado desde 2016 para conseguir atingir isso. Janaína já havia dito a Rolando que essa aquisição aconteceria, sem dizer o nome do fundo, e que seria um passo crucial para a integração sinérgica global de terceira ordem que viria a caracterizar a Teqlo. Só que, segundo o calendário do seu grupo, isso ainda levaria anos para acontecer

Rolando não sabe dizer se isso é um mau sinal ou se, ao contrário, quer dizer que as estimativas estão se acelerando. A fatalidade do diagrama se tornando cada vez mais inevitável, confirmando-se a estrutura prefigurada de seu cristal antes da hora. Rolando sonha com Tamara usando um manto preto e fazendo uma espécie de ritual com sangue dela própria, traçando uma pirâmide vermelha dentro dum círculo branco e falando, rindo, que nem o futuro saberia mais dizer a velocidade com que ele próprio chegaria. Ele ri junto, no sonho, não sabendo direito se de excitação, se de pavor. Acorda de pau duro e puto da vida, do seu lado a mulher dormindo, com cremes profusos e protetor nos olhos, o sono de uma pessoa sexualmente satisfeita.

A profecia de Janaína retorna com força cada vez maior, agora, sempre que vê alguma notícia positiva do desempenho da Teqlo. Talvez porque com a possibilidade de a Tamara ser uma fraude crescendo, a possibilidade de a outra história ter algo de verdade passa a parecer de repente menos implausível (já que, no geral, a emergência bem-sucedida da Teqlo havia se provado uma profecia totalmente correta até agora...).

Inicia dois e-mails para Janaína, mas desiste dos dois. Começa a sonhar com frequência a sua fantasia inicial, de inaugurar um centro enorme da Teqlo no Brasil, mas agora a sua companhia no sonho alterna entre Tamara e Janaína, e sempre termina com uma explosão murcha e lenta, arrastada mas fatal.

5

Chega a pandemia e Rolando vê as ações da Teqlo subirem de maneira vertiginosa. De algum jeito, toda a mudança grave e apocalíptica de humor pela qual o mundo passa colabora para fazer Rolando sentir que a coisa toda está acontecendo de fato. Que embarcou cedo no trem mais promissor da Terra. Ele se esforça para se atualizar e acompanhar todas as novidades de direito comercial internacional em plataformas digitais, fazendo cursos e assinando revistas técnicas carésimas. Não quer deixar a peteca cair nem agora, nem lá na frente. A relação com a esposa, que já não era aquela coisa, piora bastante com sua dedicação cada vez mais religiosa à empresa. O convívio forçado no isolamento, que os dois chegaram a declarar que seria a chance de um recomeço, acaba sendo a gota d'água. Mas, diante da perspectiva de ficar totalmente sozinho no isolamento da pandemia, ouvindo falar de vários parentes do interior morrendo nas UTIs cheias, ele prefere ficar quieto. Os dois aguentam aquele inferno conjunto até outubro de 2021, quando, depois de uma briga que dura uma noite inteira, na qual dizem as piores coisas que conseguem imaginar um pro outro, o casamento finalmente termina e Rolando vai morar num Airbnb.

O sentimento principal é de alívio. Ele não entende como não fez aquilo antes. Depois de muito tempo, decide procurar pela Teqlo fora dos cadernos empresariais e das projeções da bolsa. Como seria de se esperar, o sucesso crescente da empresa havia tirado aquela história maluca da obscuridade de grupos fechados e agora ela circula livremente, ainda que como uma piada para a maioria. Rolando começa a ficar um pouco agoniado. Procurando no YouTube, encontra de cara um clipe de um apresentador comediante norte-americano que ele acha meio esquerdinha demais, mas ainda assim engraçado às vezes. Bota para assistir e fica embasbacado (a boca aberta, o queixo pendente por quase um minuto inteiro). O comediante basicamente conta, para gargalhadas de uma plateia norte-americana, as duas histórias que Rolando ouviu de Janaína e Tamara anos antes, em outras palavras.

Descreve na maior naturalidade do mundo — em poucos minutos e com recursos gráficos fotoshopados apresentando montagens bobas que se sucedem do lado da sua cabeça — que existiam duas *frentes* no Twitter batalhando em torno desta empresa. Uma delas queria impedir a ascensão dessa empresa, a outra, apressar a vinda do seu domínio. Os dois lados concordavam que a Teqlo era uma entidade poderosa cuja semente foi plantada pelo futuro, mas discordavam apenas se isso seria bom ou ruim. Ou seja, o comediante de terno azul falava com seu sorrisinho cretino característico, *os dois grupos são igualmente malucos, só estão em lados opostos do espectro político*. Aplausos vigorosos da plateia.

Rolando se sente um idiota, de repente. A coisa que estava secretamente correndo por debaixo da sua vida esse tempo todo era uma piada para essa gente? O seu grande segredo, aquele que tinha virado um segundo esqueleto depois desse tempo todo? Esse clipe tinha seis meses. Isso quer dizer que ele já poderia ter se ligado no mínimo durante esse tempo todo de que estava embarcado numa piada ridícula. Isso já era uma *piada* para *milhões de pessoas* esse tempo todo, pelo menos. Começa a suar e a praguejar. Percebe que talvez tenha jogado sua vida fora por uma fraude maluca. Quase joga um copo de vidro da janela, mas consegue se controlar. Decide que é melhor pesquisar mais antes de se desesperar desse tanto.

Logo percebe que não será tão fácil descobrir o que fazer com essa porra dessa história. A quantidade de matérias e de vídeos conflitantes, de *threads* monumentais e calorosas no Reddit, de gente se xingando nos comentários com referências cujo sentido Rolando não consegue nem começar a recuperar. Quase tudo parece ter surgido na superfície da internet no último ano e meio, e ainda assim ganha a complexidade convoluta de um épico indiano de mil páginas. Depois de ficar três dias numa espiral de hiperlinks e abas abandonadas sem saber mais no que acreditar, decide que é hora de voltar a falar com Tamara. Num sábado à noite, bêbado, aciona no chat da plataforma em que sempre conversaram.

— Olá. Você ainda acredita naquela história? Eu sinto que finalmente estou sacando a real, rs. Estou de bobeira se quiser conversar.

Ela aparece quase imediatamente, mas não responde à pergunta, só insiste em marcar uma conversa numa lanchonete vinte e quatro horas perto da casa dela. São uma e quarenta da manhã de um sábado. Rolando sabe que não deveria, mas acha o chamado excitante, pelas circunstâncias. Toma um banho caprichado e tenta usar o que ele entende ser sua melhor camisa.

6

— Eu nem entendi direito a sua pergunta, nem o seu tom. *Claro* que *acredito*. Como assim? Você acha que desisti só porque você parou de responder a gente?

— Você. Eu parei de responder você. Eu nunca falei com mais ninguém. E não sei, não por causa disso, mas porque a parada é uma piada.

— Eu já te falei que não é simples, poxa. Você na época me pedia algo que era impossível.

— Enfim, isso não importa. Eu te mandei e-mail porque depois de um tempo sem procurar eu fui ver o que se falava da Teqlo por aí, fora dos lugares mais técnicos. E aí que fui ver que a história está bombando, todo mundo sabe agora. Todo mundo acha ridículo.

Ela se abre num sorriso enorme.

— Pois é, menino. Mas dentro da empresa não se fala nisso, não? Como está?

— Não na minha área, com certeza. Talvez no marketing, imagino. Enfim, antes da pandemia a gente ainda conversava nos corredores, mas agora nem isso. Só troco e-mails e faço reuniões bem diretas. Não tem muito espaço pra ficar xeretando. Eu só fui descobrir ontem essa história toda e vi de cara que aparentemente todo mundo zoa da cara de vocês, né. Todo mundo acha a parada idiota.

Ela ri intensamente, mas sem quase fazer barulho.

— Ai, Rolando, você é tão engraçado. É claro que é assim que o *mainstream* vai reagir. Óbe-veo. É assim que funciona. Todo mundo riu de Jesus também. Ah, só mais um bruxo, mais um messias. Mais um judeu arrumando confusão. Deu no que deu. Igual com Freud, igual com Marx. Agora Kovács. Todo grande bruxo judeu é assim no início. E agora não precisa mais esperar tipo trezentos anos pro espectro tomar o império. Agora vai rapidinho, pá-pum. Deve ser coisa de dez, quinze anos, até menos do que a primeira previsão. Você não viu tudo que já aconteceu nos últimos, porra?

Pronto. Rolando já sente nas calças que está fodido. Já está dentro de novo, e agora sem mais nada que o amarre, que o impeça de cair fundo naquele buraco. Ela engordou um pouco, mas isso só a deixa mais atraente para Rolando, tanto no sentido plástico e táctil quanto — talvez principalmente — em aproximá-la um pouco do seu próprio status sociossexual, ao menos na sua própria cabeça. E ele talvez não estivesse delirando em achar que desta vez ela estava flertando com ele, assim, de maneira quase *ostensiva*. Olhando com olhos pidões que ela antes nunca havia apresentado assim, sem defletir em seguida, olhar para baixo ou desconversar. Ele começa a suar mais do que já estava suando. Será possível, mesmo?

— Eu vi. Pois é. O mundo está meio maluco, né. Mas isso pode ser bom pra Teqlo.

— O mundo sempre foi maluco, Rô. Ele só está mais acelerado agora. É só isso. A gente tem que saber entrar nisso aí antes que te engula. Antes que feche a lista pra festa do fim do mundo. É simples assim. Sim-ples as-sim. Infelizmente, talvez. Mas talvez felizmente também.

Os dois gargalham juntos. Era isso. Ela entende, ela entende muito mais que qualquer um que Rolando já conheceu. Não tem com ela essas pieguices, esses mimimis. Ele não aguenta mais. Não tem nada a perder. Dá um beijo nela. Ela não desvia o rosto de cara, corresponde por um segundo, e aí se afasta.

— Calma, rapaz. Nem me pagou um drink ainda, caramba. Que apressado.

— Desculpa. Eu não consegui aguentar. Você é muito linda, sabia?

Ela sorri um pouco constrangida, pega um tanto do próprio cabelo e cobre a cara. Mas logo o retira e abre os olhos, diz que a noite mal começou. Ele percebe que nunca esteve tão animado na vida toda e que precisa tentar segurar um pouco a onda para não chegar forte demais, exageradão demais. Ele vai ao banheiro, encara a si próprio e diz para o espelho que chegou a hora, aquela seria a melhor noite de sua vida.

Uma hora e meia depois, os dois estão se beijando freneticamente num Uber que se aproxima de seu Airbnb em Campos Elíseos. Ele mal pode acreditar que aquilo está acontecendo. E ela é divertida, além de sexy, os dois riram a noite toda. Aquilo pode ser o começo de alguma coisa mesmo. Ele passa a corrida toda de pau duro e ela passando a mão de leve por cima da sua calça. Mas agora que estão ali no sofá, que ela se deita diante dele abrindo as pernas, fazendo-se totalmente disponível, seu negócio não quer sair da toca. Não só não está duro, mas está quase metido para dentro de si, como se ele tivesse mergulhado em água gelada.

Ela recruta a mão para ajudar, mas de um jeito meio apressado, afobado, e ele acaba tirando a mão dela e botando a própria, mas logo vê que os dois esforços parecem mais atrapalhar do que ajudar. Ele cai pro lado com uma bufada de resignação. Ela parece ficar sem graça e pede para ir ao banheiro.

Rolando fica sozinho na cama encarando a sua tromba negativa, recolhida, recorrendo em ciclos muito familiares de ansiedade, mas desta vez acessando novos níveis no desprezo que tem por si mesmo, percebendo que agora que ele já se sentiu assim fracassado diante dela não tem mais jeito, que sempre que pensa antes que vai brochar ele vai e brocha mesmo, e aí não tem muito retorno ou escapatória. E quando acontece na primeira vez com alguém, então, também não tem volta depois. É mais uma dessas profecias que cumprem a si próprias, ele percebe. Pensa em falar isso para ela e ver se ela acha graça. Quem sabe se dormissem juntos, amanhã ele consegue, mais tranquilo. Tinha sido excitação demais, informação demais, reviravolta demais, estava tarde. Amanhã daria certo. O celular de Tamara vibra ali do lado, no chão. Deve ter caído da calça quando ela a tirou. Rolando o apanha para botar na mesinha e não consegue evitar ler a sequência de mensagens de WhatsApp que estão chegando, acumulando-se numa barra que aparece mesmo na tela bloqueada.

"E aí? Ja tá transando com o coitado? Kkkk"

"Vou querer relatos detalhados depois #not"

"Achei que eu ia sentir ciúme. Mas juro que tô mais com pena dele do que outra coisa."

Rolando se sente um absoluto idiota. Coloca com pressa a cueca e a calça. Quando Tamara sai do banheiro, suas coisas estão reunidas num bolo e empilhadas na poltrona do lado da cama. Rolando joga o celulaa, com alguma rapidez mas não violência, e ela o apanha por pouco.

— Tá doido? Que que houve?

— Seu namorado tá mandando mensagem. Acho que é melhor você ir embora.

— Quê? Do que você tá falando?

Ele só começa a chorar, primeiro baixinho e logo fazendo um barulho gutural. Ela não fala nada, sai sem fazer barulho e bate a porta com cuidado. Ele considera, por cinco minutos, o suicídio. Mas acaba botando para ver no celular uma esquete de comédia e pedindo delivery de sorvete.

7

Sem saber o que fazer, Rolando segue com seu trabalho. A casa fica com a esposa, o que ele acha injusto, mas prefere a um conflito jurídico insuportável e custoso. Aluga um apartamento de um quarto e diz para si mesmo que o aparente passo para trás significa, na verdade, uma depuração e uma concentração ascética em direção a um futuro poderoso e incrível, em breve. Resigna-se a uma rotina de muito isolamento, muito videogame e pornografia, e o eventual recurso a prostitutas — quase sempre desapontante, exceto pela conversa depois. Tem dia que acorda sentindo que ainda acredita plenamente que a Teqlo virá a conquistar tudo, com ele dentro. Tem dia que não. Que ele acorda sentindo que é tudo uma piada ridícula e que ele jogou fora uma vida até ruinzinha mas, no fundo, objetivamente invejável (sua ex-mulher era uma nota 7, 7,5 quando bem-arrumada, afinal de contas) por uma vida apenas escrotinha, e pronto. Ele ainda canta "2001", dos Mutantes, quando bêbado, mas sem o mesmo ânimo. Às vezes com raiva.

Tanto nos dias que acredita quanto nos dias que não acredita, Rolando pensa toda noite antes de dormir na posição que terá na Teqlo do futuro. Já é 2026 quando, ao rolar a sua linha do tempo pessoal numa plataforma corporativa, descobre um conhecido comentando uma história, segundo ele, "bem bizarrinha... Mas também show demais. Não sei nem dizer se eu acho legal, francamente. Mas que viu além, viu. Pqp... Foi longe, o bruto. Visionário o cara é".

O que chama a atenção de Rolando não é a frase, mas o logotipo da Teqlo. Além da foto do fundador ucraniano da empresa numa expressão suspeita, incômoda, coçando o próprio rosto. O vídeo parece ser um recorte de uma reportagem televisiva em inglês. Está com legendas em português e foi postado originalmente por um canal sobre marketing e publicidade.

O vídeo tem só dois minutos, parece ser a chamada de uma reportagem mais comprida. Segundo os apresentadores bonitos e bem-vestidos, documentos teriam sido revelados por um grupo de jornalistas independentes que sugeriam que a empresa de logística Teqlo teria criado uma espécie de seita com alguns de seus funcionários, com muitos acreditando que ela era, na realidade, uma empresa enviada do futuro para salvar o mundo da crise climática. Teqlo, para quem não sabe, a reportagem explica, é uma das grandes queridinhas dos investidores no mercado financeiro nos últimos anos, uma empresa que cresceu de maneira rápida a ponto de já concorrer no mundo todo com gigantes do setor depois de menos de uma década de expansão. Um setor custoso em que é difícil se penetrar sem muito investimento prévio, como se sabe.

Essa seria a explicação para o exército intensamente motivado de funcionários da empresa, que entrega uma produtividade tão acima do normal. Rolando encontra rapidamente uma entrevista do jornalista no YouTube e assiste em velocidade 1.75x, algo frio já subindo dos pés até a virilha.

— Ele criou uma seita, essa é a verdade, criou uma espécie particular de seita corporativa que me parece singularmente perversa na sua eficiência. Porque as pessoas não precisam nem admitir que participam dela. Muitas delas, pelo que descobri nas minhas entrevistas extensivas, não compartilham com seus colegas o que pensam. Quer dizer, a pessoa trabalhava na empresa acreditando que aquela empresa *literalmente dominaria o mundo em duas décadas*. E a pessoa achava que *só ele ali no seu setor sabia disso*, mais ninguém. E ele incentivava isso, ele criou várias formas de disseminar isso para jovens. O assistente dele foi tão fundo uma época que ele ficava mandando informações pessoais das pessoas com quem eles trabalhavam para os malucos de internet, os que achavam que a Teqlo realmente vinha do futuro. Literalmente do futuro. É perverso, totalmente perverso. Mas temos que admitir também que é brilhante. Não tem como negar.

Rolando tenta se levantar e sente as pernas fraquejarem, como se mal o obedecessem. Fecha os olhos e começa a pensar numa multidão de gringos endinheirados rindo dele, rindo da cara de idiota que ele tem agora. É deprimente demais considerar aquilo. Não sabe se conseguirá aguentar. Ele abandonou tudo por causa da Teqlo, vive totalmente em função daquele sonho imbecil já há anos, sem nunca ter certeza total de que virá. Nunca chegou minimamente perto de ter algo como certeza, não dá para dizer isso. Ele não é tonto, também, quase se orgulha de nunca ter acreditado cem por cento. Mas *ainda assim, ele continua lá*, e vai ficando. Entregando madrugadas e madrugadas para a empresa. Os termos da aposta, no fundo, nunca mudaram tanto assim. E não mudam tanto agora. Ele já considerava antes todo dia a possibilidade de ser trouxa. Mas quase nunca pensava na possibilidade de ter sido enganado de maneira tão deliberada, tão baixa (e, pensando bem, tão previsível).

Ainda assim, parece tarde demais para mudar de curso agora. Ele não sente mais o ânimo que sentia aos vinte e tantos, quando decidiu montar sua própria empresa. Parece melhor abaixar a cabeça e seguir, apesar de tudo. Ele não ganharia nada saindo agora, afinal.

8

Nada de muito intenso acontece na sua vida, depois, mesmo com os eventos extremos do clima se tornando mais constantes, as ondas de calor matando tanta gente pelo país e pelo mundo, as tempestades de areia e de granizo destruindo colheitas inteiras na Ucrânia e na Índia. Nada disso o surpreende, e rapidamente a brutalidade dos números, assim como sua frequência, começa a parar de chocar. Mais um elemento desagradável da realidade a se misturar ao ruído branco de fundo. Assim como o fato da circulação de pessoas de classe média alta — como ele — se dar cada vez mais em tubos e túneis e áreas privadas e exclusivas, sempre que possível.

Rolando faz muito pouco além do seu trabalho, quase não interage com pessoas fora dele. Joga alguns jogos de tiro online, vai a alguns poucos encontros de aplicativo, mas nunca dá muito certo. Nunca mais se relaciona com ninguém. Assiste a muita pornografia e uma ou duas vezes por ano arranja prostitutas de luxo cujos anúncios encontra online, com quem raramente endurece. Para todas, diz que é a primeira vez que acontece. Mesmo quando endurece, não dura mais que alguns minutinhos.

Os dias vão se afunilando e se encurtando. Rolando acha que leu em algum lugar que o tempo efetivamente vai passando mais rápido, com a nossa rotina já tão pré-percebida, com aquela mesma massa sequencial de coisas processada de maneira cada vez mais redundante. Ele não acha isso ruim. Quer, cada vez mais, que o fim chegue logo. Que se alongue até onde der, tudo bem, mas contanto que também termine o quanto antes.

9

Numa piscada de olho, é 2039, quando Rolando é enfim nomeado diretor jurídico nacional da empresa. No mesmo mês, a Teqlo anuncia os planos para construir um modelo de gestão mista com uma inteligência artificial acompanhando o CEO e a mesa diretora. Rolando acha a coincidência auspiciosa. Comemora contratando três prostitutas, já sabendo que vai brochar, que vai só ficar assistindo-as brincarem entre si de maneira protocolar, fingindo surpresa e decepção, mandando um joinha de vez em quando.

Teria ficado mais feliz com a promoção caso ela não significasse se mudar para um condomínio vizinho às obras do primeiro grande complexo de logística da Teqlo no Brasil, em São José do Rio Preto. Os escritórios, atualmente alugados no centro de São Paulo, já mudariam para a região para começar a aclimatar parte da equipe ao que será o funcionamento colossal do maior *hub* de transporte privado da América Latina nos próximos anos, se tudo der certo. Dependendo, é claro, da cooperação das esferas municipais, estaduais e federais, sempre tão volúveis em suas promessas de subsídio e facilitações burocráticas, alguns planos esfumaçando quando muda a legislatura. Ou ao menos pendente a novos aliciamentos e encorajamentos pecuniários diversos. Mas tudo indica que vai sair, sim, no máximo com os atrasos previstos no cronograma. Que em 2040, no máximo 2042, o centro estará correndo que será uma beleza. Rolando quer ver isso acontecendo mais do que quer ver qualquer outra coisa que esteja no seu horizonte atual de possibilidades reais e concretas. Perceber o peso que isso ganhou na sua vida não o deixa muito feliz. Mas ele pelo menos gosta de sentir que tem uma meta, que sabe exatamente o que quer. E isso ele não pode dizer que tinha antes, que jamais teve antes. Não mais do que enriquecer, ter uma mulher gostosa, essas coisas que todo mundo quer, que mal se precisa dizer.

Uma parte dele realmente gosta de ver as obras avançando por si próprias, além de qualquer sonho de domínio totalitário futuro envolvendo a Teqlo. Gosta de perceber a ossatura de um esquema abstrato sendo preenchida aos poucos por aço, cimento, concreto e vidro, pelo trabalho de pessoas e robôs, pela ação concertada de gestos e materiais. Como uma roupa sendo, aos poucos, vestida e preenchida por carne.

É desagradável passar todo dia pelo cordão pesado de segurança que eles têm de fazer, mas sabe que a região é de fato muito perigosa e no fundo fica grato de ter aquela proteção. Afinal de contas, no final daquele mesmo mês da sua promoção, acontece o primeiro atentado a uma instalação da Teqlo, na Índia. Uma carta-bomba explode no depósito, destruindo apenas alguns bens e robôs, nenhuma vida humana, ato reivindicado depois por um grupo cujo papo lembra Rolando dos papos de Janaína. Parecem achar a empresa uma coisa maléfica, tarari, tarará. Mas, como tem alguma coisa parecida acontecendo pelo mundo quase todo mês, de algum grupo ecorradical amalucado desses, ninguém dá muita bola. Só faz aumentar bastante as neuras de segurança, o que é um saco.

*

Desde novo, crescendo em Araraquara, a rotina de Rolando consistia em ignorar como podia a miséria que sempre esteve à sua volta. Foi se acostumando bastante com isso, com o tempo, a ponto de não mais registrar direito. Tinha pena, claro, não era uma pessoa horrível, mas, como sempre teve que trabalhar muito duro desde muito cedo, sentia também que não tinha nada a dever a ninguém. Só chegou aonde chegou porque ralou enquanto colegas dele iam para as chopadas, colegas que tinham dinheiro de família e não achavam que precisavam dar duro (e a maioria não precisava mesmo). Mesmo assim, não se acostumou direito com a quantidade de desabrigados e rejeitados que as ruas tinham ganhado nos últimos anos. Mesmo ele, que nunca foi exatamente de ficar se derretendo por moradores de rua, não fazendo mais do que dar um trocado muito de vez em quando para aqueles que conseguiam lhe dar mais pena (crianças, geralmente, com seus olhos enormes), mesmo ele fica um tanto sensibilizado ao ver as multidões e multidões que habitam como bicho nas partes descobertas das cidades, aguentando ou não aguentando no lombo as ondas de calor que se alternam com chuvas torrenciais e enchentes. Fica tão sensibilizado que evita ver ao máximo. Só vê essas hordas de longe, em relances do metrô e dos carros, revirando lixo, usando as novas drogas sintéticas do momento. Não tem nada daquilo na comunidade murada em que Rolando mora, junto com outros funcionários da empresa.

Ele ignora como pode as mudanças políticas no país e no mundo, entediado pelos autocratas autoritários de direita e suas idiotices, e ao mesmo tempo também sempre irritado com as alternativas supostamente sensatas de centro-esquerda que tentam empurrar pela sua garganta, com suas falsidades santimoniais que também nunca dão em nada. Mas a verdade difícil de ignorar é que tudo segue piorando, para a grande maioria, exceto para aqueles que estão realmente em cima de todo mundo.

O trânsito internacional se torna cada vez mais limitado, depois das duas ondas de massacres de migração na Itália e na Inglaterra, e em menor grau em todas as fronteiras externas da Europa. O Brasil a princípio recebe uma quantidade razoável de refugiados do clima — depois das ondas de calor de Bangladesh, principalmente —, mas a administração seguinte revoga essa decisão e começa a mandar famílias de volta à força. Os impostos sobre carbono finalmente são implementados, mas só parecem mudar de fato os hábitos de consumo da classe média, para quem mesmo viagens de ônibus vão se tornando um luxo. Só os muito ricos passam a conseguir viajar pra fora do continente. Rolando, que por anos estava acostumado a ir para a Europa ou para os Estados Unidos uma vez a cada dois ou três anos, vai percebendo que isso não mais está pro seu bico. A indústria e o comércio seguem globais, ainda que transformados, com muito mais enclaves e embargos por todo lado.

Tem algo de meio surreal em continuar lidando com tudo normalmente (indo pro trabalho todo dia, reformando banheiro) enquanto o mundo aos poucos vai se tornando um inferno. Constatar todo dia a realidade bastante concreta do trabalho da Teqlo ajuda a assegurar para ele a realidade derradeira da coisa toda, lembrar que se ele está investido de uma trama talvez delirante, na prática, para todo mundo que esteja observando de fora, ele é simplesmente o funcionário diligente de uma empresa em franca expansão. Talvez não expansão de um tipo que um dia venha a *dominar o mundo* nem nada parecido, tudo bem (e qual seria a cara disso, afinal? A gente já sabe?), é apenas a segunda maior empresa do seu segmento, mas, enfim, não é pouco.

Versões diferentes dessas justificativas correm quase ininterruptamente na cabeça de Rolando na última década ao longo do seu dia de trabalho e logo antes de dormir. Conversas dramáticas com Tamara também são uma fantasia frequente. Quase sempre ela aparece vestida em peças diversas de couro — às vezes macacão, às vezes calça apertada e sutiã — com as quais Rolando nunca a viu na vida real, de fato roupas que mal se lembra de ter visto alguém usar ao vivo (ele não *decide* pensar nela assim, ela já aparece desse jeito). Ele suspira e pensa que precisa arranjar prostitutas melhores, mas não sabe onde.

Rolando hoje já é um senhor, embora não goste de pensar nisso. Já tem mais de sessenta. Seu corpo a cada ano vai rangendo e doendo em novos cantos e junturas que não rangiam nem doíam antes. Na maior parte do tempo, ele não acredita de fato na realidade da sua idade, só fica impossível negá-la quando encara um espelho ou uma foto (ou mesmo quando precisa encarar as ruínas sobrepostas de sardas malhadas e pálidas que são o verso de suas mãos, cheio de manchas em manchas, tanto que vira e mexe pessoas do escritório falam que ele devia ir num dermatologista, e ele nunca vai, nem um desses *bots* baratinhos ele marca de ver).

E, durante todo esse tempo, a Teqlo vem crescendo na sombra da queda dos impérios anteriores. O bastante para que uma parte não tão pequena da sua libido ainda leve a sério aquelas possibilidades doidas que escutou tanto tempo atrás, ainda que mal permita admitir para si próprio que ainda quer crer naquilo. Em alguma versão possível, mais plausível, daquilo.

No início da quarta década do milênio, a Teqlo compra a Empresa Brasileira de Correios e Telégrafos, assim como já havia feito em diversos países latino-americanos e africanos. O mundo é basicamente recortado no meio entre os serviços de logística da gigante norte-americana (que conecta Europa e América do Norte ao resto do mundo) e a Teqlo (que reúne o Oriente e resto do mundo entre si).

10

Sol e Lua trocam de lugar, Rolando fecha e abre os olhos um par de vezes e já é 2042. Ele mal consegue acreditar. O mundo com que ele começou a sonhar vinte anos antes está se erguendo bem na frente dele. A Teqlo engole a sua competidora norte-americana, vira a maior empresa do mundo em valor e é praticamente o único serviço de logística que existe no Ocidente (substituindo os serviços do Estado em boa parte da América Latina). Eles estão quase lá, só precisam vencer a China e ainda alguns serviços que restam ao Estado (como Exército e essas coisas, que a Teqlo só substitui em alguns países, geralmente pequenos). Rolando só quer que chegue logo. Que chegue antes de ele virar pó. Ele sabe que não tem mais muito tempo. Com uns órgãos sintéticos e algumas intervenções, daria para arrancar mais umas décadas, talvez, mas com que qualidade real de vida? Ele já ouviu umas histórias horríveis dessas intervenções mirabolantes, ainda mais quando não são feitas nos melhores lugares (onde custam os olhos da cara). Sabe que deve ter no máximo mais uns quinze anos (sendo realista, dez). E claro que, no fundo, pode ter um infarto amanhã. Eles ainda levam muita gente, ainda mais descuidados como ele.

Todo dia Rolando pensa na mesma coisa ao acordar, antes de dormir. Que ele só quer que a Teqlo reine logo sobre todo o mundo para que ele ao menos possa ver. Claro que o ideal seria participar desse reino, ao menos de uma camada mediana--superior desse reino. É pedir demais? Não é. Mesmo se não conseguir ascender mais lá dentro, ele quer fazer parte daquilo. Até porque as coisas vão melhorar quando tudo estiver nas mãos da Teqlo, afinal. É óbvio isso. Ele realmente acredita nessa parte. Tudo seria bem melhor com eles. Até porque mal dá para piorar, do jeito que as coisas andam.

*

O evento de abertura em São José do Rio Preto não será tão grande quanto Rolando havia imaginado. Ele, que sempre é tão resguardado com tudo que não seja suas atribuições, ele, que só fala de trabalho, não parece nem ter uma vida pessoal. Ele, que só sai do roteiro para se oferecer para resolver os problemas de seus superiores, inclusive os pessoais, numa sofreguidão que quase sempre causa estranhamento, mas que em muitos também provoca um sentimento de gratidão e confiança. Justamente esse cara decide ficar empolgadaço com o evento de abertura do novo Centro de Remessa e Distribuição. Como se fosse uma criança, uma adolescente pensando nos seus quinze anos, sei lá. Todo mundo acha graça. Com a recusa da sua ideia de chamar a banda da base militar mais próxima, acabam contratando as *cheerleaders* de uma High School aí de São José do Rio Preto. Elas fariam uma pequena dança animada na abertura, coisa rápida, só para agradar os americanos e deixar todo mundo com uma energia pra cima.

No dia, então, Rolando chega cedo, antes até de amanhecer inteiramente. E já está lá montada desde o dia anterior uma daquelas tendas enormes para umas duzentas pessoas, com ar-condicionado, banheiro de verdade e tudo. Isso porque o centro de convenções projetado para o CRD estava longe de estar concluído no acabamento e na parte elétrica. Mas a matriz quis manter a data, sabe-se lá o motivo.

Além da pequena comitiva corporativa da matriz da Teqlo, foram convidados políticos e empresários locais. Em geral, pessoas que foram importantes para trazer o centro para aquela região (a disputa tanto internacional quanto nacional era famosa, com cada estado e município oferecendo mais subsídios e benefícios do que o outro). Juntando seus terceirizados e colaboradores eventuais, a Teqlo era, afinal, a maior empregadora do mundo (de um mundo pós-industrial, sem nem sombra de horizonte de pleno emprego e tudo mais, mas enfim).

A empresa responsável pela abertura (Eventthus, líder regional do segmento) monta um pequeno posto de observação diante do palco e das cadeiras dos convidados. Serve ao mesmo tempo de mesa de som e centro de comando e controle para as duas profissionais responsáveis pela organização geral (Tânia e Shakira, ambas ponta-firme, bem-humoradas e experientes). Rolando está com as duas ali dentro agora, sentindo-se o arquiteto de um espetáculo vasto e intricado, um balé técnico e orgânico que aquela região jamais vira antes. As pessoas estão começando a chegar, a ocupar as cadeiras e a pegar seus drinks coloridos na mesa de drinks, a beliscar alguns petiscos. O quarteto de DJs está começando suas batalhas. O show de drones pirotécnicos vem depois. Tudo parece perfeito.

Rolando sente que deveria estar feliz, que, neste momento agora, vendo o desenrolar desse evento tão bonito que ele ajudou a montar, está tomando parte das engrenagens da história. Do avanço técnico e civilizacional da humanidade na Terra. Chega a quase brotar uma lágrima nos seus olhos, percebe. Mas o fato de ter percebido que estava prestes a chorar parece ter abortado o gesto no meio, o olho marejando sem chegar a pingar. É sempre assim, Rolando sente (pegar-se no meio do salto sempre caga o salto).

É enquanto observa de cima a pequena multidão que Rolando percebe uma pessoa cuja maneira de andar se destaca dos demais. Ou é o penteado? Tem alguma coisa, ou uma combinação de coisas, que parece recortá-la do fundo como o Chaves quando encontra o Chapolim.

A garota parece familiar, com certeza é familiar, ele só não consegue juntá-la com nada. Não consegue posicioná-la. Seria só uma funcionária que ele não via tinha tempo?

Ela caminha rápido e logo se mistura a uma multidão de funcionários uniformizados. O reconhecimento segue desconectado por alguns segundos até que o encaixe vem, fazendo com que Rolando aperte o copo quase vazio de gin tônica que está tomando e sinta o desagradável *crec* plastificado quando quebra.

É a garota hippie antiTeqlo, a que apareceu antes de tudo no seu carro. A que disparou a coisa toda. Muito mudada, claro, um pouco mais gorda e com as feições do rosto engrossadas pelo tempo. E é só aí que Rolando lembra o que ela lhe falou. Algo que havia quase saído da sua cabeça, que só aparecia em alguns pesadelos mal lembrados, em raras noites ansiosas e mal dormidas (geralmente as poucas em que ele não bebia nem tomava remédio). A maldição que ela havia jogado nele na forma de profecia.

Rolando tenta ir atrás da mulher, misturando-se a um grupo grande de funcionários que estão acumulados perto de um dos portões de entrada, todos de uniforme azul (típico do funcionário dos galpões, o nível mais baixo da empresa).

Parecem estranhar o comportamento de Rolando e se afastam com a sua aproximação. Ele entra no prédio quando percebe que ela deve ter entrado também. Apressa o passo, chega numa escada que leva aos andares subterrâneos. A mulher também está andando de maneira apressada, mas ele consegue alcançá-la e tocar o seu ombro.

— É você, não é? Eu sabia que era você. Que que você tá fazendo aqui? — Ele enfim lembra. De uma vez, o nome dela vem como um raio. — Janaína, não é?

Ela para e faz um barulho seco de susto, mas não chega a dizer nada. Demora um pouco para responder. De repente faz uma cara meio forçada de que entendeu algo.

— Puuuuuuta merda. Você é o cara. Né? Das antigas. O cara que continuou dentro da Teqlo mesmo sabendo de tudo. Não me fala seu nome, vou lembrar.

— Claro que sou eu. O que você tá fazendo aqui? Você tá me enrolando.

— ROLANDO. Rolando, sabia que eu ia lembrar. A gente falava às vezes de você. O famoso vacilão. Eu trabalho aqui, ué. Como todo mundo.

Ele a puxa pra si, pelo ombro, e começa a passar a mão dentro do seu macacão azul.

— Fala a verdade, fala a verdade!

— Você tá doido? Tá me assediando?

— Estou procurando a bomba! Você não tá com uma bomba? Acha que eu não lembro?

— Você acha que alguém botaria uma bomba nessa roupa? Não dá pra esconder nada aqui, numa pessoa desse meu tamanho. Tá doido? Um lugar grande desse tanto precisa de uma carga muito maior. Você tá sendo pouco racional, Rolando.

Rolando mantém uma cara comicamente inquisitiva, os olhos distantes, como se tentasse considerar se ela está falando sério ou não.

— Você tá de sacanagem comigo. O que você veio fazer aqui? Fala logo, senão eu vou ter que chamar a segurança. Não quero fazer isso.

— Quer que eu te diga o quê? Eu estava te enrolando pra não dar chance de atrapalhar o plano, mas eu não sei se ainda dá tempo de alguém atrapalhar.

— Você ainda está com aquelas coisas, menina? Ainda seguindo gente doida de internet? Cuidado com essa história, viu. É tudo mentirada, sempre foi. A Teqlo é só uma empresa como qualquer outra. Vocês eram tão trouxas quanto o outro lado.

Ela faz uma cara incrédula. Quase de desapontada.

— Eu sei que você não acha isso. Você entrou fundo porque acreditou na gente. Ou melhor, acreditou no outro lado. Só não sei dizer direito se você tá cagando pra todas as consequências que você ouviu que vão chegar ou se nem acredita nelas. Porque você viu que a Teqlo de fato surgiu, de fato cresceu, não viu? Tudo igual a gente falou.

— Eu não acredito em contos de fada, garota. Você me falou um papo de viagem no tempo, de não sei o quê, eu acredito no que eu consigo ver. A Teqlo parecia uma boa aposta pro futuro, só isso. Parecia ser no início e parece ainda mais agora. Agora me fala o que vocês vieram fazer aqui. Não é possível que você ainda esteja nessa besteira, depois de tanto tempo. Fala a verdade.

Ela enfim muda a expressão. Parece confusa, por um instante. E um pouco frustrada.

— Na real, Rolando, pra ser sincera, eu sempre soube que não era verdade. Ou que não devia ser verdade. A esta altura acho que posso jogar a real mesmo com você. A coisa toda de mensagem vinda do futuro, assim do futuro-futuro mesmo e tal. Mas eu pensei que aquela história bizarra que me contaram não era tão diferente da realidade, do presente mesmo. O presente de vinte e tantos anos atrás, digo. Na prática, quero dizer. O futuro fictício do capital de fato está devorando o presente da Terra com seus seres vivos todos dentro. Isso pra gerar mais dinheiro pra meia dúzia de babaca. De uns escrotos, uns cagão. E tá fazendo isso tem tempo. Então, sei lá. Lá no fundo, acho que eu pensava: e se a gente fingir acreditar que era aquilo e agir de um jeito extremo como se fosse verdade. Até porque é verdade. *É literalmente verdade.* Se a gente faz isso, talvez a gente chegue em algum lugar. Talvez a gente saia do outro lado. Enfim. Saia de *algum* outro lado. Sei lá o que eu estou falando.

Ela parece um pouco chateada de ter que dizer tudo isso. Exasperada, até, no fim. Ele se vê tocado de um jeito que não esperava.

— Eu acho que entendo, na verdade. Eu tento ignorar pra não surtar, mas eu sei que o mundo piorou demais mesmo. Morreu muita gente, gente demais. Não era brincadeira esse negócio. Mas agora já piorou tanto que ficou ainda mais difícil de melhorar, acho que todo mundo vai ficando ainda mais descrente... Sei lá. É fácil ir se isolando, ir se acostumando toda vez com o novo patamar de atrocidade sempre que chega um degrau novo da coisa, ainda mais quando o pior não chega em você. Mas eu sei que tá ruim, não tá legal. Só que, porra. Não sei, o que vocês vieram fazer aqui? O que eu posso fazer?

Um alarme do dispositivo dela dispara, ela rapidamente toca nele para interrompê-lo, sorrindo de um jeito novo, meio safado.

— É tarde demais. Você já fez sua escolha tem muito tempo, Rolando. Se quiser ficar comigo nesta escada, deve ser um dos poucos pontos estruturais realmente seguros da base toda. A sequência foi programada de modo a dar tempo para os poucos funcionários presentes no prédio no momento poderem evacuar com segurança. As primeiras explosões são um aviso, basicamente.

Ela faz uma cara de expectativa, com um dedo apontando pro alto como se esperasse algo. Quando enfim vem, não vem de uma vez. Primeiro tem um estrondo de longe, abafado. Depois Rolando ouve mais três estrondos seguidos de pipocos menores. A destruição é simultânea em vários pontos estruturais que os dois não conseguem ver dali, mas, para o punhado de funcionários que está dentro do Centro de Distribuição e Remessa naquele momento, elas aparecem na forma de um teto que aos poucos vai ruindo, espedaçando e desabando. Rachaduras que começam a se ramificar rapidamente no chão e nas paredes.

Rolando não sabe o que fazer. Quer ficar seguro, claro, mas sua responsabilidade pelo evento, assim como sua curiosidade, acabam falando mais alto. Sai correndo do prédio, torcendo para que a tenda tenha sido poupada. Arfando, lá fora, já consegue vê-la alguns metros adiante. Segundos antes, a tenda temporária havia sido sabotada em pontos estratégicos por dois garçons infiltrados. Assim que chega debaixo do seu raio, a estrutura toda desaba de uma vez, justamente em cima dos dignatários, matando algumas dezenas deles. A confusão é geral, logo tem gente empurrando e se pisoteando. Correndo, todas, na direção de onde vem Rolando. Deputados estaduais e representantes da matriz Teqlo, seus maridos e suas esposas, todos pisam em cima de seu corpo largo e macio. Mas, antes mesmo que todas as contusões e concussões o matem, antes que suas hemorragias internas comecem a encher todos os seus órgãos e sistemas de sangue — como que por misericórdia —, seu coração acelera demais e logo para.

PESADELO DUPLO DE INVERNO

*Então haveria duas naturezas,
uma é a conjectura e a outra é o sonho.*[1]
Alfred North Whitehead

*Os brancos dormem muito, mas só conseguem
sonhar com eles mesmos.*
Davi Kopenawa

I

De repente, ninguém conseguia mais dizer com certeza se estava sonhando ou não. Teve um intervalo em que essa fenda se abriu, uma janela de poucos dias em que todo mundo sentiu a transição. Pra cada um em seu tempo, teve um corte, e pra maioria foi do dia pra noite, literalmente. Antes não era assim, e de repente era. Num dia dava pra saber, no outro não dava, não direito.

Depois que te pegava, esse traço fundo de irrealidade não soltava mais. Como de um sonho, só que ameaçando a realidade desperta de sempre. Você confirmava que estava desperto com toda a certeza habitual da atualidade concreta (a dor, o peso), mas ainda assim seguia um pouco desconfiado, um pouco descrente. Como se, no fundo, ainda suspeitasse que o rasgo de uma realidade superior estivesse prestes a violentar aquela

---

[1]. *"Thus there would be two natures, one is the conjecture and the other is the dream."*

ali, revelando que esta era, talvez sempre tivesse sido?, a casca diurna de outra instância (assim como nossos sonhos noturnos — por mais vastos e fundos que fossem — sempre se mostravam uma casca vazia contida dentro desta instância aqui).

Começou em julho, que em Brasília é a época mais fria do ano de longe, a época em que sempre foi mais difícil, pra mim, levantar da cama. Bem no meio da seca, que hoje é maior do que era na minha infância, vai de abril a outubro. Se tudo sempre se arrastou no Plano Piloto numa letargia sonsa, que dirá depois desse corte. Parecíamos todos uns sonâmbulos, no elevador, no trânsito, olhando uns pros outros com a mesma cara suspeita.

Quer dizer, todo mundo antes já tinha lá suas horas em que estava sonhando e não percebia ou aquelas incertezas rápidas de quando ainda estamos acordando (no limite, vá lá, episódios hipnagógicos), mas esses momentos logo cediam espaço pra realidade, mais cedo ou mais tarde. Na maior parte do tempo, todo mundo sempre se sentia acordado e não tinha nenhuma dúvida apreciável a respeito disso. A não ser que a pessoa fosse maluca ou estivesse intoxicada por alguma coisa, a realidade sempre foi a realidade e pronto. Pra mim, então, ela sempre foi estável e confiável como a própria gravidade.

Sempre fui a pessoa mais normal do mundo, nunca duvidei da minha sanidade, nunca fui de usar droga. Meu nome é Túlio e sou há quase dez anos um pequeno burocrata de uma autarquia em Brasília com pouca projeção política. Até essa crise de realidade começar, minha vida era a coisa mais pacata que você pode imaginar, muito bem casado e pai de *pet*, encontrava meus poucos amigos remanescentes do grupo da faculdade um par de vezes no ano, em aniversários aqui e ali ou outros eventos pros quais não arrumava uma desculpa boa o bastante pra escapar. No mais, ficava em casa com a patroa, feliz e contente, pimpão. Um espectador de entretenimento, um jogador de jogos.

O fato é que alguma coisa ruiu no registro geral de verossimilhança, alguma coisa quebrou. E está cada vez mais difícil de aguentar. Hoje mesmo tive uma vontade súbita de enfiar a mão no triturador de lixo da pia só pra ver se doía. Mas claro que não fiz isso. Geral tá um pouco surtado com o assunto, na verdade.

Bem no início teve inúmeros casos escabrosos de gente que cometeu loucuras achando que estava sonhando. Acontecia principalmente com crianças pequenas, pra quem a realidade ainda era essa coisa bamba, instável. Pulavam da janela, esganavam o gato, empurravam um irmão da escada. Mas, depois de um tempo, até elas foram se acostumando com aquilo, dentro do possível.

A gente mal sabe como descrever essa sensação absurda e teimosa, embora todos a compartilhem do seu jeito e só se fale nisso desde que começou. Tudo que é celebridade e avatar, todos os médicos, os humanos e os de IA, dando seus pitacos, líderes espirituais de todas as denominações vendendo suas sardinhas, súbitos especialistas em neurologia brotando de suas tocas pra dar aulinha.

O guru de que a minha esposa mais gosta, por exemplo, Pierre the Vibester, aproveitou a situação pra promover o conceito-slogan que ele já vendia nos seus cursos há tempos (*Acorde do seu sonambulismo agora!*). Recuperou uma série de quadros de comédia feitos anos antes em que essa ideia de acordar de um sono desperto era explorada em inúmeras variações místicas. E o pior é que teve muito idiota pra achar que ele havia sido presciente (e não só explorado uma imagem clichê, pra não dizer tradicional).

Pierre era de Detroit e misturava tudo que é crença de matriz africana, doutrina mística oriental e mitologia indígena numa mesma barafunda indistinta. Seu avatar tinha uma cartola roxa e outros adereços virtuais alternados que ficavam pairando em torno do rosto.

— Nossa espécie surgiu, como todas as outras, sincronizada a ciclos naturais. Mas a gente foi se isolando e se insulando cada vez mais do nosso entorno ao longo desse século. Deixando de dormir com a escuridão e acordar com a luz. Criando bolhas cada vez mais autônomas do ambiente na medida que o ambiente foi se tornando mais agressivo e inóspito. Nosso cérebro não emergiu a partir do caos para lidar só com telas e hologramas, surgiu para lidar com um ambiente vasto cheio de diversidade e ruído. E agora ele está cobrando o preço do nosso isolamento, assim como o resto do nosso corpo. Por isso é que todos os exercícios e as práticas que eu passo têm a ver com isso. Com o ancoramento do corpo em ciclos programados. Bora nessa?

A explicação dele pra crise de realidade, portanto, tinha a ver com nosso distanciamento progressivo da natureza. O fundo era besteira ecossaudosista, sem dúvida, mas a resposta dele não era voltar a morar no mato, e sim programar nossos ambientes imersivos pra simular ciclos naturais numa frequência confortável. Minha esposa adorava algumas das práticas, exercícios e dancinhas dele, até adaptava alguns pra seus clientes. Eu achava besta, mas parecia funcionar pra algumas pessoas.

No fundo, ninguém tinha ideia do que estava se passando, nem do que fazer, mas o sentimento geral era que o fenômeno devia ter a ver com as mudanças consideráveis a que a humanidade vinha se submetendo nas últimas décadas.

No meu feed, primeiro elegeram como principais suspeitas as técnicas de edição genética que quase toda família usava pra corrigir ou aperfeiçoar certos traços e predisposições, junto com as substâncias várias administradas a bebês desde o nascimento. Mas dificilmente uma reação adversa atrasada desse tipo aconteceria com tanta gente mais ou menos ao mesmo tempo. Logo começaram a acusar também as realidades virtuais em que a gente se encontra banhado o tempo inteiro, de diferentes tipos e ordens de imersão. Mas a crise afeta mesmo os raros que usam pouco essas coisas.

Os mais indecisos supunham uma combinação de vários fatores, os mais supersticiosos assustados temiam alguma espécie de resposta sobrenatural aos excessos da humanidade, o que é obviamente o chute mais imbecil.

De todas as possibilidades, aquela que parecia convencer mais gente era de que devia ter algo a ver com o sistema público de realidade aumentada, embora essa hipótese fosse geralmente dita em voz alta com algum cuidado. Ninguém queria fazer uma acusação leviana contra algo considerado tão essencial pra vida em sociedade e ninguém queria soar maluco (como geralmente soavam as pessoas que criticavam o RAC). Mas essa dúvida estava pairando no ar, mesmo, se é que não estava pingando. Eu não sabia o que achar; comecei a tentar me informar mais sobre o assunto. Encontrei rápido dois documentários curtinhos, de quinze minutos cada.

Já tinha mais de três décadas que a infraestrutura anelada do nosso Sistema Nacional de Realidade Aumentada Compartilhada começara a ser implementada (oficialmente chamado de Sisrac, há um bom tempo apelidado só RAC). Hoje já eram tantas as camadas técnicas e institucionais que quase ninguém entendia como funcionava a coisa toda. Os técnicos entendem da parte pública, de como ela é cabeada da nossa cabeça até o céu e o chão, outros profissionais entendem melhor dos vários aplicativos privados, mas a ecologia toda é vasta demais pra ser apanhada duma vez só. Como tanta coisa neste mundo.

Este tanto eu lembro de aprender na escola: com os problemas de fake news e desinformação dificultando os esforços contra a crise climática ao longo das décadas, assim como contra pandemias e outras emergências coletivas, foi-se aos poucos concordando que uma solução técnica sistêmica e derradeira pra persistente, teimosa polissemia dos fatos se fazia necessária e coisa e tal. Seria a única maneira segura de garantir uma "realidade consensual" pra humanidade.

Praticamente todo mundo na época achou uma ótima ideia. Claro que teve alguma resistência em lugares mais retrógrados e moralistas, setores religiosos, radicais de direita e de esquerda, uns velhos hippies, claro que sim. Aquela coisa de sempre. Mas não durou muito. Todo mundo tinha sentido o drama das últimas décadas, ainda que uns cantos tenham sentido bem mais que outros.

A adoção do sistema como obrigatório pras cadeias de trânsito internacional como cruzeiros, dirigíveis e aeroportos acabou sendo o gatilho final pra padronização global, mais uma das medidas emergenciais do Conglomerado Corporativo

Supranacional de Emergência (CCSE) formado em 2048 depois das ondas de calor em Bangladesh, do massacre de Lampedusa e do desastre de Jacarta, os três eventos que pareceram, num mesmo ano, abrir todas as comportas do inferno ao mesmo tempo. Suas decisões tinham um efeito mais ou menos vinculante e obrigatório (daquele jeito: não é uma ameaça, mas também não deixa de ser, pros países que não podem se dar ao luxo de desobedecer).

O fato é que não dava mais pra confiar no bom senso das pessoas pra interpretar os fatos. Isso nunca tinha nem passado perto de funcionar, afinal. A realidade, com todas as suas urgências estatísticas, teria que ser produzida em massa como espetáculo sensorial em tempo real pra toda a humanidade economicamente ativa.

Protótipos secretos há muito engavetados, públicos e privados, começaram a ser desenterrados das catacumbas, e em pouco tempo os primeiros modelos começaram a ser testados, a maioria em pequenos países europeus. Depois do sucesso na Dinamarca e no Japão (e dos famosos fracassos na Espanha e na Austrália), aos poucos o sistema foi sendo exportado pro mundo todo. Com pequenas variações locais, a base técnica era sempre basicamente a mesma.

Há mais de trinta anos, então, começaram a criar esses "circuitos" de realidade aumentada (como em geral se chama), com infraestrutura básica mantida pelo Estado, oferecendo forçosamente informação factual verificada a respeito de uma série de questões centrais (alimentação, energia, imunologia, meteorologia, trânsito, segurança), com algumas parcerias, intervenções e inserções privadas aqui e ali.

Além dessa mediação de base, claro, cada um pode adicionar inúmeros aplicativos privados suplementares de acordo com sua escolha. As possibilidades de customização são infinitas. Basta botar no bebê os dois implantes simples e renováveis de nanotecnologia transorgânica na base do crânio e adicionar o periférico básico de malha multicelular nos olhos — o que geralmente se faz aos onze meses de vida, por aí, mas alguns pais botam antes — que você já tem o kit mínimo de transmissão e recepção da malha de informação digital que recobre e, por vezes, se sobrepõe aos dados sensoriais imediatos (audiovisuais, principalmente, mas com ecos fantasmáticos de cheiro e tato).

Em termos de invasividade, não é nada comparado a muitas das modificações e implantes que a garotada hoje usa de zoeira. Nisso sempre fui um pouco cagão, até conservador, admito. Nunca usei mais do que o normalzão mesmo. Me dão agonia esses homens-lagartos, essa galera que redesenha o corpo pra jogar melhor, sei lá, ou que projeta a própria genitália nuns formatos pouco ergonômicos, essas coisas assim (em parte por isso gosto de Brasília, você não vê muito dessas coisas por aqui, quase todo mundo tem cara de gente-gente, mesmo).

Mas então depois de alguns anos de teste, com a coisa funcionando em modo beta em alguns bairros, alguns horários, todos os cidadãos pagadores de impostos da grande maioria dos países do mundo passaram a viver o tempo todo dentro dessa realidade informacional compartilhada, em que informações práticas de todo tipo apresentavam-se como dados sensoriais inquestionáveis, misturados ao ambiente e à estrutura viária e urbana. Dava pra modular e customizar o seu aparato informacional, mas não dava pra rejeitar aquilo, não por inteiro, a não ser com alguma espécie de resistência organizada, geralmente violenta (quase sempre fracassada).

Alguns sacerdotes religiosos às vezes conseguem uma licença específica pra viver sem, mas precisam aceitar restrições à sua liberdade de trânsito, em contrapartida. É toda uma coisa. Tem o bairro famoso na Grécia que é o único que resiste no país, mas eu já ouvi dizer que é lenda, que cederam faz tempo. Se não me engano, houve umas comunidades indígenas que se recusaram a receber, também, lá no Norte, mas não lembro o que acabou acontecendo com elas.

Começaram a montar todo o sistema dois anos antes do meu nascimento, então fui um dos que nasceu já quase dentro do negócio. Nossos pais viram a transição ("a geração pioneira", tentaram chamar na época, mas não pegou). Muitos continuaram estranhando aquilo pelo resto da vida, hoje em dia a maioria já se foi e não pode nem contar como eram as coisas antes. Minha mãe morreu quando eu ainda era criança, mal me lembro dela, e meu pai está definhando num asilo tem muito tempo, paramos de nos falar muito antes de ele parar de falar de vez. Mas lembro que ele nunca se acostumou direito, reclamava sempre desses "numerozinhos que ficam girando, dando dor de cabeça, esses comerciais o tempo inteiro que não dá pra desligar nunca".

Eu achava graça, ria da cara dele e daquela postura reacionária e reativa, tão comum nos mais velhos. Com aquela coisa superbrega com natureza, cachoeira e pedra e não sei o quê. Nunca me interessei muito pelo mundo como era antes, só fui atrás de estudar e entender como tudo aconteceu numa tentativa desesperada de me ancorar um pouco mais, depois da crise (assim como milhares de outras pessoas vêm fazendo, ao que parece).

A maioria das pessoas da minha geração já dá esse negócio todo por natural, porque foi a primeira a já nascer com tudo isso correndo e implementado (chega a ser engraçado ficar tentando descrever, como estou fazendo agora, como imagino que seria engraçado pra um peixe descrever o que é a água).

Sempre vi o mundo desse jeito mesmo, com números brotando das ruas, preços e promoções rodopiantes em volta dos produtos, a previsão do resto do dia e do dia seguinte pairando sempre do lado do Sol e da Lua, junto com o anunciante da vez, e demais informes de utilidade pública. Como pra todo mundo da minha idade, o mundo desprovido de qualquer realidade aumentada, na verdade, é que me parece vazio e perturbador. O mundo sem uma estrutura infográfica clara e confiável que o esclareça e vetorize parece seco e ruidoso, aleatório, algo que a maioria de nós não aguenta por muito tempo. Um vazio de tudo, como se a Terra fosse oca e não quisesse nada com a gente, como se não estivesse aí pra gente usufruir e interagir com ela. Como se não fosse uma interface, basicamente.

Sei disso porque todos temos o direito de desligar o sistema pra pequenas sessões diárias de meditação e coisas do tipo (claro, senão de fato seria tortura). Eles até recomendam que se faça isso. Mas não dá pra fazer por muito tempo de uma vez e jamais durante algumas situações de interação coletiva (quando se está andando na rua ou usando veículos de transporte, coisas assim, o que é bem razoável, se você pensar bem).

Quando era mais novo, eu não conseguia me forçar a encarar o mundo desse jeito nem de vez em quando, mas venho tentando mais desde que a crise começou. Pequenas sessões de um ou dois minutos todo dia. Não é agradável, mas acho que tem ajudado, até. Um pouco. A entender o que é e o que não é real, ter um chão um pouco mais estável.

Mas então a gente tem esse anel mais largo de realidade aumentada geral, compartilhado por todo mundo que tem CPF ativo — todo mundo que consome e paga imposto — e dentro dele existe uma série de anéis menores, metaversos corporativos e coletivos, institucionais e ficcionais, em que outras realidades compartilhadas menores disputam espaço. Quase ninguém vive fora desses de todo, nem que use só um ou outro avatar ou domínio aqui e ali pra trabalho ou atividades religiosas. Funcionam como aplicativos e instâncias que correm por cima da realidade compartilhada geral.

Tem os que vivem o tempo todo dentro do Metaverso da Disney, com seus vários subdomínios (Marvel, Star Wars), usando seus avatares abobados customizados carésimos e vendo brigas de heróis e vilões zunindo pelos céus o tempo inteiro; tem os que quase nunca saem das várias salas e servidores que giram em torno do Brasileirão e outros campeonatos de futebol (nas suas versões analógicas e digitais). Tem os poucos que ajudam a administrar pequenas cooperativas de mundos virtuais independentes mantidos em servidores compartilhados, mas só os radicais e os diferentões têm saco pra mexer com essas coisas. Já fiz parte de umas redes assim no passado, quase todas de compartilhamento de *mods* e jogos imersivos experimentais, mas acabei me afastando dessa galera, principalmente porque brigavam por tudo. É muito mais fácil se juntar logo a uma das grandonas, onde está a maior parte das grandes personalidades e da interação multimodal, multiplataformas. O termo "metaverso" pra descrever isso acabou sendo recuperado décadas depois das duas ondas de fracasso empresarial envolvendo a ideia (em 2020 e em 2035) — pra surpresa de pessoas mais velhas como meu pai, que achou muita graça naquilo até não achar mais graça em nada.

Alguns países em desenvolvimento ainda estão terminando de implementar seus sistemas, e tem lá ainda um ou outro canto exótico e retrógrado que até usa uma versão mais leve da coisa e se recusa a tornar o sistema obrigatório (como a Holanda e a Etiópia), mas o fato é que em praticamente todo o mundo civilizado e rico — que hoje inclui o Brasil —, quase ninguém mais vive inteiramente fora de alguns desses circuitos de realidade aumentada. Você não anda nos túneis climatéricos de Paris sem isso, muito menos na Veneza High-Rise de Nova York e suas passarelas pendentes estilosas. Isso pra quem pode comprar os passes intercontinentais caríssimos, né, que não é o meu caso. Os números mudam de acordo com a fonte, mas dos seis bilhões e pouco de pessoas na Terra, algo como cinco bilhões e tanto estão dentro de algum anel estatal de realidade aumentada.

Os mais empolgados chegam a descrever como o próximo passo natural da evolução. Se a consciência foi um novo tipo de mapa que surgiu pra ajudar a orientar a vida de certos bichos no espaço, o sistema de realidade aumentada criava um novo tipo de mapa coletivo funcional pra um país inteiro. Um povo inteiro ganhava assim a possibilidade concreta de se compreender como vivendo dentro de um mesmo mundo. Pra estes, o próximo passo seria a integração mundial desses sistemas, uma possibilidade politicamente ainda bem remota, mas que já arrebanhava lá uns milhares de adeptos fervorosos que discutiam a possibilidade em termos francamente místicos e religiosos (fazendo vídeos enormes sobre se juntar a uma única metamente de bilhões de pessoas como se fosse uma ideia superagradável, e não assustadora).

Por aqui a gente teve muita dificuldade, no início, muita resistência boba por parte da extrema esquerda e mesmo de alguns setores religiosos, mas o penúltimo governo, que muitos consideram hoje ter criado "a época de ouro do Brasil", tratou de terminar o processo de implementação nacional poucos anos antes do meu nascimento e fez isso de maneira exemplar, como se sabe, aplaudida no mundo todo. Os poucos que ainda não têm implantes são retirados das grandes áreas urbanas e levados pro interior, mas hoje em dia isso quer dizer quase ninguém. Todo mundo diz que antes era um inferno, que melhorou o Brasil de um jeito que a minha geração nem imagina. Eu só posso imaginar, mesmo. O problema da violência urbana, por exemplo, praticamente desapareceu. Claro que rolam aí uns incidentes nos campos, em bairros de imigrantes e refugiados, mas os índices das grandes cidades brasileiras estão entre os melhores do mundo.

Uso muito as plataformas grandes, até por comodidade mesmo, mas sempre gostei de dar uns pulos nas redes menores e alternativas também, por curiosidade. Já fui bem nerd no meu tempo, antes de assentar. Emburacava bastante em algumas coisas, principalmente quando ficava muito tempo sozinho. Já usei uns filtros doidos e brinquei com uns *mods* bem bizarrinhos quando era mais novo. Hoje já não tenho tanto esse ânimo, jogo meus jogos e *sims* convencionais, assisto a uns filmes em casa mesmo com a patroa e já está ótimo. No máximo, a gente gosta de brincar com aquelas experiências imersivas de solucionar mistérios de crimes reais, que os americanos amam, em que você interpreta papéis e tudo mais. Mas não passamos muito disso.

Ainda existem cidades e fábricas e galpões e ruas e tudo mais, claro. O mundo não virou todo digital. Mas as pessoas saem muito menos de casa e dos condomínios, depois de tudo o que aconteceu. Os espaços exclusivos são bem mais restritos e reclusos do que costumavam ser. A circulação se dá principalmente em alguns poucos canais e cinturões muito bem controlados. Todos saem menos dos seus circuitos assinalados de consumo do que antes (pelo menos é o que parece quando assisto a filmes bem antigos, tipo de 2040, em que ainda existiam feiras abertas e bailes funks e outros tipos de aglomeração caótica, anti-higiênica e insalubre em geral). E mesmo quando estão em restaurantes, festivais, estão ainda dentro desses metaversos diversos. Mundos totalmente díspares ocupando o mesmo espaço físico e encontrando-se apenas por acidente, numa ou outra quina.

Meu pai passou a vida resmungando que tinha algo que se perdia dentro desses jardins controlados. Segundo ele, antes havia algo de imprevisto no mundo que era ruim, mas que era bom também. Você andava na rua e não tinha ideia do que ia encontrar. Via gente doida, gente de todo tipo. Sentava-se numa mesa de bar e conhecia gente nova. Eu ria da cara dele e sempre respondia:

— Você fala isso como se fosse bom. Eu já vejo muita gente doida nas plataformas, não preciso encontrar ao vivo também.

Ele insistia que as coisas antes eram mais "espontâneas", que era diferente. Pra mim isso quer dizer bala perdida e disenteria (coisas bizarramente bárbaras que pelo que dizem ainda existiam no Brasil até, sei lá, 2050 e poucos). Mas, enfim, no final eu já não discutia com ele, só concordava daquele jeito condescendente, que ele notava. Só hoje, com essa crise, começo a entender o que ele queria dizer. A gente vive num mundo um pouco controlado, um pouco filtrado por essas camadas todas. Elas de fato dão uma maneirada em algumas coisas da realidade (embaçam o rosto de pessoas que estejam fora do anel, por exemplo, assim como podem nos proteger de outras visões desagradáveis ou ameaças possíveis etc.). Tem gente que sempre foi desconfiada disso, de como esse controle poderia ser usado pra manipular a gente — sempre me pareceu paranoia. Até pouco tempo atrás. Eu não sabia o que achar, quando tudo isso começou, até onde a coisa podia ir, só percebia que, mesmo dividindo informações seguras sobre tudo que importava, ninguém mais sabia onde é que estava pisando. E uma incerteza tão funda e tão generalizada não podia vir à toa.

2

Algumas pessoas só tinham episódios mais agudos de "crises de irrealidade" (como começaram a ser chamadas) em momentos específicos: vendo notícias, vendo a si mesmas no espelho, conversando com alguém com quem não conversavam há algum tempo. Outras sentiam que tudo agora — mesmo a dor, mesmo o prazer — parecia irreal e inconvincente, embaçado, e precisavam buscar ajuda profissional. De resto, a maioria conseguia levar aquele estado tépido como uma nova realidade sem grandes problemas práticos.

Comigo, a irrealidade podia vir de qualquer lugar, seguindo minha rotina em Brasília (na 206 Norte, onde morava com minha mulher, nossa gata e nosso cachorro), comprando pão na padaria artesanal, tomando banho. No meu trabalho, ali no setor de Autarquias Sul, então, a sensação era quase constante. Eu sentia que não estava lá de verdade, mesmo estando.

Mas essa sensação ruim começou a vir com mais força quando estava com minha mulher, justamente a coisa que era, até então, mais real na minha vida. A única coisa real, na verdade, fazia mais de três anos. Ela se chamava Ártemis, tinha um metro e oitenta e oito e uns noventa e tantos quilos. Era a criatura mais maravilhosa da face da Terra, com a bunda mais enorme e maravilhosa que qualquer um já viu e um charme que transbordava de qualquer continente. Estava sempre meio cantando ou falando sozinha (mas, se perguntada, dizia que estava falando com os gatos e as plantas). Eu moveria riachos e derrubaria potestades e mataria gerações inteiras de famílias inteiras por essa raba e tudo que a implicava e explicava, envolvia e circundava. Ártemis era, havia quase uma década, sacerdotisa pagã profissional e, havia mais ou menos dois anos, Dominatrix financeira (findom, pros não iniciados). Usava, quase sempre, longos vestidos pretos, calças de couro e coturno, delineador preto. Tinha nascido no sertão do Rio Grande do Norte, mas vestia-se como se fosse uma metaleira norueguesa (ela mesma ria disso sempre, com seu riso desbragado). Produzia-se toda pra ficar em casa e fazer as transmissões dela, quase nunca saía, uns amigos meus chegavam a brincar que ela devia ser um desses androides sexuais, porque nunca a conheceram.

A verdade era só que eu não queria que ela conhecesse meus amigos ridículos, de quem eu nunca gostei muito e com quem só convivia porque achava intolerável ficar totalmente sozinho quando não tinha parceira. Eram pessoas que acabei conhecendo durante a universidade, tínhamos alguns assuntos em comum, mas temperamentos muito contrastantes (e ela tampouco fez questão de conhecê-los, quando os descrevi, não é também a pessoa mais expansiva do mundo, apesar de parecer).

Ártemis era "cultuada" por vários senhores, na maioria japoneses e nórdicos, que pagavam uma parte cada vez maior de nossas contas havia dois anos. Ela tinha também uns clientes que a pagavam pra produzir leituras espirituais, ritos e mandingas diversos na condição de sacerdotisa, mas a tara específica e singular desses devotos submissos mais recentes envolvia despejar dinheiro na direção dela. Não precisava fazer pra eles mais nada de específico que outros assinantes básicos não recebessem. Mas fazia lá uns agrados, uns vídeos customizados, até porque sentia pena dos caras mesmo, em alguns momentos. Mas só às vezes.

O seu sucesso nas duas áreas — em particular na segunda — havia nos levado de uma vida bacana e tranquila a uma vida muito confortável com luxos eventuais. A gente se conheceu num fórum sobre dominação feminina quatro anos atrás. Ela já fazia uns trabalhos de *camgirl*, já era interessada em ocultismo, mas não tinha ainda misturado todas essas coisas com seu charme singular. Já teve perfis e avatares públicos, mas acabou se recolhendo mais pra consultas e sessões privadas depois de alguns *stalkers* chegarem perto o bastante da sua intimidade pra assustá-la. Foi supercurioso e excitante ajudar a transformar o que era pra mim um fetiche que eu tinha acabado de descobrir (logo eu, uma pessoa bastante baunilha na cama até pouco tempo antes) numa devoção integral e numa parceria pra vida toda. E pra ela pareceu ter sido muito estranho, também, passar a de repente tratar bem, e em outros momentos, até com carinho, o cara que ela conheceu literalmente pisando em cima.

Mas a gente deu muito certo e, apesar da minha insegurança de me achar sempre tão menos interessante do que ela, conseguiu aos poucos criar um mundo interno que por muito tempo pareceu funcionar pros dois. Ela acabou se mudando pra cá de São Paulo antes mesmo de a gente se encontrar pessoalmente pela primeira vez. Bastante arriscado da nossa parte, pra não dizer maluco, mas deu certo. Foi um clique e um encaixe muito imediato, quase surreal. A nossa relação hoje tem um código estrito e várias sublegislações internas, já revisadas e aperfeiçoadas ao longo de três anos. Não só na cama, na interação diária, mesmo: preparando e tomando café da manhã, arrumando a casa (tudo minha responsabilidade), me arrumando pro trabalho e tudo. Boa parte do tempo a gente se trata até bem naturalmente, não tão diferente de outros casais, mas tem vários atos e ritos diários em que os dois acham mais confortável e estimulante adotar uma postura mais hierática, mais propriamente devocional. Se não tivesse tanta vergonha, eu relataria aqui com mais detalhes.

Eu tinha um cargo burocrático mediano, ganhava há muitos anos o bastante pra viver de maneira tranquila. Trabalhava o mínimo possível porque odiava aquele lugar e não é lá que minha vida de verdade jamais esteve. Meus companheiros de repartição não gostavam de mim porque eu quase nunca cobria o trabalho de ninguém e nunca queria confraternizar.

Eu nem achava que aquele grupo fosse particularmente chato, tinha trabalhado em dois outros lugares antes de passar nesse concurso e sabia que dava pra ser pior. O ruim era ter que conviver um terço da minha vida desperta com um grupo totalmente aleatório de pessoas. No início, tinha até alguma simpatia por algumas delas, mas o tempo foi amplificando todas as chatices e neuroses de cada uma. Rinaldo com seus papos eternos sobre minúcias técnicas e burocráticas que só ele conseguia achar interessante, Carola com sua coisa enxerida de querer saber da vida dos outros, até cuidar da vida dos outros (sem ser requisitada), Leandro com aquela coisa meio machona, senhor de si, meio superior a todo mundo, prepotente pra porra. Eles tinham razão de me odiar, também, era chato pra caralho, mas não estava nem aí. Eu não fazia mal meu trabalho, só não queria ter que mover uma palha além do estritamente necessário. Não tinha nenhum interesse de fingir interesse nas imersões interativas favoritas e na banda cover de não sei o quê. Foi mal. Só queria tomar uísque, jogar videogame e ser sentado pela minha mulher.

Eu admirava com força a vida que a Ártemis conseguiu construir pra si mesma depois de comer alguns pães amassados por alguns diabos distintos (entre eles, o pai dela). A realidade pessoal que conseguiu implementar no mundo e à qual convenceu outros a se juntarem. Claro que fez isso se baseando em outras pessoas que viu fazerem coisa parecida e claro que ajuda que ela tenha esse corpo tão abundantemente maravilhoso. Mas não deve ter sido fácil.

Por muito tempo, me senti inadequado de considerá-la tão melhor do que eu. Tão acima do meu nível. Mas, conversando com ela, consegui aos poucos me armar do fato de que eu ajudei a organizar a sua vida, afinal, ajudei a transformar os poucos clientes que ela já tinha em algo bem mais estável financeiramente. Dei a confiança que faltava pra ela bancar a persona que sempre esteve ali, no fundo, pronta pra desabrochar. Ela diz que eu virei uma âncora pra ela, um chão. Pela minha estabilidade toda, a minha normalidade quase dolorosa de tão normal. A ironia toda é essa. Ela é que é maior do que eu, eu que me sinto totalmente seguro e protegido embaixo dela, mas de algum jeito ela se sente protegida pelos meus bracinhos de frango, meu um metro e sessenta e oito de pura moleza anêmica, e eu preciso arranjar um jeito de aceitar isso. Pelo menos enquanto for verdade.

Eu já a achava deslumbrante sem nada, de cabelo bagunçado e com um bafinho bem leve de cemitério, acordando de manhã, mas em geral também gostava das roupas e dos adereços elaborados que ela usa pros ritos (além dos filtros e modificações diversas, claro). Mas de tanto ver o espetáculo dela, e ver o espetáculo sendo montado, a coisa toda foi se derretendo e se misturando demais pra mim. Ela continuava me deixando duro quando era hora, invariavelmente, mas muitas vezes me via mais excitado com as performances dela do que com ela em carne e osso, ali na minha frente. Ela não tinha como perceber isso, claro, mas eu achava um pouco preocupante. Mesmo antes da crise, às vezes, enquanto falava com ela, eu olhava bem nos olhos e não conseguia acreditar que ela era ela mesmo, que aquilo tudo era real. Não que eu desacreditasse de todo, claro, mas já achava aquilo um pouco implausível, em momentos. Que ela estivesse mesmo ali do outro lado, me encarando com aqueles olhos enormes de fundos e me querendo com a mesma força com que eu a queria. Como era possível?

Pois, quando a crise começou, comecei a sentir isso com ela *sempre*. Essa incerteza danada, ruidosa. Enquanto a gente transava, quando a gente se encarava com cara de paixão. E de um jeito muito mais incômodo, muito mais perturbador do que antes. Aquilo tudo parecia um delírio. Ela era gostosa demais. Não era possível, não era possível aquela gostosura toda pra mim. Parecia filme, parecia um comercial de alguma coisa. Alguém estava tentando me vender alguma coisa. Alguma coisa terrível com certeza devia estar prestes a acontecer.

3

Falei duas vezes com Ártemis de como minhas crises estavam acontecendo quando a gente estava junto, mas ela não deu muita bola. Em geral era uma pessoa empática, tentava cuidar de mim quando tinha alguma questão séria, mas só reconhecia problemas que conseguia sentir na pele. E pra ela, que quase nunca saía de casa e quase nunca tinha sonhos ruins, essas crises tinham graça, não eram um problema real (como guerras, massacres, a fome e o calor).

Ela passava as tardes em relativa tranquilidade, até onde eu podia observar, antes do trabalho duro noturno — às vezes divertido pra ela, às vezes só repetitivo e estranho —, de modo que sentia que, no todo, aquele derretimento adicional vinha sendo agradável. Ela, que havia parado de fumar maconha anos antes porque achava que a fazia comer demais, além de deixá-la morgada, falou que agora sentia que estava sempre chapada do nada, e isso sem ter esses outros efeitos colaterais de efetivamente estar chapada, o que achava "ótimo". Eu não queria convencê-la do contrário, não queria reverter aquele aparente estado de graça com minha onda torta. Que ela levasse aquilo numa boa, então. Era a cara dela, afinal.

As pessoas começaram a ensaiar usar a frase "o novo real" pra descrever a situação, até que uma enxurrada de vídeos e holos surgiram lembrando as ondas anteriores do uso dessa frase de maneira periódica sempre que se acedia a um novo patamar de atrocidade e catástrofe nas décadas passadas. Depois disso, ninguém mais com dois neurônios usava a frase. Em resposta a isso, alguns jovens começam a chamar a situação de O Pesadelo.

Fui me encontrar com meu amigo Lontra pra ver se conversava com ele sobre aquilo. Lontra era alto e peludo, murmurava tudo grave e soturno, sempre mastigando sílabas a mais nas palavras. Estranhou o convite pra beber, quase nunca nos encontrávamos desde que eu tinha me juntado com Ártemis. Já fomos muito próximos, principalmente quando os dois estavam tentando passar em concurso. Depois que ele passou pra analista do Senado, não parecia se importar muito com os amigos antigos, a maioria subitamente num patamar inferior de poder aquisitivo (não só eu tive essa impressão).

Eu não ia pra um bar tinha anos e fiquei até meio animado com a ideia, mas ele insistiu que bebêssemos na casa dele mesmo, que estava com um saquê importado e não sei o quê. Morava no finalzinho da Asa Sul. Da janela dele, dava pra ver os muros que fechavam o Plano Piloto, com suas duas torres e as luzes ambulantes de seus holofotes.

— E aí, como que tu tá lidando com essa parada? — perguntei.

— Cara, tu me conhece, eu já estava muito fundo numas cenas alternativas de jogo, dessas parada experimental. Já passo metade dos meus dias frito com esses negócio, né. Sempre microdosado ou macrodosado disso e daquilo. Então mal estou notando a diferença. Pra ser sincero.

— Boto fé. Te falar que eu sempre gostei de sonho. Nem tenho pesadelo desde mais novo. Mas essa coisa de não parar nunca é que tá me deixando mal. De não ter descanso, saca.

— Sei. É, isso é meio ruim. Mas aí se tu já tá soterrado de cogumelo e ansiolítico, sei lá. A coisa também não é muito escandalosa, digamos assim. Só fica um pouco mais embaçado, um pouco mais no volume baixo do que já tava. Saca — disse ele, sem tom de pergunta. Era como se ele estivesse esquecendo como é que se fala.

— Boto fé. É, sei lá. Eu tô achando bem bizarro em alguns momentos, tô tentando arranjar jeito de lidar. Desligando com mais frequência pra ter aqueles respiros. Antes eu ficava muito incomodado com o mundo sem nada, hoje tô achando quase bom.

— Nossa, que viagem, sério? Não faço isso tem anos. Mal lembro como é. Só o filtro de olho de anime por exemplo eu não desligo tem uns dez anos.

— Ah, é, esqueço que tu usa essa porra.

Nós dois rimos.

— Mas se tu tá assim, às vezes, sei lá, pode ser bom terapia profissional, assim. Essas coisas.

Eu não conseguiria muita empatia com ele tampouco. Ele não estava nem aí.

— Mas que que tu anda jogando de diferentão então que tu nem volta pra Terra mais? Mostra aí. Eu sei que tu sempre tava ligado numas paradas bizarras.

— Cara, ultimamente ando pirando demais numas paradas que nem são assim recentes, não. Descobri um gênero que teve seu auge tipo dez anos atrás. A parada mais aleatória, mais nada a ver do mundo. Mas tu me conhece.

— Qual que é?

— Tu te lembra de falarem quando vazou aquele modelo de geração de áudio-vídeo por IA, não sei se tu é moleque demais pra lembrar. Um que fez a galera surtar, fazer todo tipo de besteira. Era a primeira vez que um modelo assim realmente cabuloso desses estava à disposição de qualquer um, desses sem limites, com mais resolução do que a realidade. E é claro que geral pirou, fez todo tipo de coisa. Encheu todas as plataformas de vídeo que existiam, as grandes e as médias, as mais famosas e as obscuras, com todo o tipo de conteúdo gerativo randômico ou semirrandômico. Botavam pra adaptar romances inadaptáveis, tratados de filosofia. Puta viagem.

— Não lembro tanto, não, mas tô ligado de leve. De ouvir falar. Não era nem nascido nessa época.

— Então. Eu era bebê, mas me lembro de pegar o finalzinho da coisa quando era moleque. E do nada fui atrás agora e viciei num gênero específico dentro dessa parada, que é o de realismo profundo. Botavam pra ficar gerando a vida cotidiana de uma pessoa falsa durante uns dias, umas semanas. Em alguns casos, meses. Fizeram tipo milhares de horas disso décadas atrás, em especial tinha umas comunidades japonesas dedicadas a isso que faziam umas incríveis, e um maluco guardou quase tudo, catalogou tudo. Tá botando aos poucos agora online.

— Hum. Mas qual a graça?

— Eu não aguentava mais essa angustiazinha de merda, esse desastre arrastado. Isso antes da crise toda, digo. A realidade já era um bagulho bem alucinado antes disso, vamos combinar. Tudo que rolou nos últimos vinte anos. Tu imaginava isso, quando era molequinho? Galera falava e tal, mas eu não imaginava. Que seria tão zoado, e de tantas maneiras diferentes. Mas, enfim, a realidade é só um delírio escroto e comprido do qual a gente nunca sai, aquela coisa daquele jogo das antigas, como que é? Uma história cheia de raiva e ruído contada por um idiota, significando porra nenhuma. Agora pelo menos o caldo entornou de vez, chegou até em quem não toma nada, nem joga *sim*, nem vive com avatar boladão nenhum. Tipo tu. Eu já gostava demais de viver assim derretido antes de essa parada começar, mas às vezes, bem de vez em quando, sempre em alguma ressaca, batia uma *badzinha* de estar fugindo do mundo. Mas agora é que eu não vou sair mesmo disso aqui, se a vida sóbria parece tão falsa quanto a minha vida chapada mesmo, sabe? Se tudo virou essa mesma maçaroca indistinta, irreal. Então não faz diferença nenhuma eu viver minha lombra aqui assistindo a vidas gerativas de gente que não existe.

— Bem, faz diferença no sentido que tu ainda tem que comer e tal. Fazer xixi. Se tu cair num bueiro, acabou.

— Claro, porra, mas assim. De resto... Mal saio de casa tem, porra, tem anos já. Entrei numa outro dia que me pegou demais. Eu era um chef num restaurante tradicional de sushi em Tóquio, nos anos 2030. Senti que vivi aquilo com muito mais vividez que a minha vida. Era uma existência tão boa. Elegante e esparsa, precisa e fiel.

— Posso experimentar?

— Claro, deixa eu arrumar aqui pra ti. Não tá configurado direito pros teus filtros, imagino, a imersão não deve chegar assim sinistrona não, mas dá pra tu ter uma ideia.

Ele apanha um visor ali perto, liga-o pressionando num ponto e em seguida coloca na minha cabeça.

— Se tu começar a achar real demais, olha pras mãos, presta atenção nas mãos. Elas dão umas bugadas ainda. Não sempre, mas com alguma frequência. Ainda mais se tem muita gente junto, muita gente usando as mãos junto, tal. Ela ainda tinha dificuldade de gerar isso, a bichinha.

— Sério? Até hoje? Achei que tinham resolvido essas paradas.

— Em todo sistema novo é um desafio outra vez. Mão é foda, bicho.

De repente, estou num vagão de metrô no que parece ser um país latino-americano. Várias pessoas em volta. Estou vestindo couro e sei que estou indo pra uma festa. Não sei dizer meu gênero, nem meu nome. Mas o meu entorno parece dolorosamente real. Mesmo sabendo que não tem ninguém ali comigo, que todo mundo ali é código rodando em algum galpão em algum lugar, por um instante sinto que estou ali dentro mesmo. O Lontra estava certo, a simulação parecia indistinguível do mundo em que eu estava antes.

E nem tinham feito a simulação pra mim. Não especificamente, digo. Mas isso não me deixou interessado nem reconfortado. Só aprofundou a minha confusão. Senti algo atrás dos meus olhos doer.

— Não é pra mim, não.

Lontra pareceu desapontado, acabou ele próprio vestindo o visor em seguida. Depois de uns cinco minutos sozinho com ele ali sentado no sofá quase sem se mexer, percebi que ele não desligaria tão cedo aquele negócio. Acabei saindo da casa dele sozinho, sem me despedir.

4

Acho que era uma quinta-feira, eu estava no trabalho, perto de terminar o expediente. Geralmente saía umas cinco e meia de lá, dependendo do fluxo e das demandas. Quase sempre já não tinha nada pra fazer lá pelas quatro e só ficava enrolando no computador, fazendo cara de ocupado pra não me jogarem mais nada até poder sair.

Devia estar nessa quando bateu forte. O sentimento de que nada daquilo era real, de que eu estava era sonhando e apenas achava que estava desperto. Fechei os olhos e mordi meu próprio lábio gradualmente até começar a doer. Claro que eu já sabia que estava lá, mas era sempre bom confirmar, mesmo me sentindo idiota. Estava profundamente metido em mim mesmo, roendo já não mais a unha, mas a carne em volta da unha, quando ouvi um grito. Vinha do meu lado esquerdo, pra onde virei instintivamente. No fundo do corredor, em um dos cubículos, eu podia ver que o Rinaldo, que era alto e gordo, cabeludo, e escutava *mech-metal* nos fones de ouvido o tempo todo, estava recuando. Era ele que tinha gritado e estava emitindo um barulho mais fraco, quase que uma arfada buscando ar. Tinha sangue pingando embaixo dele, vi em seguida.

Rinaldo estava com uma faca enorme enfiada no meio do peito. Diante dele, o Alexander, um rapaz mais novo que tinha entrado só dois anos antes (nem tinha saído do estágio probatório). Loirinho e muito magro, o cabelo sempre arrumadinho. Parecia em choque com o que estava vendo tanto quanto eu. Todos estavam surpresos, na verdade. Ninguém parecia exatamente no controle da situação.

Fiquei encarando aquilo por muito tempo, sem saber o que fazer. Me pareceu a confirmação de que eu devia estar, afinal, sonhando. Apesar da dor segundos antes. Será que os sonhos doíam agora? Era só o que nos faltava. Cheguei a pensar tudo isso antes de pensar que não, que era tudo real. Que de fato o Rinaldo estava lá com uma faca enorme enfiada no peito e ninguém estava fazendo nada a respeito. Nem eu.

— GEN-TE! VOCÊS FICARAM MALUCOS? QUE MERDA É ESSA?

Precisou da Carola, uma carioca baixinha e assertiva, entrar ali e constatar a nossa lerdeza geral. Chamou uma ambulância, depois a polícia. Mantiveram a gente ali por uma hora e pouco até tomar o depoimento de todo mundo, depois avisaram que haviam protocolado uma requisição pra ter acesso à gravação da nossa experiência (que o Estado sempre retém gravada por alguns dias, justamente por questões desse tipo).

Eu trabalho no Inmetro. Mais especificamente, no departamento de Metrologia Aplicada. Em tese, o metrólogo é aquele que lida com as questões de medição, os métodos e tudo que interfere com seu funcionamento. A metrificação é a condição básica da vida moderna em comunidade, da globalização toda, se você for parar pra pensar. Em tese, é a coisa mais importante do mundo, se for pra levar, assim, super a sério. Eu nunca levei. A real é que o trabalho mais interessante já foi todo feito décadas atrás (em alguns casos, um par de séculos) e, pra alguém no meu cargo de analista de processos, o que sobra é ficar lidando com pequenos casos de padronização industrial e entraves burocráticos, os menos interessantes que você pode imaginar.

Nada de estimulante jamais acontecia naquele escritório. Jamais. Até por isso demorei pra digerir que um companheiro de trabalho realmente tinha esfaqueado outro. Fiquei um tempo no meu carro em silêncio antes de ir pra casa. Desliguei o sistema e fiquei encarando o carro frio e desligado. A coisa mais real da minha vida tinha acontecido e eu tinha reagido como se fosse uma piada, como se não fosse nada. Eu não tinha reagido, na verdade. E a realidade da coisa ainda parecia não ter batido, ainda me parecia duvidosa e distante.

5

Assim que cheguei em casa, contei o que aconteceu pra Ártemis e ela ficou em choque. Concordou comigo que podia ter algo a ver com a crise geral de realidade. Pela primeira vez, senti que ela começava a levar a sério a situação. Não gostava de vê-la preocupada, mas fiquei feliz de notar que não estaria mais tão sozinho na noia. Naquela mesma noite, sem conseguir dormir, descobri num site antiquado — que imitava os antigos fóruns de discussão — um pequeno grupo de gente crítica ao regime do RAC (existia muito mais deles do que eu imaginava, mas é verdade que eu não acompanho a política). Fiquei lendo as discussões por uma madrugada quase inteira, fui dormir depois das quatro da manhã.

Eles tinham uma visão muito diferente da coisa toda, distorcida demais em partes, mas envolvendo questões que eu não conhecia. E pelo menos algumas pareciam ser verdade. Falavam sobre cláusulas sigilosas em contratos de empresas que faziam parcerias com o governo pra produzir o sistema RAC e de como elas teriam conquistado o direito de manipular e modular elementos específicos da nossa percepção de maneira a promover determinadas ideias e estilos de vida considerados socialmente produtivos. Assim que eu começava a ouvir esse tipo de coisa, um grande gongo já soava, denunciando a paranoia alheia. Sempre ouvimos falar disso por aí e quase sempre era papo de maluco, então a gente acabava suspeitando.

Eu tinha muita dificuldade de acreditar que o sistema de infraestrutura mais básica do governo, compartilhado com todos, poderia ter distorções tão graves assim. Até porque o serviço era em grande parte comprado ou copiado diretamente dos modelos norte-americanos e europeus, com muita terceirização pras empresas dominantes do setor e controle de segurança feito em parceria civil-militar como matéria de defesa nacional. O governo brasileiro basicamente só o implementava, com assistência das empresas estrangeiras e tudo o mais, e supervisão militar, de modo que sempre achei que dava pra confiar totalmente na tecnologia.

Ainda assim, não era tão difícil imaginar que os vários outros serviços privados que existiam por aí pudessem ter lá os seus problemas. Menos nas grandes empresas, talvez — que afinal queriam evitar processos e tinham muito acionista a quem responder —, e mais nas várias empresas de pequeno e médio porte com origens misteriosas, muitas vezes escusas. Todo mundo já ouviu falar desses casos de pequenos aplicativos e filtros que continham vírus e golpes de vários tipos. Tinha gente que quebrava a própria cabeça numa dessas e não voltava nunca. Não à toa, as leis de proteção à propriedade intelectual tiveram todas que ser reforçadas depois da criação do RAC, com todos os riscos adicionais que se criaram. Ainda assim, tinha gente que saía metendo qualquer programa aleatório na sua pilha pessoal, como se não existisse risco. Eu sempre tomei cuidado. Assim como nunca gostei de sair metendo meu pau em qualquer buraco por aí.

Comparado com muita gente que conheço, não uso tantos filtros assim. Um dos poucos que uso o tempo todo é um filtro local simples, feito por estudantes de arquitetura da UnB anos atrás, que apaga ou mascara algumas mudanças e reformas feitas nas últimas décadas, mantém algumas quadras na configuração original (em alguns casos, exatamente como eram na década de 1960 ou 1970). Sei que é um pouco nostálgico demais, mas me acostumei bastante e agora acho a cidade feia sem ele. Nunca me adaptei aos cromados estilo Paulo Octavio II. Mas tem gente que usa vinte coisas diferentes ao mesmo tempo (tem os que emagrecem todo mundo, os que transformam todo mundo numa mesma etnia, os que dão olhos de anime ou feições de outro tipo de desenho animado etc.).

Tampouco frequento tantos metaversos desses grandes, a não ser quando preciso pra algum aniversário de familiar ou amigo das antigas. Tenho dois ou três avatares abandonados por aí, mas perdi o saco pra esse tipo de coisa mais ou menos desde que me casei. Tem gente que vive o tempo todo num mundo permeado de personagens fictícios, nessas interfaces de jogo que se misturam com os equipamentos da cidade. Outro dia mesmo, dando uma corrida pela Asa Norte depois do expediente pra gastar a ansiedade (coisa que não fazia tinha tempo, desde que Ártemis falou que no fundo não se importava com meus quilinhos a mais), passei por um cara barbudo, gordo e baixinho andando rápido e reagindo de maneira enérgica a seres que eu não conseguia enxergar, conversando como se fosse consigo mesmo — mas provavelmente com parceiros de jogo geograficamente deslocados.

Quase não uso transporte público aqui em Brasília, mas, quando estou em outra cidade e me encontro num ônibus ou vagão de metrô, sempre acho engraçado notar como cada um está vivendo numa cidade diferente. De algum jeito isso fica evidente quando está todo mundo reunido num lugar só, por mais que a grande maioria fique na sua nesses momentos, sem interagir muito, só de ver o tanto que os olhos estão distantes ou focados em coisas que você não consegue enxergar. O fato é que tem trocentos mundos empilhados dentro de qualquer vagão de metrô, qualquer ônibus, mil vetores vindo de direções diferentes, seres virtuais distintos interpenetrando suas presenças como numa nuvem ectoplasmática densa de lugar nenhum. Acho que é por isso que vi alguém no fórum de discussão sobre o sistema dizer que local nenhum existe mais, que o espaço deixou de existir enquanto tal. Primeiro achei um puta dum exagero, depois pensei que não deixava de ser verdade.

6

Estava cada vez mais difícil levantar da cama. Desde novo, sempre tive muita preguiça de manhã, muita dificuldade com isso. Só me acostumei de fato com essa bruta realidade da vida mais ou menos depois que entrei nesse emprego, e ainda assim foi só ganhar estabilidade que comecei a me atrasar. Anos atrás, quando Ártemis se mudou pra cá, comecei a dormir mais cedo e a botar o despertador pra meia hora antes de quando eu precisava acordar, pra poder dar aquela enrolada importante. Isso ajudou bem. Consegui criar uma rotina boa.

Mas agora acordar tinha virado essa sensação ainda mais amarga, mais desagradável, do que sempre foi. Você saía de um sonho — dos quais eu nunca mais lembrava, aliás, no máximo tinha uma impressão esguia e fugaz de que estivera em algum outro lugar, ainda agora, que não ali —, mas não sentia que estava ancorado no chão de um dia novo. Sentia que estava só afundando num dia que, talvez, nem estivesse lá de fato. Um dia pantanoso e penumbroso que talvez cedesse já, já pra um despertar novo, esse sim genuíno, mas que nunca chegava.

Estava frio demais, eu não queria sair das cobertas de jeito nenhum. Não queria abandonar aquele lugar tão confortável e quentinho, cheio das dobras macias, tanto de tecido quanto da minha esposa, pra enfrentar o mundo lá fora. Mas acabei me levantando, como sempre.

Fui pro trabalho como um zumbi, pescando o olho o tempo inteiro mesmo durante o brevíssimo trajeto da minha casa até o Inmetro. Assim que entrei na repartição, fui pra copa tomar um café — achando que aquilo ia pelo menos me manter tecnicamente acordado — e encontrei Carola, Leandro e Ariana conversando num clima tenso. Os três apertados naquela salinha me encararam assustados, como se estivessem se escondendo de mim. Ou de mim *também*.

— Fala, gente.

— Fala, cara.

— Fala.

Os três se entreolharam. Leandro se manifestou primeiro.

— Cara, a gente estava falando do que rolou. É bom você conversar com a gente também. Você que viu a cena primeiro, junto com a Carola, eu só vi depois, a Ariana nem chegou a ver direito.

— Que loucura, né, gente. Eu até agora não entendo por que não consegui reagir. Ainda bem que a Carola apareceu — respondi com uma voz que saiu fraca, sem convicção.

— Normal, acontece muito isso.

Senti que tinha cortado algum assunto. Leandro e Carola se olharam de um jeito cúmplice, estranho. Carola começou a falar ainda olhando pra ele.

— Mas então, eu tava aqui contando pra eles antes de você chegar, Túlio, que o Rinaldo estava tocando aquele processo meio tenso, né. Você sabe. Aquele que tavam pressionando de todo jeito lá de cima?

— Qual processo? — perguntei.

Fingi não notar Leandro bufando de leve (mas não *tão* de leve).

— Aquele da medição da água. Que padroniza o sistema de metragem e tal. Não lembra? — Ariana complementou.

— Da Acquabras. A gente só falava disso ano passado, menino, e no trabalho que isso ia dar.

— Ah, sim, agora que você falou eu lembrei, claro.

Mentira, não tinha lembrança nenhuma de falarem daquele processo. Aprendi a ignorar tudo que eles diziam no trabalho que não me concernia diretamente (era um dom). Eles continuaram falando das suas minúcias e logo comecei a viajar. Se eu já tinha muita dificuldade de me engajar naqueles papos normalmente, no momento eu só pensava no Rinaldo com a faca no peito e no fato de que nada mais parecia verdade. Nem aquilo pareceu, na hora. De tudo, a única coisa familiar era que a Acquabras era uma das várias entidades ligadas ao governo federal que precisavam passar por nós pra regulamentar seus padrões técnicos. Isso até eu sabia.

Voltei pro meu computador e fingi trabalhar por umas duas horas, tentando não pensar em nada (minha cabeça uma caixa vazia sendo chacoalhada furiosamente).

Na volta pra casa, estacionei na comercial da 205, em vez de estacionar em casa. Não sei dizer por que fiz isso. Desliguei o carro e, em seguida, o meu RAC. Acho que era a primeira vez que eu fazia aquilo naquele lugar, então era a primeira vez na vida que eu encarava aqueles blocos comerciais sem o sistema funcionando. Percebi que tinha muito grafite nas paredes, camadas e camadas de coisas rabiscadas sobrepostas umas às outras e que os filtros do governo quase sempre recobriam. Algumas das frases que consegui ler antes de o sistema ligar de novo sozinho ficaram comigo, umas porque eram familiares, outras porque eu nunca tinha visto antes: "QUEM VIGIA OS VIGIAS?", "SAI DA MINHA MENTE EU NÃO AGUENTO MAIS", "RAC DE CU É ROLA", "O CAPITALISMO É UM PESADELO DA NATUREZA".

7

Voltei a fumar — essa prática tão arcaica — alguns dias depois dessa história toda começar. Tinha parado totalmente com o vício quando Ártemis se mudou lá pra casa, depois de ela simplesmente fremir as narinas uma vez e olhar pra mim com cara de reprovação (e uma nota de nojo, talvez). Mas, com a ansiedade que vinha percorrendo meus dias, não me aguentei. Não queria que a patroa descobrisse, então só fumava no trabalho e escovava os dentes antes de voltar pra casa (no mínimo bochechava uma pasta no carro).

Decidi fumar no final do expediente num lugar que era meu preferido quando ainda fazia isso o dia inteiro: o terraço do prédio. Precisava passar rapidinho pela porta de incêndio pra ela não tocar o alarme. Eu já estava acendendo meu Marlboro Light Minus e encarando a paisagem fixa de topos de edifícios cinzentos, com antenas e dutos de ventilação, umas fileiras de copas de árvore e os carros lá embaixo, quando percebi que não estava sozinho, que tinha acabado de surpreender Leandro e Carola conversando num canto, desta vez de um jeito mais tenso do que da anterior.

— Opa, gente. Não sabia que teria alguém aqui, tem tempo que não venho fumar.

— Pois é, achei que você tinha parado. — O tom do Leandro era quase de literal descrença.

— Voltei, acredita? Essa bosta dessa tensão, dessa crise. E agora ainda acontece esse desastre. Essa coisa tão aleatória.

— Se é que foi desastre, né. Se é que foi aleatório.

A Carola foi quem falou. Entortei a cabeça como um cachorro. Leandro olhou pra ela como se não soubesse bem se era uma boa ideia falar isso pra mim. De novo, fingi não notar. Ele desembuchou como alguém contrariado:

— Eu tava contando pra Carola o que um primo meu que é da Polícia Civil me contou. O Alexander diz que não queria matar ninguém, mas que deu uma coisa bizarra na visão dele, tudo foi ficando vermelho e acelerado, ele olhou pro Rinaldo e viu uma criatura monstruosa e ameaçadora, um demônio. O Rinaldo falava e no lugar ele ouvia só um ruído ensurdecedor de vidro sendo remoído, de maquinaria pesada. Ele jura que não tem histórico de doença mental e nem usa nenhuma droga, jura que foi coisa do RAC.

— E olha que ele é evangélico e não usa filtro quase nenhum, só os da igreja mesmo — comentou Carola.

— Caramba. E vocês acham o quê, então?

— Se for pra ser sincero, Túlio, eu não sei se posso confiar em você.

— Poxa, Leandro.

Por algum motivo, aquilo me incomodou muito. Embora de fato eu jamais tivesse dado qualquer motivo pra ele confiar em mim, embora eu o achasse um cara meio prepotente, uma parte de mim sempre quis que ele gostasse de mim.

— Eu sei que eu sou muito na minha, mas tô tão abalado quanto vocês. Tamo junto, pô.

Carola olhou de novo pro Leandro, que fez um gesto meio "você que sabe". Depois olhou pra mim e disse:

— O Rinaldo tinha descoberto uma pressão de gente querendo botar uma *backdoor* no sistema de metragem. Um negócio que não faz nem sentido, tecnicamente, mas que eles queriam porque queriam botar. Fazer o sistema de um jeito que desse pra manipular a metragem na hora de canalizar água pra exportação e também pro mercado interno. Mudar os valores remotamente. Uma coisa cabulosa assim. Ele não deu muito detalhe.

— Gente.

— Pois é. Ofereceram uma montanha de dinheiro, mas ele falou pra eles que tinha medo, que nem saberia como fazer, mesmo se quisesse, o que era tudo verdade. Mas eles só tomaram como uma recusa, e talvez seja uma galera que não aguenta ouvir recusa.

— Mas quem é que estava pressionando? Era gente da Acquabras, era gente da Nestlé?

— Eu não sei, o Rinaldo só me falou isso porque tava bêbado, semana passada. Eu perguntei e ele não quis dar detalhes. Só falou que tava fodido e não sabia o que fazer. E aí acontece isso? Porra, não tem como ser coincidência. Não tem.

— É, é estranho mesmo.

— Eu só não entendo o que o Alexander tem a ver com isso — comentei, e Leandro respondeu num tom acima, acelerado.

— Eles pegaram um cara qualquer pra fazer o trabalho. Meteram por cima uns filtros que ativam os medos mais profundos que o cara tem, e pronto. Reagiu como bicho acuado.

— Mas eles têm como fazer isso?

— Não tenho tanta certeza, mas a lenda é que a central de controle do RAC permite injetar qualquer sistema em qualquer usuário. Sem consentimento. O advogado tá confiante que consegue uma absolvição, até, se conseguirem reaver a gravação da experiência dele.

Carola retomou a palavra tentando imprimir mais calma:

— Mas o que eu tava falando antes é que a gente tem que se organizar. Porque amanhã ou até hoje ainda, de madrugada, o sistema vai dar baixa que o Rinaldo está morto e vai botar outro analista pra lidar com o processo. E tenho certeza de que vão chegar no cangote desse analista. A gente precisa proteger a pessoa. E pensar no que a gente vai fazer.

Fui pra casa com aquilo latejando na cabeça. Se tudo já parecia boiar nessa banheira tépida de irrealidade, essa súbita trama possível de assassinato e intriga corporativa envolvendo meu trabalho parecia me afundar ainda mais naquela água turva.

A Acquabras, claro, era a grande joia do Brasil, essa potência que eu vi nascer e crescer, o orgulho da minha geração de brasileiros e brasileiras. Com a redução gradual do uso de petróleo, a Petrobrás foi deixando aos poucos de ser uma empresa de energia fóssil pra se tornar, efetivamente, uma empresa de gestão de recursos hídricos. A sua criação como uma empresa de economia mista com participação internacional veio junto da polêmica compra de parte dos direitos de gestão do Aquífero Guarani pela Nestlé-Pepsico, depois de uma disputa bastante movimentada envolvendo o grupo Coca-Cola e a empresa estatal chinesa de água. A soma proposta foi tão vultuosa que o pessoal até fez piada que teriam que adicionar uns zeros pro sistema global de moeda de carbono conseguir dar conta. A compra envolvia mais três países e ainda permanecia parcialmente enrolada na justiça mesmo dois anos depois de ter sido, supostamente, concluída (o fato de o governo ter mudado certamente não ajudou).

Muitos criticaram a decisão da última administração de abrir o aquífero pra capital estrangeiro, mas o fato é que a Acquabras se tornou uma das empresas mais valiosas do mundo na década seguinte, principalmente depois da primeira Guerra da Água, aquela do Norte da África. Isso ajudou a impulsionar o Brasil ao posto de quarta maior economia do mundo, do qual tanto nos orgulhamos hoje (é verdade que nossa subida veio em cima dos desastres que botaram algumas antigas potências pra baixo, mas isso não é da nossa conta). Se hoje os cento e cinquenta milhões de cidadãos efetivos do Brasil têm uma das melhores rendas per capita do mundo, é tudo graças à água, como qualquer criança sabe. Então não devia ser pouco dinheiro envolvido nesse possível esquema que tinha pressionado o Rinaldo e talvez levado à sua morte.

No dia seguinte, ao chegar no trabalho e checar minhas mensagens no sistema, descobri que o processo de consolidação dos padrões e métricas da Acquabras tinha sido direcionado pra mim. Eu já estava esperando por isso.

Encontrei Carola e Leandro no terraço de novo, algumas horas depois, e eles só fizeram uma cara de tensão quando contei a notícia.

— Se alguma coisa acontecer comigo, vocês já sabem quem foi.

Eles concordaram em silêncio. Quase todo mundo saiu mais cedo pra ir ao velório do Rinaldo no Campo da Esperança. Pensei que não aguentaria a cena e fingi que tinha trabalho demais. Nunca fui muito bom em lidar com situações dramáticas. Terminei o expediente sozinho no escritório, o tempo inteiro lutando contra a impressão de que estaria dormindo, de que teria adormecido ali na mesa e, no meu sonho, alguma coisa bizarra sem dúvida espreitava a qualquer momento, no cubículo ao lado.

8

Fui pra casa transtornado, sentindo tudo na rua pulsar com a possibilidade de alguma distorção nova. Só quando já estava pegando o eixinho a sessenta quilômetros por hora é que me ocorreu que dirigir um carro podia ser perigoso pra alguém que podia ou não ser alvo de um inimigo remoto que controlava sua percepção. Liguei o piloto automático pra ficar mais tranquilo, sem deixar de prestar atenção, mas imaginei que também poderiam controlar isso, se quisessem. Depois percebi que não tinham me oferecido nada ainda e que talvez eu estivesse seguro até isso acontecer. Afinal de contas, eles *precisavam* de mim.

Pensei em contar tudo pra Ártemis, mas ela já parecia estar bem tensa com o pouco que sabia da morte de Rinaldo. Fiquei com medo de a coisa toda ser um delírio nosso e de acabar a preocupando à toa. Acabei ficando quieto. Jantamos o mesmo sushi que pedimos sempre, de um restaurante aqui perto, e jogamos por duas horas uma aventura imersiva em que éramos um casal de golpistas num cassino na Riviera francesa.

Mais uma vez, não consegui dormir. O cachorro também estava inquieto, então decidi passeá-lo depois da meia-noite, coisa que quase nunca faço, mas sem sair muito de perto ali do bloco. O Plano era bastante seguro, mas enfim, não custava ter algum cuidado. Ainda mais naquele momento.

Assim que pisei no gramado diante do meu prédio, ouvi um craquelado grosso, de várias camadas — o filtro do GDF mantinha a grama com uma aparência verde, mas dava pra sentir a realidade ao caminhar por ela. No quadrado imediato em volta do meu prédio, a grama permanecia verde porque era irrigada pelo condomínio. Mas era só chegar na área compartilhada, que ia além dos quadrados de cada bloco, que sentia como estava seca. Era incrível que todo ano ela ainda sobrevivesse a essa secura tão prolongada (não dava pra falar o mesmo do resto do Centro-Oeste, esse deserto amaldiçoado).

Assim que me afastei um pouco do prédio, recebi uma ligação pessoal. Isso nunca acontecia, então estranhei. Ainda mais àquela hora. E era uma chamada sem identificação, o que era ainda mais raro. Pisquei duas vezes pra atender.

— Túlio Menezes?

— Sim? Quem fala?

— Quem eu sou não importa. Você recebeu um processo hoje no seu trabalho. Um processo muito importante. Não foi? Você sabe do que eu estou falando.

— Foi sim. Sei sim.

— Nós vamos entrar em contato em breve com alguns pedidos especiais a respeito desse processo. Não posso entrar em detalhes aqui. Você está me entendendo?

— Acho que sim.

— Claro que a gente sabe ser muito grato com nossos amigos.

— Aham.

Não sabia o que dizer, mas achei que era melhor não os contrariar, certamente não assim de cara.

— Amanhã estarei no estacionamento do seu prédio às nove e meia da manhã. A gente conversa melhor.

Quem será que estaria do outro lado da linha? Um burocrata como eu, um capanga de alguma entidade poderosa? Certamente era a mesma pessoa que tinha conversado com Rinaldo. Ou fora contratado pela mesma pessoa. Olhei em volta, mas não parecia ter ninguém por perto ali na quadra, só os prédios em suas caixas de seis andares, o gramado bem-cuidado e a noite com sua fundura sem fundo de sempre.

Subi de volta pro apartamento e, assim que entrei em casa, já me sentindo mais seguro, mandei uma mensagem pra Carola e pro Leandro.

"Eles já entraram em contato. Vou enrolar o máximo que posso, fingir que estou com eles. Não sei mais o que fazer."

Naquela noite, sonhei que andava numa rua nas setecentos norte em direção a um posto de preenchimento pra pegar uma encomenda e encontrava uma fila enorme na entrada. Várias famílias, ainda por cima. As pessoas parecendo desesperadas. Perguntava pra um homem da fila o que era aquilo e ele me respondia, com a cara de quem achava a pergunta idiota, que era pra conseguir um galão de água. O racionamento só deixava um por pessoa. Parecia uma daquelas cenas de refugiados e outros tipos de desaguados que eu tinha visto tantas vezes acontecendo longe daqui. Percebia que minha própria garganta estava seca, e isso me dava um pavor enorme.

Eu dirigia pra um dos bares de água mais chiques da Asa Norte — um que vendia só as melhores águas norueguesas e Japonesas, quase nada nacional — disposto a pagar o que fosse. Mas quando chegava lá encontrava o lugar saqueado e destruído. Tinha pessoas tentando lamber água de garrafas quebradas no chão, uma delas começava a sangrar na boca e eu evitava encarar, de agonia.

Percebia que tinha uma pessoa familiar falando ali do meu lado, um professor magricelo de bigode e blazer escuro, um cara de quem eu assistia a muitos vídeos na época da faculdade, mesmo sem entender muita coisa, morto há muitas décadas. Estava sentado no chão, entre as garrafas quebradas, dando uma espécie de aula ou palestra pra quatro pessoas deitadas do lado, parecendo todas entediadas ou dormindo (uma menina bonita mexe no cabelo da outra). Era um homem austero e muito sério, quando vivo, mas ali no sonho falava as coisas que sempre repetia nas suas aulas não com o tom melancólico de sempre, mas com uma espécie de contentamento resignado, tranquilo, quase safado.

— A verdade é que a gente está vivendo a cultura da segunda metade do século XX em looping. Nunca saímos disso. Um horizonte histórico que foi se encurtando até não alcançar mais nada além do próprio nariz. O eterno presente caminha pra frente sem bagagem nenhuma. Pós-alimentado, e não retroalimentado. E por isso mesmo, senhores, *terminantemente* incapaz de aprender com os próprios erros.

No dia seguinte, dei tchau pra minha esposa me sentindo um espião. Um pouco culpado, um pouco animado, mas principalmente com medo. Percebi que o carro já estava lá embaixo me esperando ainda em casa, olhando pela janela. Era um daqueles modelos híbridos bem leves e compactos em que só cabiam duas pessoas, o que por algum motivo me surpreendeu.

Encontrei um homem baixinho de terno com seus cinquenta ou sessenta anos, acima do peso, rosto meio vermelho.

Parecia estar com sono e me cumprimentou de maneira artificialmente simpática.

— Bom, dia, seu Túlio. O senhor tá pronto pra ficar rico, pra resolver sua vida?

Logo que entrei no carro, sem nem se apresentar nem nada, ele já explicou o esquema, dizendo que os detalhes mais técnicos estavam numa pasta criptografada a que eu teria acesso em breve. Era basicamente aquilo que eu já tinha ouvido, o que eles queriam era introduzir uma porta dos fundos no software de registro da metragem de água, de modo que pudessem fazer algumas manipulações remotas. Mesmo eu que era desatento percebia que isso não era pouca coisa.

— Vamos lá. Você deve saber o tanto que isso é arriscado pra mim. E o que eu ganho com isso?

Perguntei mais pra soar crível, mas assim que falei percebi que estava curioso, também. Ele escreveu a soma no aparelho dele e me mostrou. Assoviei. Era de fato um dinheiro que resolveria o resto da vida, se bem administrado. Cheguei a considerar aceitar mesmo, levar a coisa adiante e foda-se. Tanto por covardia quanto pela grana. Ártemis poderia se aposentar, eu não teria que viver com meu ciúme entocado pelos clientes dela (que eu digo que não tenho, mas tenho). Mas claro que, com Carola e Leandro sabendo, aquela não era uma opção genuína.

Fingi ali uma crise ansiosa de consciência (o que não era difícil, estando de fato tenso e indeciso pra caramba), mas acabei concordando. A gente se cumprimentou, como se representasse um puta acordo de cavalheiros (sendo que eu nem sabia o nome do cara que eu estava cumprimentando). E já expliquei, honestamente, que não era programador, só entendia o básico, não seria capaz de desenvolver aquilo sozinho. Ele riu e falou que não esperava isso.

— Pelo que entendi, vocês lá recebem o software pra aprovar e padronizar a parte da infraestrutura que se conecta com outros sistemas do governo federal. Não é isso?

— Resumindo bastante, sim. A gente confere se todas essas conexões do software com os padrões, protocolos e formatos usados por outros sistemas estão batendo, se estão chocando etc. Quase sempre tem uma coisinha ou outra pra adequar.

— E isso inclui uma revisão do código do programa, né?

— Inclui, mas é feita pela equipe toda, não só pelo analista dedicado do projeto.

— Isso pode ser um problema?

— Com certeza, mexer no código sem ninguém mais ver parece bem arriscado. Não sei nem se é possível, preciso conferir algumas coisas.

Os analistas nunca mexiam sozinho nos processos, e seria, portanto, muito difícil esconder aquilo dos meus colegas. Talvez impossível mesmo. Falar isso naquele momento era a melhor forma de já começar a cavar a minha fuga futura daquela fria. Ele recebeu essa informação mal, mas falou que eu receberia tudo de que preciso em breve e que todos esperavam resultados ainda este semestre. Eles tinham pressa. Dirigi pro trabalho com a constante sensação de que poderia ser preso a qualquer momento.

9

Assim que cheguei lá, subi pro terraço pra fumar um cigarro e contar discretamente pro Leandro o que aconteceu e meu plano de enrolá-los como podia. Ele fingiu fumar um cigarro também, pra despistar, embora só deixasse a coisa queimar na mão. Disse que achava uma boa ideia. Carola em seguida apareceu pra nos contar que encontrou no enterro de Rinaldo um amigo dele, funcionário do Serpro, que trabalhava no RAC. Ele se chamava Romário, ela já o havia conhecido num aniversário do Rinaldo anos antes, mas na época não descobriu com o que trabalhava. Parecia que o posto dele era de uma camada técnica, sem decisão executiva nem administrativa, mas tinha acesso a muita coisa no sistema, ainda que não conseguisse mexer em quase nada. O importante era que Romário ficara muito abalado com o que aconteceu com Rinaldo e com tudo que Carola lhe contou nas cervejas que tomaram depois, o bastante pra decidir que tentaria ajudá-los como pudesse.

Marcou de encontrar nós três no estacionamento de um outro prédio no Setor de Autarquias às sete horas. Dois encontros de espião num só dia; parte de mim estava achando aquilo o máximo, ao mesmo tempo que não me aguentava de ansiedade e medo o dia todo. Por duas vezes me botei diante do vaso achando que ia vomitar, cheguei a fazer aqueles engulhos forçados, mas não saiu nada. Era só uma náusea solta, dispersa, que parecia inclusive exterior a mim.

Carola, Leandro e eu passamos no drive-thru pra comprar uns sanduíches. Comemos tudo no carro e ficamos comentando mais uma vez o que aconteceu com Rinaldo. Repetindo as mesmas frases. Sempre me agoniou muito o tanto que as pessoas se repetiam sem perceber. Voltamos pro estacionamento e agora ele estava lá nos esperando.

Romário era baixo e atarracado, pele escura com cabelo raspado e costeletas meticulosamente aparadas. Estava de moletom preto com capuz, calça jeans cinzenta e botas. Mal cumprimentou todo mundo e já foi falando de como tinha lamentado a morte do Rinaldo. Que além de ser um amigo foda era um servidor foda, um brasileiro foda. Meteu todo um papo que eu não esperava. Estranhei no início, mas acho que no final me emocionou, até.

— Ele bebia pouco, né. Era raro ele beber assim de beber mesmo. E aí sempre que acontecia, tipo aniversário ou quando o Gama ganhava, ele falava era de trabalho. Olha que coisa bizarra. Toda vez era isso.

Ninguém ali, acho, jamais tinha visto o Rinaldo bêbado. Eu certamente não.

— *A metrologia, porra, a metrologia. Maior tesão nessa parada. Admito que antes do concurso nem me ligava, sabia de nada disso, o nome não me dizia porra nenhuma.*

Ele começou a imitar o Rinaldo, de repente, emendando frases numa voz que era pra ser a dele.

— *Só sei que hoje em dia levo isso aqui muito a sério. Porque, porra, pensa bem, o que que é o mundo sem o metro? Sabe como nasceu essa porra, sabe? Eu nunca nem tinha pensado nisso antes. Até pensar. Até pesquisar. Que o metro original é uma barra de platina em Paris. Que foi depois da Revolução Francesa, essas coisas, o nascimento do universalismo, do mundo moderno, dos direitos humanos. Que foi aí que começaram a padronizar as coisas pro mundo todo. Antes era cada um por si e foda-se. Os Estados Unidos são assim até hoje. Por isso que são daquele jeito.*

No início eu estava achando normal, um cara com saudade do amigo. Mas fui ficando constrangido.

— *Sem o metro, sem o mesmo padrão pra todo mundo, sem a estandartização industrial, tu não tem nada. Só um bando de fluxo maluco se derramando um em cima do outro. É só com a metrificação que tudo se organiza. O metro é a única coisa que separa a gente do caos absoluto. O metro e a metrificação.*

Olhei pros outros procurando dicas de como reagir. Ninguém parecia saber como lidar com a situação.

— Porra, o Rinaldo era foda. Figuraça.

Todos concordamos, sem que ninguém conseguisse dizer nada muito articulado. Meus olhos marejaram rapidinho como não faziam há anos, que me lembrasse. Em seguida, Romário pediu pra que todos desligassem o RAC por cinco minutos. Todos fecharam os olhos por um instante e abriram em seguida.

— É o seguinte. Eu não quero me envolver demais aí em nada porque tenho minha família, entendeu? Tenho que me cuidar e tal. Mas o que eu consigo dar pra vocês é um feed em tempo real da tua conta no sistema. Isso te dá tudo que tá ali na pilha, todas as camadas, todos os programas e instâncias que estão ativados.

— Porra, incrível. Tu consegue isso pra gente?

— Consigo de um usuário só. Por um tempinho pelo menos, já que vocês tão com esse medo aí. Com toda a razão. Pra te falar a verdade, não é tão incomum a galera abrir assim as contas de uns usuários aleatórios só de onda. Tem servidor do RAC que abre a própria conta pelo sistema só pra conferir uma coisa ou outra. Então não deve chamar atenção. Mas ainda assim vou tentar fazer de um jeito que não fique ligado à minha conta no sistema, só por segurança.

— Porra, isso já seria ótimo.

— Não sei quando ainda, mas em breve vocês vão receber o link naquele e-mail que vocês me deram.

A gente agradeceu muito Romário, que fez uma cara séria antes de fazer uma mesura quase japonesa com o torso, vestir o capuz — mesmo sem chuva nenhuma — e sair do carro.

10

Cheguei em casa quicando de energia, sem saber o que achar daquele dia bizarro. Sem nenhuma intenção prévia de me envolver com porra nenhuma, eu tinha do nada me comprometido com um esquema de corrupção internacional e ao mesmo tempo com um complô de obtenção de informações sigilosas de um sistema que era, em parte, militar. Num mesmo dia. Quer dizer, eu, que até o dia anterior tinha uma vida tão segura, estava entrando em fria atrás de fria sem nem planejar, exatamente.

Ártemis estava no quarto assistindo a uma animação gerativa escrita por uma amiga dela da adolescência.

— É muito ruim, mas ela pediu pra eu ver tem meses. É aquela amiga que eu te falei, de que me afastei, mas ainda tenho carinho por ela.

— Sei, sei.

— E ela vive me culpando de a gente estar distante e tal. Então de vez em quando eu sinto que tenho que assistir a essas coisas que ela faz.

Assistimos juntos por um tempo. Era uma animação computadorizada de fantoches de meia de Natal conversando com uma voz fina. Falavam muito de sexo, aparentemente, embora não tivessem genitais nem nada parecido. Não dava nem pra entender se era pra ser engraçado, se era pra ser sério.

— É muito ruim mesmo. Coitada.

— E com você, o que está acontecendo? Todo mundo no trabalho está triste ainda?

— Querida, eu tenho que te contar uma coisa. Umas coisas.

Desembuchei a história toda, desde o início. Ela ficou revoltada de eu não ter falado nada antes. Com razão, claro. Tentei explicar que quis poupá-la, mas também só porque parte de mim ainda não acreditava totalmente na coisa. Até por isso eu fui entrando tão passivamente em tudo.

— Desde o início, parecia um sonho, acho que eu só fui deixando fluir pra ver no que dava. Ainda parece. Não parece que tô vivendo tudo isso de verdade, uma parte de mim ainda não consegue acreditar. Acho que por causa dessa porra dessa situação maluca em que a gente está. Que momento pra isso tudo acontecer.

Fomos pra cama, nos deitamos e nos abraçamos por um tempo, enquanto ela chorava. Eu não chorava de verdade tinha anos, tentei entrar com ela na coisa, mas não consegui. Só fiquei forçando uma cara de choro e vendo no espelho do quarto o reflexo feio da tentativa. Ela parecia entender melhor o meu lado, mas, ainda assim, continuava chateada. Disse que não sabia se ficava mais tensa de eu ter concordado com aquele esquema — mesmo que de mentira — ou de estar metido num outro esquema perigoso contra forças tão poderosas. Nós nunca fomos esse tipo de pessoa, sempre se nos mantivemos quietos no nosso lugar, focados em conseguir construir um lar bacana e melhor do que aqueles em que crescemos. Tudo isso era verdade. E agora eu botava tudo a perder por quê? Porque dois amigos do trabalho estavam pedindo? Ela estava certa, mas a coisa era que eu não sabia mais quem eu era, não sabia mais onde estava. Tudo parecia tremer gentilmente e chacoalhar nas bases, como gelatina, tudo parecia que poderia ser de outro jeito, e não do jeito que era, e isso mesmo enquanto teimava em ser como era. Eu ouvia Ártemis reclamar e parte de mim se angustiava de vê-la incomodada comigo. Mas outra parte via aquilo tudo se desenrolar como se estivesse a quilômetros de distância, vendo tudo por um binóculo, debaixo d'água. No mudo.

Aquela devia ser a primeira ocasião desde que Ártemis sentou na minha cara pela primeira vez — ganhando assim total domínio sobre minha alma e meu corpo — que eu não me importava direito com o que ela achava de mim. Isso me deu uma coisa fria no corpo todo, de repente. Percebi, um pouco apavorado, que aquela falta toda de realidade estava conseguindo me tirar do nosso contrato doméstico e dos seus termos estritos tão bem-sucedidos até agora. A única coisa boa que aconteceu na minha vida. Meu joelho chegou a tremer só de lembrar da solidão desesperadora e sem fim em que eu vivia antes de conhecê-la.

Minha visão começou a se turvar, umas bolas de ausência irrompendo e abrindo como rombo em filme que queima. Levei a mão ao rosto.

— Tá tudo bem?
— Me deu uma coisa esquisita, sei lá.
— Baixou sua pressão, será?
— Pode ser, pode ser.
— Vou pegar água e um pouco de sal.

Deitei na nossa cama com a mão no rosto, ouvindo Ártemis caminhar até a cozinha por baixo da conversa insossa da animação. Ela voltou com um prato com sal e um copo d'água. Botei as duas coisas na boca e agradeci, mas, quando abri de novo os olhos, não me sentia melhor. Pelo contrário, a visão estava mais turva, quase derretendo. Fechei os olhos de novo.

— E aí?

Eu me virei para Ártemis de olhos abertos e de repente a silhueta dela parecia recortada de maneira incerta contra um fundo vermelho e borrado, minha cabeça latejava. O corpo dela parecia mudar de forma, transbordar pra fora de seu contorno (por um instante estranhíssimo, ele todo chega a tremer e sumir, como se nem estivesse lá). Comecei a sentir um medo bizarro. Ela tentou tocar no meu braço num gesto de carinho ou cuidado — algo que nunca fazia tão casualmente, pelos termos do nosso contrato — e me afastei instintivamente. Ela estranhou, e a cara dela primeiro entortou de um jeito normal, mas continuou entortando, as feições derretendo e indo além do próprio rosto. Fechei os olhos, mas a sensação não ia embora. O medo ainda estava lá. Fundo como minhas entranhas.

— Desculpa, eu não estou bem, desculpa.

Corri pro banheiro e tranquei a porta. Ela bateu e perguntou, agora com uma voz tão irritada quanto preocupada, que merda era aquela que estava acontecendo. E foi só aí que me lembrei do Alexander e percebi que eles estavam tentando fazer com que eu matasse Ártemis. Num homem mais violento, menos submisso, talvez tivesse funcionado.

Perceber isso aos poucos me fez relaxar, minha visão perdeu quase toda a distorção pesada que tinha aparecido, mas era como se ainda permanecesse uma sensação instintiva de animal acuado. Abri a porta e mesmo sabendo que era só minha mulher ali, preocupada comigo, tinha uma parte minha que se sentia ameaçado. Achei prudente dormir na sala e deixá-la no quarto com a porta trancada.

11

Assim que acordei, chequei o e-mail que demos pro Romário pra ver se ele já tinha enviado o link que prometeu. Mas nada. No trabalho, puxei Carola e Leandro pro terraço pra contar o que tinha acontecido. Todos desligamos o RAC por uns minutos, como passaríamos a fazer sempre antes de conversar sobre essas coisas.

— Mas, ué, você não falou pra eles que ia tentar?
— Pois é, por que que eles fariam isso com você falando que ia colaborar?
— Não entendi também. Mas fiquei pensando que eles podem ter visto a gente conversando. Podem ter monitorado meu celular, podem estar seguindo a gente.

Os dois se entreolharam. E olhamos todos em volta do terraço, como se fôssemos encontrar um drone nos encarando no céu.

— Se for isso mesmo, vocês podem estar em perigo também.
— Puta merda.
— Não é possível que eles vão foder com a porra da equipe toda de Metrologia? Será que isso não vai chamar atenção, caralho?
— A gente não sabe com quem tá lidando. Às vezes é uma galera que não tem medo de porra nenhuma.

— Pois é, não dá pra presumir, assim, razoabilidade de quem fez o que fez com o Alexander...

— Aliás, sobre isso... Vocês viram a matéria de ontem sobre o caso? A polícia tá falando que a gravação dele não denuncia nenhuma distorção igual à que ele falou que teve. Estava tudo normal. Ele só vira e enfia a faca e pronto.

— Ué.

— Será que ele mentiu, então?

— Duvido. Porra, eu conheço ele, nunca pareceu um maluco agressivo, não tinha motivo nenhum. Por tudo que eu li, na real, já estava esperando isso. Tô supondo que eles têm como te afetar e ainda impedir que isso apareça na gravação, como nos outros casos. Segundo o Romário, isso não seria tecnicamente difícil de fazer.

— E o negócio dele?

— Do Romário? Pois é, não enviou ainda.

A gente prometeu que não ia mais conversar em aplicativos abertos sobre aquele assunto. Carola indicou um programa de conversa criptografada e combinamos de começar a usar naquela noite.

Cheguei em casa e Ártemis estava animada pra interagir, mas eu não conseguia prestar atenção em nada. Fiquei sentado no sofá pensando nas tretas o tempo inteiro, sem conseguir me concentrar por um segundo nas histórias compridas que ela estava contando sobre um reality show de presos confinados em celas solitárias, e as coisas malucas que acabavam fazendo. A gente jantou lasanha congelada em silêncio. Deviam ser quase onze da noite quando lembrei que precisava passear o cachorro, que tinha ficado o dia todo em casa. O Plano Piloto era um lugar muito seguro e tranquilo, sempre caminhei ouvindo música, às vezes até assistindo a um vídeo ou jogando alguma coisa. Mesmo tarde da noite, o risco era quase nenhum. Fiquei andando ali entre as árvores, passando pelos pilotis, achando que toda sombra poderia ser ameaçadora. Depois de alguns minutos, me acostumei de novo com o cenário e consegui me distrair do medo. Não era tão difícil, considerando que era o cenário da minha vida, aquelas árvores, aqueles blocos modernistas, aquele desenho ordeiro de um jardim pacato e tão pouco ameaçador.

Logo depois disso, percebi entre as árvores uma figura familiar caminhando, o cara que já tinha visto antes andando sozinho pelas entrequadras e combatendo seus inimigos invisíveis. Quando percebi que era ele, fiquei tranquilo, voltei a me concentrar no joguinho onde estava defendendo uma pequena cidade da invasão de hordas sucessivas de zumbis refugiados com olhos cheios de pus e vômito tóxico.

Não devo ter ficado um minuto distraído até levar uma porrada nas costas. Caí no chão, meu cachorro assustado, latindo, correndo em círculos. Me virei e vi o cara de antes segurando uma porra dum galho enorme de árvore, a expressão transfixa.

— Que merda é essa? Tá maluco, bicho?
— Shoggoth maldito, você não me engana!

Ele levantou os braços de novo pra me bater com o galho. A cena era tão absurda que eu demorei pra reagir, fiquei ali sentado no chão esperando acordar, esperando que a cena toda se desmanchasse. Cheguei a fechar os olhos esperando o impacto, mas, em vez da porrada, o que ouvi foi alguém surgir das árvores e segurar o galho por trás do homem.

— Parou, parou, parou.

Era Leandro, que parecia ter meio metro a mais que o homem barbudo e atarracado. Ele mudou a expressão de repente, claramente assustado. Ganhei coragem pra perguntar de novo:

— Que merda é essa, bicho?

Ele olhava pra nós dois com uma expressão diferente, mais sóbria do que antes.

— Desculpa, desculpa. Eu não achei que... eu não sei.

— Como não sabe? Tu acabou de virar esse galho nas costas do meu amigo, bróder.

— Apareceu outra coisa aqui. Eu estava jogando meu jogo, e ele apareceu como uma das criaturas do jogo. Ele estava com a cara de um enviado de Nyalathotep.

— Hein?

Reconheci os nomes de leve, sabia só que era parte do metaverso do Lovecraft, tinha amigos que jogaram aquilo por anos (era um dos poucos mundos grandes criados e geridos pelos fãs, e não por alguma grande empresa). Mas jamais ouvi falar de ninguém atacar pessoas de carne e osso enquanto jogava essa merda. Tinha toda a cara de ser o mesmo tipo de coisa que aconteceu com o Alexander. E comigo.

O homem começou a chorar, pediu pra que não falássemos com a família dele, disse que os pais já o achavam um merda. Eu e Leandro nos entreolhamos, os dois com a mesma cara de quem sabia que a ameaça não era aquele pobre coitado. A gente falou pra ele ir embora e ele saiu correndo. Assim que se afastou, Leandro começou a rir, e eu acompanhei.

— Que parada bizarra, bicho.

— Sim. E, porra, obrigado. Tu deu pra ficar me vigiando agora?

— Ainda *bem*, né. A história que tu me falou me deixou noiado demais. Não consegui dormir. Primeiro fui pro prédio da Carola, depois vim pro teu. E aí te vi descendo bem na hora. Fiquei por perto só pra garantir.

— Que sorte, puta que pariu. Valeu demais.

— Pois é, a gente tem que ficar ligado.

A gente se abraçou, devia ser a primeira vez em anos que fazia isso com alguém, a sensação foi incômoda. Ele voltou pro carro dele e eu voltei pra casa. Assim que entrei no prédio, apareceu uma ligação na minha vista, de novo um número desconhecido. Pensei em não atender, mas acabei atendendo na terceira chamada.

— Sr. Túlio.

— Quem é?

— Você sabe quem é. Só queria dizer que a gente sente muito por esses incidentes. Mas o meu contratante achou que era necessário demonstrar o que a gente é capaz de fazer. Espero que esses avisos tenham sido o bastante. Não gostamos de recorrer a isso.

— Não falei que ia ajudar? Porra, não entendo.

— Falou, mas tivemos notícia de que você anda fazendo umas movimentações estranhas. Fechando o seu *feed* em momentos suspeitos. Esteja avisado. Temos meios de saber se você cumpriu ou não o que prometeu. Só queríamos que soubesse disso. Agora você sabe.

— Eu vou fazer a parada, porra. Relaxa. Vocês nem me deram ainda o trem. Eu nem recebi o processo fechadinho ainda pra analisar.

A ligação desligou antes que eu terminasse de falar. Entrei em casa cagado de medo, percebendo que aquelas paredes não tinham como me proteger.

12

Antes de dormir, vi que tinha recebido o link do Romário, finalmente. Além do link, ele também mandou uma matéria de um jornal independente europeu (entendi que era holandês, apesar de o texto estar em inglês) e disse que precisávamos nos encontrar pessoalmente amanhã. Encerrei o RAC por alguns minutos e abri o link antes da matéria, claro, ansioso por acessar o meu próprio terminal de realidade aumentada.

Infelizmente, como ele já nos tinha explicado, o terminal só mostrava os processos em curso. Não mostrava o passado. Não seria possível confirmar, portanto, que eles tinham mexido na minha cabeça ontem. Mas a gente podia monitorar o que estava acontecendo dali em diante, pelo menos.

Eu conseguia ver não só a lista de programas que já sabia que tinha instalado e que estavam correndo na minha conta pessoal, mas também alguns *plugins* de segurança dos aplicativos do Estado, assim como programas secundários que corriam empilhados em cima de outros que eu sabia que usava. Além de um punhado de serviços que reconheci imediatamente, tinha ainda uma cambada — alguns em estado inativo, outros correndo solto — cujo nome não me despertou nenhum reconhecimento, estranhamente. A lista não era pequena (GothLinkx, Diana-Pri3st3ss-fandom, HYPNOBABIES, MyFantasy, FREEUSEMILFVERSE etc.).

Foi quando vi esse último que me lembrei e entendi, um pouco envergonhado. Pelo menos alguns daqueles eram serviços de pornografia que eu assinava antes de conhecer Ártemis. Alguns dos vários. Alguns botavam toda dificuldade legalmente permitida pra impedir o cancelamento da assinatura, então acabei deixando e me esquecendo. Outros eram jogos e *mods* bobos que usei por um tempo e dos quais me esqueci inteiramente. Também houve centenas deles, e nem sempre o nome que aparecia ali era o que eu reconheceria.

Era doido pensar que aquele tanto de tranqueira estava correndo dentro da minha cabeça. No mínimo diminuindo o *bitrate* geral da realidade, comendo banda e poder de computação à toa. Quando tivesse tempo, eu devia ir atrás de desativar esses programas inúteis no meu quadro geral (todo mundo evitava lidar diretamente com o quadro geral do RAC o máximo que podia, porque o sistema era todo bugado e lento, você não podia fazer nada sem um atendente e sempre demorava muito pra ser atendido).

A maioria das coisas listadas ali não era exatamente surpresa (os sistemas de informação do governo federal e do governo do DF, as contas de internet e de serviços de entretenimento e correntes diversas), mas era estranho ver tudo enumerado, as contagens atuais de demanda computacional e energética de cada sistema fluindo numa lista sem que me dissesse muita coisa.

Abri a matéria mandada por Romário em seguida em outro dispositivo. Era de dois anos atrás e contava que especialistas estavam traçando conexões entre três assassinatos e sistemas nacionais de realidade aumentada. Um na Cidade do México, um em Nova Délhi, outro em Riad. Mal consegui terminar de ler e claro que já acreditei imediatamente em tudo.

    A suspeita era de que pessoas poderosas ligadas ao Estado teriam permitido um acesso direto ao sistema de realidade aumentada geral — que, por motivos óbvios, era algo sempre protegido e controlado, seu sistema de controle sigiloso sendo reputado em muitos casos como a coisa mais segura do país. O quartel-general do RAC no Brasil era um bunker cuja proteção era feita pelo Exército, mantido nas catacumbas do que antes era a reserva de ouro do prédio do Banco Central, aqui em Brasília. Isso tudo levava a crer que a manipulação era feita de dentro do sistema. E só confirmava mais a minha suspeita de que a gente não tinha mesmo a quem recorrer.

13

No dia seguinte, nos encontramos os três na hora do almoço num bar ali no início da Asa Sul, perto do trabalho. Romário chegou depois de nós, de capuz e óculos escuros. Parecia muito tenso. Todos fechamos os olhos por um instante e abrimos de novo.

    — Puta que pariu, em que história vocês foram me meter.

    A gente riu de nervoso, ele não.

    — Vocês viram as matérias? Eu já estava ouvindo esses papos, mas sei lá, não estava dando tanta bola. A galera do sistema toda fica meio com medo de falar dessas coisas, acho. Ainda mais com os milicos lá no nosso cangote sempre.

    Carola respondeu num tom preocupado:

    — Muito tenso. Eu não sei como isso não virou um escândalo maior.

— País nenhum quer admitir que esses sistemas têm brechas, são vulneráveis. Muito menos que devem ser eles mesmos fazendo essa merda — Leandro soou revoltado, até enraivecido.

— Verdade.

— E o doido não é só isso, não.

Romário pausou por um instante, olhou pra nós como que medindo e antecipando nossa reação.

— Comecei a cavucar e cavucar, conversar com uns técnicos de outros países que conheci numa oficina que mandaram a gente fazer, um indiano, um mexicano. E tem muita gente dizendo que essa crise aí que começou foi por causa do RAC, mesmo. Igual geral tá supondo. Mas não foi à toa, não foi só um acidente.

— Como assim? — Carola perguntou.

— O papo é que o consórcio corporativo internacional decidiu experimentar umas coisas novas no sistema. Chegaram forçando de cima, só os chefes dos chefes de cada sistema nacional é que ficaram sabendo. Há quem diga que nem os presidentes, nem o resto do governo federal tinha a menor ideia. Têm a menor ideia.

— Experimentar o quê?

— Umas técnicas de controle populacional. Queriam controlar o ciclo de sono das pessoas porque alguma merda de consultoria aí inventou que isso seria uma ferramenta incrível pros países. Pra produtividade, pra controle de populações inquietas.

— Controlar o sono? — Carola soou incrédula.

— Pois é, isso me pareceu viagem. Não sei se acredito nessa parte. Mas o papo é que esse experimento, pro que quer que seja, teria danificado um circuito neural específico lá que media o hipocampo e o resto do corpo.

— Danificado? — Leandro perguntou quase gritando.

— Sim. *Fisicamente*. Os caras fritaram a gente. Eles basicamente queimaram um fusível importante no cérebro da maior parte da população da Terra. Por isso que ninguém mais sabe se tá dormindo ou desperto.

Ninguém falou nada.

— Se essa hipótese estiver correta, a coisa é que não bastaria consertar o programa. Nem adiantaria tu, sei lá, desligar o sistema de uma vez. Todo mundo na Terra que vive dentro desses sistemas estaria danificado de maneira irreversível. Não tem volta. Só com intervenção cirúrgica, se a gente descobrir uma maneira. Mas vai demorar. Se é que existe.

— Os implantes fazem isso? — Ouvi a mim mesmo perguntar.

— Parece que fazem. Ninguém sabia que podiam, mas podem.

— Mas e aí? — Leandro perguntou num tom quase desesperado.

— Olha, vou ser sincero. Eu recomendo que vocês tentem esquecer essa história. É muito maior do que a gente. Eu já me arrisquei demais, vou ficar é quieto. O que eu queria mesmo era acabar com essa merda dessa sensação escrota, e descobri que não adianta, não tem nada que a gente possa fazer que reverta isso. Já foi. Então sei lá. Vocês estão sozinhos nessa, foi mal. O link que arrumei pra vocês continua ativo, mas é o máximo que eu posso fazer.

Carola respondeu por todos nós:

— A gente entende, claro. Nenhum de nós sabia o que falar. Romário fechou os olhos, e o imitamos. Ele foi embora da mesma forma apressada que entrou. Ficamos nós três lá ainda terminando nosso chope em silêncio.

Chegando no trabalho, recebi uma mensagem no meu dispositivo falando pra abrir uma conta num serviço de mensagens criptografadas. Devia ser a outra conspiração em que estava metido, imaginei, ô, beleza. Abri o link sentado no banheiro, suando de nervoso, sabendo que não podia desligar o RAC naquele momento (e pensando bem, talvez nem precisasse?). O link tinha as partes do código que eu precisava copiar e colar no programa da Acquabras. Enfim, a merda que eu tinha que jogar no ventilador estava ali, à mão. Maravilha.

Sem falar com Carola e Leandro, decidi que era melhor fazer logo aquela minha parte. Melhor dizendo, um medo metido bem fundo nas gônadas e sentido nos pés esfriados decidiu que era melhor fazer logo aquilo e pronto. Eu, que sempre tive medo de fazer coisa errada, que sempre tive um cagaço de descumprir qualquer lei, mesmo as bobas, de algum jeito estava com menos medo de ser pego cometendo um crime do que de virar alvo de novo daquelas forças misteriosas e ocultas. E não estava cometendo um crime qualquer, mas praticando algo que sempre ofendeu minha moral pessoal. *Corrupção*, aquela coisa tão maligna que por tanto tempo condenou o Brasil ao subdesenvolvimento (antes dos expurgos, do fim da estabilidade sem prova regular de civismo etc.). Mas a lei pelo menos era uma inimiga familiar, previsível, e fora Ártemis eu estava cagando pro que as pessoas pensariam de mim. A lei não me faria tentar assassinar minha própria esposa. Ao menos eu esperava que não.

Antes que mudasse de ideia, abri o processo pelo sistema e fui pra parte do código. O programador da equipe já tinha feito tudo o que tinha que fazer, o que faltava era a minha verificação. Não à toa tinham ido atrás de mim, eu era o último homem a mexer naquele processo. O último elo da cadeia, pelo que sabia. Colei rápido a coisa no lugar certo e logo passei pras outras etapas que precisava validar. Fiz o que era de fato o meu trabalho, seguindo um protocolo já altamente automatizado no sistema, durante duas horas e meia.

Assim que cliquei pra finalizar o processo, veio um alívio e ao mesmo tempo um medo danado. Não tinha ideia se tinha feito a coisa certa ou não. Não consegui fazer mais nada o resto do expediente, fiquei só me distraindo com besteiras e tentando, sem sucesso, não pensar no fato de que tinha acabado de cometer um crime gravíssimo.

14

Saí do trabalho e caminhei até o carro crente que alguém ia me interpelar, me acusar do que tinha acabado de fazer. Já estava tão certo disso que, quando de fato apareceu um carro preto cantando pneu e freando bem na minha frente, o recebi com uma estranha naturalidade. É claro que sim. As duas portas de trás abriram e fecharam juntas e de lá saíram dois homens altos de cabelo raspado.

— Sr. Túlio? Precisamos falar com você.

O tom era de assertivo para agressivo, parecia uma ordem, embora tivesse um verniz incongruente, e bem leve, de respeito. Antes que eu pudesse responder, eles me empurraram com quase delicadeza (era fácil, sou levinho) pra dentro do banco de trás do carro, onde tinha um terceiro homem mal-encarado de cabelo raspado. Não falaram nada durante os quinze minutos de carro até o SMU (Setor Militar Urbano, pros não brasilienses).

Um deles de repente botou uma venda na minha cara quando já estávamos quase chegando, com todo o tipo apressado de que havia esquecido de fazer isso antes. Depois culpou os outros dois. Andamos por um tempo sem que eu visse nada, estacionaram o carro e me levaram pra dentro de um prédio. Atravessei alguns cômodos até me botarem num lugar e tirarem a minha venda. Estava numa sala bem-montada, com móveis de madeira escura, muitas condecorações e alguns retratos emoldurados. Um cheiro de mofo mal mascarado com detergente cítrico. Atrás da mesa, diante de mim, estava um senhor macilento e gordo, excessivamente bronzeado, com uma farda de general que ele parecia preencher apenas parcialmente.

— Sr. Túlio, sr. Túlio. Bom dia.

— Bom dia.

— Vamos direto ao ponto, né. Você foi o analista do processo de adequação do novo sistema metrológico da Acquabras, não foi?

— Fui sim, senhor.

— E você sabe nos explicar a modificação que fez no código do programa?

— ...

— Não estamos aqui pra te acusar. Foi um truque muito engenhoso, feito bem na hora certa. Se esse processo não estivesse recebendo o triplo do escrutínio normal, talvez ninguém tivesse percebido. Mas na segunda checagem o sistema acusou a mudança.

— Olha, senhor, eles me ameaçaram, eu não queria fazer nada disso. Você tem que acreditar.

— Meu querido, isso não me importa. O que me importa é saber quem foi atrás de você. Foi a Nestlé-Pepsico?

— Eu não sei.

— É a suspeita número um. Mas a compra do aquífero ainda está correndo na justiça, então quem sabe não é, na verdade, a Coca-Cola tentando melar o acordo? Tentando sujar o nome da Nestlé-Pepsico para pegar o lugar dela? Tudo é possível.

Ele tamborila os dedos na mesa de madeira escura. Parece querer que eu arrisque um palpite, mas não sei o que dizer.

— Eu realmente não sei, não me falaram nada.

— Nós não podemos ser levianos na hora de acusar, entende? Temos que pensar antes de tudo nos interesses nacionais. A gente não pode constranger um grande parceiro do governo à toa. Não pode correr o risco de fazer um papelão desses e não ter certeza.

— Claro.

— Pois então você vai levar um recado pros seus empregadores. Fala pra eles que a mudança que eles fizeram pode passar sem problema, contanto que eles entrem em contato com a gente, façam um acordo com as pessoas certas. Você está me entendendo? Aqui não é bagunça.

— Acho que sim.

— Quer dizer, você não fez isso de graça, né? Então pode avisar pra eles que a nossa cooperação vai custar mais. Mas vem com garantia. Proteção total.

— Certo. Eu não sei se consigo alcançar eles. Mas se vierem falar comigo, eu vou repassar, pode deixar.

Ele ficou insatisfeito com minha resposta, mas não falou mais nada. Começou a mexer no dispositivo dele e logo pareceu esquecer minha presença. Eu agora tinha virado um mensageiro entre conspiradores. Ótimo. Eles botaram minha venda de novo, e em vinte e poucos minutos eu estava de volta ao meu carro. Com mais uma sombra pra temer.

15

Cheguei em casa e Ártemis estava cochilando no sofá. Me deitei do lado dela e fiquei encarando seu rosto lindo em silêncio até ela acordar. Não demorou muito.

— Ei. Demorou pra chegar.

— Você nem imagina.

Contei tudo pra ela, inclusive o encontro bizarro que tive naquele dia. Ela ficou chocada, claro, e sem resposta por um tempo.

— Não sei direito o que fazer.

— É, puxado demais. Que coisa, amor.

— Não tenho pra onde correr. Ou eu faço merda, ou eu me arrisco de um jeito cabuloso. Não quero fazer nenhuma das duas coisas.

— Ai, não sei, Tuta. Acho que você tem é que se proteger. Não tem que bancar herói, não.

— Mas e se me pegarem? Minha vida acaba, vão me prender.

— Estão te ameaçando, poxa! Se der ruim você conta isso, você fala pra eles que não tinha opção.

— É, sei lá. Eu não queria desapontar o Leandro e a Carola também.

— Oxe, até ontem você estava cagando pra eles.
— Eu sei, mas a gente acabou se aproximando um pouco, sei lá. Também não quero trair eles.
— Não é *traição*, meu deus. Você só quer se proteger.
— É, sei lá.
— Se eu fosse você, eu faria tudo que estão pedindo. Quietinho. E pronto. Se te pagarem por isso, sei lá, melhor ainda.

Eu ri. Ela riu também. A gente se deitou na cama e ela me abraçou (o único lugar em que a gente fazia isso). Me senti acolhido e protegido, por um momento breve. Achei um pouco estranha essa certeza dela, que era tão indecisa com algumas coisas. Fiquei surpreso com a total falta de preocupação e pudor ético, também. Mas entendi que ela estava querendo me proteger, do jeito dela. E, no fundo, talvez estivesse certa.

16

Eu não aguentava mais aquela situação e não saber o que fazer com ela. A qualquer momento, esperava receber um contato dos meus primeiros empregadores, ficava ensaiando mentalmente como era que eu repassaria aquela informação que me pediram pra repassar. Queria também me livrar logo daquilo, mas eles não entraram em contato e não me deram meios de entrar em contato com eles. Eu só podia esperar. Estava no meio de forças que eu nem começava a entender e não queria lidar com nada daquilo. Queria seguir com minha rotina pacata e pronto, com minha esposa e minha vidinha. Mas em vez disso me via forçado a tomar decisões momentosas, sérias, algo que não tinha nada a ver comigo. Nunca fui uma pessoa séria.

No dia seguinte, pensei em contar pra Carola e pro Leandro o encontro com o general, mas, quando os encontrei no trabalho, percebi que não sabia bem como fazer isso. Tentei seguir a rotina normalmente, mas, na hora que subi pra fumar um cigarro, no meio da tarde, Leandro apareceu pra falar comigo.

— Fala, cara.

— Fala.

Sem ter que dizer nada, fechamos ambos os olhos e abrimos em seguida.

— Tá tranquilo? — ele me perguntou tocando no meu braço, uma expressão preocupada.

— Naquelas, né. Meio assustado com a coisa toda.

— Claro. Eu também tô. Tava pesquisando sobre a Acquabras, sobre a venda lá do aquífero e tal. Pra entender melhor. Parece que a grande dificuldade na hora de fechar o acordo era concordar sobre a metragem da exportação de água pra cada região. O acordo original previa um preço subsidiado pros países da América Latina e do Sul global, mas a proposta que acabou vencendo reduzia esse subsídio quase a zero. E agora estavam querendo subir de novo. Deve ter a ver com isso. O que eles estão pedindo pra você fazer.

Concordei com a cabeça. Não sabia de nada daquilo.

—Você já fechou o processo?

Pensei em dizer que não, mas era péssimo mentiroso.

— Fechei ontem.

— Foi? Tu nem falou. Mas e aí? Que que tu fez?

— Cara, eu já ia falar com vocês. Ontem fiquei meio *away*, sem saber o que fazer. Mas acabei fazendo o que eles me pediram. Botei lá no código a porra que eles queriam.

— Sério?

— Foi. De medo, de puro medo.

— Eu vim te perguntar porque falei com o Romário mais cedo e ele falou que pegou um *bot* de vigilância na tua instância, um que aparecia como se fosse um negócio de pornografia, mas que desativaram hoje de manhã.

— Sério? Eu tô tentando acompanhar, mas não sei se consigo ler aquela lista tão bem. Nem vi que tinha algo com nome de pornografia, caramba. Tem muita coisa.

— Sim. Segundo ele, quer dizer que estavam vendo o que você enxerga, mas não estão mais. Quer dizer que você tá seguro agora, pelo menos. Parece. Eu tinha achado estranho, mas agora entendi o motivo.

Ele falou num tom que parecia me julgar. Eu já esperava por isso, claro, e senti que tinha que me explicar.

— Porra, não aceitei pelo dinheiro, né, claro, não quero nem aceitar se eles tentarem me pagar. Ou vou doar tudo, sei lá. Só fiz por medo, mesmo. Foi mal, mas não sou corajoso igual vocês. Não quero morrer nem matar minha mulher.

— Não, pô. Eu entendo. Claro. Tu deve ter ficado assustado naquele dia com a coisa da tua mulher. Eu entendo sim. Não quis também...

— Tu teria feito o mesmo?

— Acho que não. Mas não sei também. Sempre tive uma coisa meio doida de querer peitar, pagar pra ver. E não tenho família. Só uma irmã, mas a gente mal se fala.

— Pois é. Já eu sou meio cagão demais.

Eu ri de nervoso, ele sorriu.

— Eu entendo, cara, eu entendo. Serião. Mas te falar, subi aqui pra falar contigo dessa parada mesmo. Tô inconformado com essa história, com o que eles estão fazendo. Com essa porra dessa sensação bizarra que não vai embora e que a gente sabe que é culpa deles. Sei que o Romário falou pra gente deixar quieto, mas não tô conseguindo esquecer e pronto. As pessoas têm que saber, tem que ter uma porra duma resposta. E como a gente não tem como confiar em ninguém, tô pensando numa solução bem, assim, drástica.

Ele sorriu ao falar isso. Eu não.

— Drástica como?

— Drástica tipo explodir os servidores do RAC.

Engoli seco.

— Na catacumba?

— Isso. A vantagem é que não vai machucar ninguém, não fica gente lá embaixo. Eu confirmei. Não de madrugada. Claro que ficam uns caras monitorando o funcionamento dos servidores e tal, mas remotamente.

— Mas como tu vai fazer isso?

— O Romário falou que tem um ponto muito vulnerável.

— Sério? A coisa não é tipo aquelas caixas-fortes antigas?

— Então, parece que não. Parece que isso aí é conversa. Os militares pegaram a grana toda e deixaram lá uns dois guardinha e um sistema primário. Nunca teve nenhum incidente sério de gente tentando entrar, talvez pela fama, então vão deixando de qualquer jeito mesmo.

— Gente.

— Pois é. Pelo que eu descobri, só precisa botar duas cargas em dois pontos vulneráveis da área de ventilação e pronto. Ele consegue dizer pra gente a hora mais segura de fazer isso. A gente só precisa entrar nos primeiros andares do subsolo, não precisa ir tão fundo.

— Sei.

— Insisti muito com o Romário e ele diz que vai conseguir credenciais dos terceirizados da limpeza. Segundo ele, não teria como saber que foi a gente que usou.

— Caramba, bicho.

— Pois é. Eu tô ouvindo falar por aí de muita gente querendo se organizar contra o RAC. Queria ir atrás de ajuda, mas fico com medo de estar sendo monitorado, já, como você estava, e eu acabar fodendo com a galera que eu procurar.

— Boto fé. Você provavelmente tem razão de se preocupar com isso.

— Enfim. Eu tô certo de fazer essa parada. Tô até animado na real, bizarramente. Não tenho filho, nunca fiz porra nenhuma da minha vida. Sei lá. Só preciso de alguém pra me ajudar. Eu fico com a parte mais perigosa, mas preciso que alguém me garanta e segure a porta da catacumba pra mim. A Carola tem a filha dela, enfim. Pensei em você.

Eu não queria fazer isso nem de longe, mas Leandro olhou pra mim com uma cara expectante. Ele era tão mais corajoso que eu.

— E aí? Tu me ajuda?

Lembrei dele me ajudando quando o doido virou um galho nas minhas costas. Não ia conseguir dizer não. Foram tão poucas as vezes na vida que me chamaram pra fazer algo, também, tinha um lado meu que apreciava a confiança depositada. E não sabia nem se eu merecia.

— Acho que sim. Acho que sim. Bora lá, né.
— Porra, doideira. Nunca achei que faria uma coisa assim.
Leandro riu alto. Acompanhei, mas de nervoso, com atraso.
—Mas, sei lá, não aguento mais essa sensação bizarra, tenho que fazer alguma coisa. E sabe qual a real? Eu já me sentia meio dormindo antes, pra te falar a verdade. Essa vidinha, sabe, de funcionário. Vai pro trabalho, volta. Assiste a uns trens em casa antes de dormir. Usa umas drogas no final de semana, transa. Vai pro trabalho de novo. Enquanto, porra, enquanto tudo queima fora daqui, o mundo segue sendo essa bosta, enquanto matam gente no entorno todo dia. Aquela coisa. A gente vai se acostumando, vai se conformando com essa bosta. Com achar que é só isso aí mesmo. E pronto.
— É. Tô ligado.

Matam gente no entorno todo dia? Do que ele estava falando?

— Tipo, a gente já era zumbi antes dessa parada. A gente já era sonâmbulo. Agora a gente só não consegue fugir disso. Agora a gente *sabe* que tá sonhando. Saca? A gente sabe que...
— Aham.
— Todo mundo no fundo já sabia que estava num pesadelo. Só que a coisa é que agora a gente tá *junto* nele.

Eu não sacava muito bem não, na verdade. Mas ele parecia muito convicto do que falava.

17

Naquela noite, pensei várias vezes em contar pra Ártemis sobre o plano, mas sabia que ela acharia uma péssima ideia, a pior do mundo. *Eu* achava a pior ideia do mundo. Não queria ter que decidir entre desapontar Leandro ou ela. Não queria desapontar nenhum dos dois, na verdade. Por dois dias, só pensei em como chegar pro Leandro e dizer que tinha desistido. Que aquilo não era pra mim, que eu simplesmente não queria me arriscar daquele jeito. Mas, sempre que o encontrava no trabalho, ele me olhava com uma cara cúmplice que me detinha. Até que, numa sexta-feira, ele veio falar comigo quando estava mandando meu último cigarro do expediente.

— Amanhã, hein. Amanhã à noite.

— Sério?

— Sério. Sábado à noite parece que é o momento mais vazio do prédio todo e da região, consegui que um amigo me confirmasse.

— Como tu arranjou os explosivos?

— Foi um amigo. Mas melhor tu nem saber.

— Verdade.

— Eu tô com tudo em casa. Vou te pegar na tua casa já com tudo no carro.

Ele explicou o que a gente teria que fazer. Tudo me pareceu muito dificultoso e improvável de dar certo. O prédio tinha oito andares de subsolo, e a área de construção pra baixo era muito mais vasta do que era pra cima (quase cinco vezes maior). Os servidores do RAC ficavam apenas nos últimos quatro andares, a área mais segura. Mas no terceiro andar do subsolo, segundo Romário, tinha uma área em que se conseguia acessar o duto de ventilação dos andares inferiores. E ele só precisava chegar até ali.

Algum outro amigo do Romário teria feito o sistema avisar a equipe terceirizada de limpeza que não haveria turno, de modo que eles poderiam usar a credencial sem problema e sem encontrar ninguém ali exceto as câmeras de segurança e os *bots* vigilantes (que não teriam por que estranhar nada). Nós usaríamos uniformes iguaizinhos aos verdadeiros. Ele realmente tinha pensado em tudo.

Quando cheguei em casa, falei pra Ártemis que meu amigo Lontra tinha me chamado pra casa dele e que iria lá mais tarde, lá pra meia-noite e pouco. Ele trocava o dia pela noite, por isso tão tarde (expliquei sem que ela perguntasse). Ela pareceu estranhar um pouco, até porque eu tinha acabado de vê-lo, afinal, e antes disso tinha passado um tempão, mas não disse nada.

18

O carro do Leandro apareceu quando deu meia-noite e meia em ponto, quase imediatamente assim que desci pros pilotis. Leandro já estava usando um uniforme de funcionário da limpeza e me entregou o meu assim que entrei no carro, antes até de dizer oi. Eu me troquei no banco de trás, um pouco constrangido de ficar só de cueca com as banhas à mostra, mesmo que por poucos segundos, e com Leandro olhando pra frente.

Sem trânsito, chegamos em cinco minutos. O estacionamento do prédio estava quieto e quase vazio.

— Chegamos rápido demais. Vamos dar uma volta até dar meia-noite e quarenta.

Ficamos andando de carro devagar ali pelo setor de autarquias, passando pelos estacionamentos e prédios todos desligados, algumas poucas janelas acesas aqui e ali. Decidi quebrar o silêncio:

— Eu sempre ficava me perguntando o que estão fazendo essas luzes acesas em órgãos públicos de madrugada, imagino que pelo menos algumas sejam de conspiradores tipo a gente.

— Total. Mas a maioria deve ser só uns pobres coitados fazendo serão pros chefes. Que por sua vez estão cumprindo alguma meta doida de algum engravatado com mais poder. E por aí vai.

Quando dá meia-noite e quarenta e um, voltamos pro estacionamento. Estava lá o furgão preto antigo de que Romário tinha falado. A pessoa no carro não falou com a gente, só abriu o porta-malas quando nos aproximamos. Tiramos de lá um carrinho compacto de limpeza e montamos ali no estacionamento mesmo, num canto embaixo de uma árvore. As credenciais estavam lá dentro. Segundo Romário, estávamos exatamente no único ponto cego do estacionamento, onde as câmeras de todos os prédios em volta não pegavam bem. Leandro tirou do carro uma bolsa grande e pesada e depositou na parte de baixo do carrinho, escondida por um pano.

Nós dois empurramos o carrinho até a porta dos fundos que foi designada. Fez um estardalhaço rolando sobre o asfalto do estacionamento e depois sobre a calçada de pedra um pouco quebrada em partes. Tentamos empurrar da maneira menos espalhafatosa possível, mas não funcionou muito. Isso começou a dar um nervoso do caralho, uma certeza de que tudo ia dar ruim. Mas não falei nada. O barulho só parou quando enfim chegamos no piso liso que antecedia a primeira porta, na zona de carga e descarga do prédio.

Ali, Leandro tirou uma credencial do bolso e a colocou no leitor acoplado à parede. A porta abriu. A gente empurrou o carrinho pra dentro de um corredor escuro, com paredes de concreto enegrecido pelo tempo. Uma placa que parecia mais ou menos recente comemorava os cem anos daquela estrutura.

— Entramos.

Assim que Leandro falou isso, a porta automática fechou ressoando um eco, deixando clara a extensão do lugar.

— Puta que pariu, entramos.

Nós dois emitimos um riso nervoso, meio descrente. Se o prédio pra cima já era bem grande, a área construída do complexo subterrâneo era muitas vezes maior. Mesmo estando ainda na entrada, de algum jeito dava pra sentir na circulação do ar a vastidão daqueles corredores. Dava um sentimento estranho de estar entrando numa cripta, com aquele zumbido seco de ar-condicionado. Mas não chegava a dar claustrofobia, de tanto que o teto era alto e os corredores, largos.

— Eu decorei o mapa, a gente tem que virar ali no terceiro corredor e ir até o fim pra chegar no elevador certo. O único que tá com as câmeras quebradas desde anteontem — falei.

— Você fica aqui segurando essa porta. Acho que eu não demoro mais do que uns dez, quinze minutos. E é aquilo, né, sei que tu já sabe, mas só pra reiterar. Se demorar mais de vinte e cinco minutos, pode ir embora. Sério mesmo. Quer dizer que deu ruim, de algum jeito, e é melhor você não tá aqui se a explosão acabar acontecendo.

— Tem certeza mesmo?

— Tenho. Não tem por que você se foder junto comigo. Eu que te arrastei pra essa parada.

A gente se abraçou.

— Tamo junto, irmão.

— Tamo junto.
Ele me apertou com mais força do que da última vez. A sensação de abraçar alguém de novo chegou de maneira estranha, incongruente.

19

Poucos segundos depois de perder Leandro de vista, com seu carrinho, naquele corredor enorme, a minha visão começou a turvar, dessa vez mais rapidamente, até ficar preta, mas sem que eu desmaiasse, nem nada parecido. Era como se alguém tivesse simplesmente desligado o meu input visual. Por um instante, cheguei a supor que tinha ficado subitamente cego. Já estava, logicamente, apavorado, até que uma imagem apareceu, como que injetada de fora. De mim mesmo sentado num escritório de tons pastel, uma música genérica de elevador tocando no fundo. A sensação estranhíssima e nunca antes experimentada de ver a si próprio em terceira pessoa foi, de algum modo, superada pela familiaridade inesperada da cena toda.

— Tem que ler isso aqui tudo mesmo?
— Tem, senhor, desculpe. As pessoas chegam a achar graça mesmo, geralmente. Mas é por razões legais, a gente acabou de começar a gravar aqui.
— Tá bom, vamos lá. Eu, Túlio de Menezes e Coutinho, concordo com os termos do contrato estipulado por MYFANTASY EXPERIÊNCIAS IMERSIVAS INTEGRAIS DO BRASIL. Concordo em ter partes da minha memória suprimidas para a consolidação da fantasia pessoal customizada (FPC) de registro federal número 160523 que consiste, em termos resumidos, em conhecer uma

garota chamada Ártemis, com quem me casarei e passarei o resto da vida. E que passará, aos poucos, a me sustentar com sua profissão, seguindo o roteiro de longo prazo construído em colaboração com a equipe, subtraindo para isso gradualmente do dinheiro herdado de minha família e investido tanto no Banco do Brasil quanto pela firma Guedes Neto & Jr. Investimentos.

"Aceito ainda que determinados filtros e controles externos inframencionados da minha percepção sejam estabelecidos pela MYFANTASY (assim como por outras subsidiárias da MYFANTASY) para manutenção segura e fluida da experiência, tudo dentro dos parâmetros legais e seguindo os termos da lei 5678 de 2051. Toda mudança importante seguirá a supervisão da sua representação jurídica, no caso constituída pelo escritório Souza & Sousa."

— Esse resto aqui já não precisa ler, só o que tá em negrito mesmo.

— Ah, que bom. Fechou, então.

— Fechou.

Uma parte de mim cedeu, já sabia de tudo, que a casa caiu, mas outra ainda supôs que aquilo fosse falso, que deviam ter simulado minha voz e minha cara. Claro que Ártemis não era falsa, claro que ela era uma pessoa de verdade. Como assim? Que merda era aquela que estavam tentando me empurrar? Até parece.

A imagem parou. Mas a visão seguiu preta. Em seguida, apareceu um homem alto de gola rolê bege e cardigã cinza, numa sala toda branca, sem nada. Notei que as mãos dele tremiam e às vezes pareciam ter inúmeros dedos.

— Nós não queríamos fazer isso, Túlio. Mas você não nos deixou escolha.

— Quem é você?

Eu sei que estou falando com uma voz na minha cabeça, mas pelo menos sei também que não tem mais ninguém ali perto pra me ver falando sozinho.

— A opção é sua. Continue com essa palhaçada e, além de ser preso, você perderá sua esposa. Sua vida toda. E olha que, na verdade, mesmo que consigam destruir uma parte do servidor, não terá efeito sobre o RAC. No máximo alguns minutos de instabilidade. No máximo.

— Se isso é verdade, por que você se importa?

— Não é bom para nós, de todo modo, que isso aconteça sob nosso comando. Pode até gerar mais investimento no futuro, mas não é algo que a gente persiga, per se.

— Quem são vocês?

— Imaginei que já saberia a esta altura.

— Não sei.

— Então seguirá sem saber. Mas e aí? Você quer ou não perder sua esposa?

Eu não sabia. O que sabia era que aquela voz estava certa sobre Ártemis. De repente o véu todo caiu de uma vez, na minha cabeça. Ou eu só admiti que já tinha caído. Consegui perceber os vários pequenos truques e efeitos de que eles se valiam o tempo inteiro pra simular uma pessoa de verdade morando comigo. Coisas que eu quase percebia, mas não conseguia registrar que percebia, outras que efetivamente bloqueavam da minha percepção. Voltaram de repente as animações ilustrativas do vídeo que eles tinham mostrado anos atrás, antes do procedimento; o robô-criado que carregava coisas de um quarto pro outro pra fazer parecer que tinha mais alguém ali, a boneca animatrônica grotesca em que eu montava e que me montava em posições duras (que eu e Ártemis justificávamos com aqueles ritos todos), que imprimia seu peso daquela maneira indistinta e repetitiva e se deitava pra ser encoxada na mesma posição toda noite. A textura levemente borrachuda da bunda e da boceta dela de repente ressurtiu pela primeira vez de fato em sua estranheza real que sempre esteve ali, não reconhecida, apesar da irrigação, da umidade desses modelos mais novos.

De repente, eu quis vomitar percebendo que minha esposa de três anos não existia, era uma simulação sofisticada feita pra punheteiros. Punheteiros como eu. Eu me lembrei de tudo de uma vez, era como se houvesse uma seção totalmente obscura da minha memória que sempre esteve ali, num canto, presente mas escondida, latente mas invisível, e nessa seção caísse um holofote pela primeira vez em muitos anos. Como pesquisei essas coisas por meses antes de descobrir a melhor empresa (de matriz japonesa, naturalmente). Foi Lontra que me contou que isso existia, muito tempo antes, e eu havia ridicularizado a ideia, depois nunca mais conversei com ele de novo sobre o assunto porque não queria que ele soubesse que eu achara interessante. Considerei e acalentei essa possibilidade por anos até tomar coragem, até sentir que tinha formulado a fantasia perfeita. Pedi pra empresa construí-la a partir da mistura de duas personalidades e corpos que constituíram verdadeiras obsessões eróticas minhas por anos (e que também tinham sido apagadas durante esse tempo todo, voltando agora gloriosamente de todas as lixeiras neurais em que tinham estado guardadas).

A composição principal da personalidade de Ártemis veio de uma personagem fictícia, uma findom que conheci numa experiência imersiva *noir* de detetive que joguei na adolescência e que marcou minha imaginação profundamente (*Goddess Beyoncer*) combinada com a de uma sacerdotisa digital tântrica mais velha que segui na juventude por anos, ali do DF mesmo, uma pessoa de verdade por quem sempre tive um tesão enorme, mas de quem jamais tentei me aproximar, nem como cliente. Ártemis era isso, a melhor coisa que jamais havia me acontecido, uma farsa elaborada e autoimposta. Carésima, ainda por cima (me lembrei da quantia estratosférica de dinheiro como quem se lembra de uma topada em uma quina). E uma farsa pra qual eu nunca mais poderia voltar, agora, ainda por cima. Nunca me senti tão ridículo em toda a minha vida. Aquilo tinha me feito esquecer totalmente onde estava por alguns segundos, mas subitamente me lembrei.

— De que adianta, hein? Me diz. Eu vou é descer junto com essa bomba. Foda-se tudo.

— Você não entendeu, sr. Túlio. Não mesmo. O que estamos te oferecendo é o retorno total. Como se nada tivesse acontecido. Você pode acordar amanhã como se fosse um mês atrás. Só vai lembrar que deve a sua vida a estes seus amigões, que somos nós. E terá uma fidelidade canina a tudo que lhe dissermos. Mais nada. De resto, tudo seguirá igual.

Não hesitei.

— Vocês conseguem isso? Como que eu posso saber?

Consegui me recordar, de repente, de ter sido informado dessa possibilidade por uma moça simpática numa videoentrevista, essa possibilidade de retorno à fantasia no caso de a realidade ser "fraturada" por rompimento externo. Lembrei também que era algo um pouco traumático pro cérebro e que, além de tudo, custava caro.

— Os técnicos da empresa já estão em stand-by pra ir à sua residência.

— Eu quero. Pode ser. Contanto que ela volte, que a nossa rotina volte.

— É sua resposta final? Posso enviar agora mesmo o *invoice* completo.

— Sim. Eu quero tudo de volta. Foda-se o Leandro, fodam-se todos eles. Eu pago.

— Ótimo. Pode deixar que vai dar tudo certo. Você vai dormir e acordar e nada terá acontecido. É o nosso trabalho e a gente leva muito a sério, pode ter certeza. Última coisa: tem mais alguém que saiba dessa história?

Pensei na Carola. Podia tentar protegê-la, *deveria* protegê-la. Mas.

— Tem sim.

*

Quando minha visão retornou, não me demorei nem mais um segundo ali. Fiquei com medo de que conseguisse ouvi-lo na distância ou coisa parecida e que a vergonha invocada pela presença dele fosse mais forte que minha vontade de dormir com Ártemis de novo sem saber que ela era de mentira. Ou ao menos sem ter essa certeza.

Deixei a porta fechar atrás de mim e fui caminhando no frio, com minha roupa de faxineiro, até o metrô, deixando o carro de Leandro no estacionamento. Percebi que as roupas dele estavam trancadas ali dentro e que eu era um enorme, um descomunal dum babaca e dum cretino. A caminhada não era longa, atravessei em passos apressados o gramado seco e morto e duas vias vazias. Um trajeto que nunca tinha feito a pé antes.

Assim que entrei no metrô, o sistema de realidade aumentada travou por alguns minutos. Pela primeira vez na vida, andei num trem sem aquilo ligado, e a sensação foi estranhíssima. O escuro dos túneis sem aquela luz azulada e vermelha das linhas de segurança, o barulho rítmico bruto e veloz do mecanismo sem a musiquinha por cima, o lixo e as pichações nos túneis visto de relance pelas janelas. Eu me sentia nas tripas de uma máquina enorme e insciente solta no estômago do mundo, mais nada. Em cinco minutos cheguei na estação mais perto de casa. O sistema voltou ao ar assim que eu estava saindo do vagão. Não tinha ninguém ali, e nem as padarias estavam abertas na comercial da quadra. Eu sentia que o mundo todo estava desativado, segurando o fôlego, esperando pra reinicializar.

Quando cheguei no meu prédio, notei que o furgão da empresa estava ali estacionado, e dois técnicos de jaleco me esperavam nos pilotis.

20

Ártemis e eu passamos o domingo seguinte debaixo das cobertas, assistindo a experiências imersivas clássicas, vendo *holos* em nossos dispositivos. Deixamos o dia passar com os bichos rolando por cima da gente. Mal consigo acreditar que somos tão felizes.

AGRADECIMENTOS

Agradeço a Cícero Portella, Izadora Xavier, Leonardo Lamha, Hermano Callou, Breno Kümmel, Luiza Ferraz, Antônio Xerxenesky, Gabriel Menotti e Eduardo Viveiros de Castro pela leitura e comentários de versões mais cruas de alguns ou de todos estes contos.

Agradeço também a minha editora Luiza Lewkowicz pela leitura atenta e generosa e à preparadora Laura Folgueira pelo trabalho cuidadoso. Agradeço ainda a três pessoas que, por motivos diversos, devem permanecer ocultas.

FONTES
Fakt e Heldane Text
PAPEL
Avena
IMPRESSÃO
Gráfica Santa Marta